亲和力

［德］歌德　著

高中甫　译

中国画报出版社·北京

图书在版编目（CIP）数据

亲和力 /（德）歌德著；高中甫译 --北京：中国画报出版社，2016.4（2017.4重印）

（插图典藏本）

ISBN 978-7-5146-1276-9

Ⅰ. ①亲… Ⅱ. ①歌… ②高… Ⅲ. ①长篇小说—德国—近代 Ⅳ. ①I516.44

中国版本图书馆CIP数据核字（2016）第045930号

亲和力　［德］歌德　著　　高中甫　译

出 版 人：于九涛

责任编辑：史文良

助理编辑：陈　君

图　　片：文鲁工作室　上超

责任印制：焦　洋

出版发行：中国画报出版社

（中国北京市海淀区车公庄西路33号　邮编：100048）

开　　本：32开（880mm × 1230mm）

印　　张：8.375

字　　数：186千字

版　　次：2016年4月第1版　2017年4月第2次印刷

印　　刷：北京通州皇家印刷厂

定　　价：30.00元

总编室兼传真：010-88417359　版权部：010-88417359

发　行　部：010-68469781　010-68414683（传真）

目　录

断念——高尚的自我克制

——《亲和力》代序

1807年5月，歌德开始动手写他的《威廉·麦斯特的漫游年代》。这一年他已完成五篇故事，都准备嵌入这部副标题为“断念者”的长篇小说中去的。1808年7月10日，他在卡尔斯巴德，在这一天的日记里他提到，《亲和力》的提纲就是计划用于《威廉·麦斯特的漫游年代》这部长篇小说的。但是在随后的构思中间，特别是他这一期间情感上的经历，这个故事就不断发展和扩张开来，最后写成了一部独立成篇的大型故事，已成了一部长篇小说了。这里谈到他的情感上的经历，指的是几个女人同他的关系，这其中有仰慕他、追求他的22岁的少女贝娣娜·布伦塔诺，有同样也是22岁的苏尔维娅·齐格萨，他对她有着一种富有柔情的友谊，歌德在她23岁的生日写了一首长诗，在诗中称她是女儿、女友和亲爱的。但最使他心儿不宁、心儿沉重的是威廉米娜·海尔茨利布。这位可爱的姑娘是耶纳一个书商的养女，歌德在她还是儿童时期就认识她了；1807年，当歌德在耶纳遇到她时，她已经是一个18岁妩媚的少女。

再度相逢使歌德对她父亲般的情感逐渐转化为兄妹间的情谊，随之不可遏止地发展成为一种爱慕之情。他在那段时间写的一组十四行诗中，有几首就是表达了他对威廉米娜的爱恋。在题为《成长》一首诗里，他写道：

“你还是个可爱的小孩，跟我一块。
春天早晨跳跃着走向草场和园圃。
对这样一个小女儿，我要父亲般照顾，
为她建造幸福的住宅！
当你对世界略知梗概，你的乐趣就是家务，
有这样一个姊妹，我感到安舒：
我会信赖她，像她把我信赖。
而今什么也止不住美丽的成长；我心中感到汹涌的热恋。
我可去拥抱她，使痛苦稍歇？
……”①

当时歌德已近花甲之年，他的理性堤坝阻止了激情的冲击，他以一种断念的人生哲学遏制了本性力的进逼。他把爱的愉悦抒发在这组十四行诗中，而把他的激情和断念倾注这部《亲和力》里，他用这部长篇小说去使内心得到安宁和自由。歌德本人在他的《年志》中有一处透露了他的心曲，他称《亲和力》表达了匮乏的痛苦之情。他进一步写道：“没有人在这部长篇小说中会看不到一道深深的激情的伤口，这伤口害怕愈合，这颗心畏惧康复。”无疑，歌德对威廉米娜的爱孕育了这部作品的生命。正如没有他与夏绿蒂·布夫的爱情和失恋就不会有《少年维特的烦恼》一样，没有他

① 译文系绿原所译，见《歌德诗选》，第237、238页，人民文学出版社。

对威廉米娜的爱情和断念，也就不会有这部《亲和力》。

然而，生活、经历、直观、材料并不能造就出一个伟大的作家，并非就能创作出一部伟大的作品。一个伟大的作家必须能超越自身，摆脱直观，他才能真正地把握现实，驾驭生活。席勒有一段话说得精辟："有两点是属于诗人和艺术家的：他超越现实，他停留在感官世界之内。这两者结合之处就是审美艺术。"（1794年9月14日致歌德信）歌德的伟大之处，就在于他清醒地、有意识地把两者结合起来，既不把自己拘于感官世界之内，也不用想象去代替现实，代替经历。他在同爱克曼的一次谈话里谈到这部作品时说："这部小说里没有一笔是没有经历过的，但也没有一笔写了是怎样经历的。"（1830年2月17日）这句话的前半句说明了作者感情上的真实，经历上的真实，而后半句揭示了作者对直观的概括，对生活的提炼。歌德赋予这部作品更多的自身经历之外的内容，使它具有了一种共性的品格，一种社会的意义。他要用这部小说，如他在与里迈尔的一次谈话中所说的："象征地、冷静地去表现社会的关系及其冲突。"

什么是"亲和力"？这是一个化学术语。1775年瑞典化学家本·伯格曼出版了一部学术著作，标题是《De attractionibus electives》。一位德国化学家把这部著作译成德文就用了"亲和力"（Wahlverwandtschaften）这一个词。歌德采用这个化学术语做自己这部作品的标题是有其用意的，他在1809年7月在同里迈尔谈话时指出："自然科学中道德上的象征（例如伟大的伯格曼发现和应用的亲和力）是更为机智的，确切说与诗歌，甚至与社会的联系比所有其他一切更为密切。"作为一个勤奋的自然科学研究者，歌德承认并也熟悉无机物之间的亲和现象，而在人类社会中呢？正如他在自然科学中看到人们为了说明问题，经常借用伦理学上的比喻一样，他要在一个伦理事件上用一个化学术语来表达他的思想。

这部小说的情节并不复杂：一对年青时代的恋人爱德华和夏洛蒂为家庭和环境所逼，分别与自己不爱的人结婚。中年时，他们各自的配偶亡故，两人的夙愿得遂，终成眷属。夫妻两人隐居在偏僻庄园，过着一种安宁而平静的生活。出于情谊和亲情的原因，爱德华将自己的一个上尉朋友，夏洛蒂将自己的一个外甥女奥狄莉请到庄园。随着这两位客人的介入，原来的安定生活遭到了破坏，感情起了变化。爱德华热烈地爱上了奥狄莉，而上尉和夏洛蒂之间也产生了爱慕之情。上尉为了克制自己毅然离去，但爱德华却越陷越深。时夏洛蒂怀孕在身，她认为这是联结她和丈夫的一条新的纽带，不同意爱德华提出的离婚要求。于是爱德华悄然出走，去参加当时爆发的一场战争，想以生命的毁灭来解脱心灵的痛苦。夏洛蒂生了一个男孩，这个孩子的生命孕育于爱德华热恋奥狄莉，夏洛蒂倾心上尉之时——书中有这样一个情节，在他们夫妇做爱时，都把对方想象为自己所热恋的人——因此孩子的脸部酷似上尉，而眼睛却与奥狄莉一样。用爱德华的话说，孩子是双重通奸的产物。爱德华活过了战争，他返回家园。他认为这是一种天意，决心离婚。他对奥狄莉的爱更为炽热，奥狄莉对爱德华也更为痴心。为了达到目的，他焦急地把上尉（这时已擢升为少校）请来，要使各方如愿以偿。夏洛蒂为了爱德华的幸福，同意离婚，但不同意他的安排。这时，奥狄莉由于激动，精神恍惚，在护理孩子时，不慎失手把孩子掉入湖中溺毙。她深感罪愆之大，看作是上帝对自己滑出正常轨道的惩罚，决心舍弃爱情。夏洛蒂看到孩子已死，认为纽带已断，不惜同意与上尉结婚，以成全她所爱的爱德华与她所怜惜的奥狄莉的爱情。但奥狄莉由于内心的负罪感，外界的刺激，终于走上了一条轻生之路，绝食而亡，而爱德华几天以后亦殉情死去。夏洛蒂将他俩葬在一起。“倘若有朝一日他俩再度苏醒过来，那该是一个怎样欢乐的时刻啊！”这部长篇小说就在这样一句话中结束了。

《亲和力》并不是单纯的爱情悲剧，它有着深刻的社会性。歌德通过这样一个悲剧，这个道德事件表现了世纪交替时期人的价值观的变化和这种变化了的价值观与现存的秩序的冲突，展示了人的本性力量与传统的道德观念之间的一种悲剧性的较量。虽然歌德以一种冷静的、客观的态度去描绘、去叙述，然而我们却可以清楚地感觉到他对爱德华的“无条件的爱”，对奥狄莉如痴如醉的爱，对上尉的克制，对夏洛蒂的断念及其身上的一种新人的品格，都怀有同情和赞许。从另一方面来看，这表明了歌德对既定的、受宗教维护的婚姻关系的一种异议。十九世纪初，即在歌德创作这部作品的时期，当时崛起的德国浪漫派作家笔下的一个流行的主题就是对现存的婚姻制度、传统的道德的抗议和否定。他们是以宣泄和放纵的形式表达了他们的欲求。歌德与他们不同，他不满这样的既定的两性关系，他也不赞同他们的放荡不羁，追求官能享受，蔑视一切道德规范的行为。于是他以自己的方式，借助书中四个主人公的遭际和结局，从正反两方面来表明断念的重要性。通过断念，人可以恢复内心的平衡，避免激情带来的不幸，从而使自己的道德更为完善。断念是一种高尚的、自愿的自我克制。歌德用这部作品形象地表达了断念在人的情感生活和精神世界中的必要性。

《亲和力》写于1809年，于同年出版。这部作品立即引起了异乎寻常的反应。一些人极为赞赏，而一些人则是极为愤怒。一个倾慕歌德，歌德也对她怀有好感的女人玛丽雅娜·埃本伯格在1810年2

月24日致歌德的信中写道："我从来没有听到人们如此热列、如此惊恐和如此愚蠢、荒唐地谈论这部小说。那些书商从没有看到如此抢购的情况，有如在一场饥荒中发生在面包坊前的情况那样……"歌德的朋友，音乐家蔡尔特把它与海顿的音乐相比，另一位朋友海因里希·沃斯在一封信对作者的才华大加推崇："这个人的创作力像神一样永不枯竭。"福格在一封信中写道："我觉得这位年迈的大师还从没有创作出这样出色的东西"，他称，歌德比我们所有其他在今天从事诗歌艺术的人加在一起还要出色得多。阿尔尼姆对歌德的敏锐观察力极为惊奇。美学家威·弗·左尔格称这是一部悲剧小说，"它包含了时代中所有重要的和特殊的东西，如同古代的史诗一样；在几个世纪之后，人们能从中勾画出一幅我们现在日常生活的完整图画。"对这部作品的攻击和谴责则几乎全是道德方面的，来自歌德的反对者、小市民阶层、宗教界及一些依旧紧紧固守启蒙思想的人。哲学家弗·阿伯肯·雅可比对歌德大加责难，他称"在整部小说中没有一个人物能博得人们的好感……那个幻想中的双重通奸……这是这部作品的关键所在……尤为可厌，尤为令人作呕……如谢林所说的：'纯生理上的，特别使我愤怒的是，在结尾处那个肉体转向精神的变化……这是丑恶的情欲的升天。'"另一个歌德的反对者雷伯格在一篇文章里写道："作者是在嘲弄自己，或者嘲弄读者，写出这样一类的言情读物那是要以自己的声望来做补偿的。"

在歌德死后，直到20世纪，尽管对歌德的这部作品褒贬依旧在继续，但大多数人更深刻地理解到它的伦理价值、艺术价值。1856年文学家、史学家卡尔·罗森克朗茨在一篇文章里写道："歌德的这部小说是与一种进步的伦理观念连在一起的，通过教育和断念，突出地表现了对生活的道德力量的敬畏，在《亲和力》中就描写了道德的冲突，这种冲突只有通过断念才能得到解决。”1844年剧作家赫伯尔在他的戏剧《玛丽亚·玛格达莲娜》的序言里写道：“《亲和力》是一部具有无法衡量的价值的世界历史性的作品”，认为它可以和《浮士德》并列，戏剧性的《亲和力》为一部伟大的戏剧奠定了基石。

歌德对自己在花甲之年发表的这部《亲和力》十分看重。作家亨利希·劳伯在1820年他的日记里叙述了这样一件趣事：“一位夫人向歌德谈到《亲和力》时表示：‘我完全不赞同这本书，歌德先生，它确实是不道德的，我对书中的任何一个女人都没有好感。’……歌德十分严肃地沉默了片刻，最后深情地说道：‘我感到遗憾，它是我写的最好的书。’”如果说歌德在狂飚突进时创作的《少年维特的烦恼》是基于一个青年人的感情激越之作，那他在耳顺之年完成的这部长篇小说则是出于一个老人的睿智，它表达了他对生活的深邃理解。1827年5月6日，他在与爱克曼的谈话中提及《亲和力》时说道：“我自觉地去表现一种强烈观念的唯一长篇作品也许就是我的《亲和力》。”而我认为这强烈的观念就是人的高贵的自我克制——断念。通过断念，人可以恢复内心的平衡，避免激情带来的不幸，从而使道德得以提升，得以完善。断念是一种高尚的、自愿的自我克制。歌德在这部作品中表达了断念在人的感性生活和精神生活中的重要性。

高中甫

第一部

第一章

爱德华——我们这样称呼一位正值年富力强、家道殷实的男爵——于一个四月天的下午在院庭里消磨了最美好的时刻，把新弄到的鲜枝嫁接到嫩干上。他把各种工具收拾到袋子里，满意地观察着他的劳动成果。这时园丁走了过来，为主人的令人赞赏的勤奋面露笑容。

“你看到我的夫人了吗？”爱德华问道，这时他已准备动身。

“在那边的新建筑里，”园丁回答说，“她在府第对面岩壁旁边修建的庐舍今天就要完工。一切弄得漂亮极了，老爷您一定喜欢的。那儿的景致十分幽雅：下面是村庄，稍右的地方是教堂，越过教堂的塔尖还能望到远处，对面是府第和庭院。”

“说得对，”爱德华说，“离这儿几步路远，我看到有人在劳作呢。”

园丁接着说：“还有，右边的山谷豁然展开，越过茂密的长有树木的草地直望到令人愉悦的远处。通往崖石的山径铺得十分雅致。尊敬的夫人很在行，在她手下工作令人高兴。”

“你到她那儿去，”爱德华说，“让她等着我。告诉她，我希望看看她的新作，我为此自己也高兴高兴呢。”

园丁匆匆离去，随之爱德华跟着前往。

爱德华走下平台，顺路查看温室和暖畦，一直走到水边。跨过一座小桥就是一条通向新建筑的山径，它在这儿分成两股岔道。一股穿过教堂墓地，几乎直达岩壁。他弃此而走向另一股岔道。这股岔道在左边稍远的地方穿过一片幽美的树丛蜿蜒向上。在两股岔路重新汇合的地方，他在一条安放得体的长凳上坐了片刻。随后他走上山径，这条狭小的山路时而崎岖，时而坦缓，他登上了所有的台阶和平台，最终到达庐舍。

夏洛蒂在门前迎接了她的丈夫，让他坐在一个通过门窗能把幅幅犹如置于相框中的景色尽收眼底的地方。他满怀喜悦，希望春天不久会使万木竞荣。“我只是想到一点，”他说，“我觉得庐舍有些过于狭小了。”

“对我们两个人来说，它够宽大的了。”夏洛蒂回答说。

“那当然，”爱德华说，“就是有一个第三者，地方也够用了。”

“为什么不呢？”夏洛蒂说，“有一个第四者也够了。若有更多的人，那我们还准备了其他地方。”

“现在我们俩单独在这儿，无人打搅，”爱德华说，“心情都十分平静愉快，因此我得向你披露近来一些时候我的一件心事，这

是我必须而且愿意告诉你的，可却一直没能说。”

“我已经有些看出来了。”夏洛蒂回答道。

“我得承认，”爱德华接着说，“若不是明天早晨邮差会来催促我，若不是我们今天必须做出决定，那我也许还要沉默下去呢。”

“究竟是什么事？”夏洛蒂亲切地问道。

“关于我们的上尉朋友的事，”爱德华回答说，“你知道他现在的可悲处境，和其他人一样，他并非由于自己的过失而落到这步田地。一个有着他那样的知识、才智和技能的人却无所事事，这该是多么痛苦。我不想再长时间克制我对他的愿望：我想请他到我们这里住一段时间。”

“这要好好地斟酌斟酌，得从多方面考虑。”夏洛蒂回答说。

“我准备把我的意见告诉你，”爱德华对她说，“在他的最后一封信里隐约地流露出了极为深沉的苦闷心情。这不是因为他缺少某种必需之物，因为他完全知道自己约束自己，我已为他准备了必要的费用。他也不会因为从我这里接受什么而惴惴不安，我们俩人之间在有生之年里相互欠对方的太多了，无法计算出彼此借贷的情况究竟怎样。他无所事事，这才是他的痛苦。他所受的教育能每天每时给他人带来益处，这才是他唯一的乐趣，甚至是他的激情。把两只手插进怀里，或者继续攻读，再去学习本事，他不需要他已经充分占有的东西了——够了，亲爱的，这是一种可悲的处境，他在自己的孤独中两倍、三倍地感觉到这种境况的痛苦。”

“我记得，”夏洛蒂说，“有好多地方向他提出过建议。我自己也曾为他给某些做事的男友和女友写信，而就我所知，这也并不是没有效果的呀。”

“完全正确，”爱德华回答说，“但是，甚至这些不同的机会，这些建议更给他带来了新的痛苦、新的不安。这其中没有一样是适合他的。他不是去干一番事业，是牺牲他的时间、他的思想、他的本性，这是他绝不肯的。我越是看到这一切，越是感觉到这一点，让他到我们这儿来的愿望就越是迫切。”

“你对朋友的处境这样殷切地关怀，确实是你的可亲可爱之处；只是请允许我向你提出要求，为你，也为我们着想。”

“我已经想过了，”爱德华说，“与他接近只能给我们带来益处和愉快。关于费用方面是无须谈及的，如果他到我们这儿来住，无论怎样对我来说都是微不足道的：如果这同时我有什么特别要考虑的，那就是他的到来不会给我们造成哪怕是一点点最小的麻烦。他可以住在府第的右厢，其余的一切都是现成的。这会给他带来多少好处，与他交往又会给我们带来什么样的快乐，是啊，什么样的益处啊！我早就想对田产和周围进行丈量，他会领导和办理此事的。一旦现在的承租人期满，就自己动手管理庄园，这是你的意愿。可这样一项工作是多么吃力啊！他这方面的一些知识能给我们带来多大的帮助啊！我越来越觉得我缺少这样一个人。当地的人有足够的知识，但他们的报告却是混乱的，是不诚实的。来自城市和大学里的有学问的人，虽然头脑清晰，办事井井有条，但是他们缺乏实际的观察。我的这位朋友兼备两者之长，并且此中还会有上百种其他令我赏心的乐事，这与你也有关，我预见到有好多益处呢。我感谢你和颜悦色地听了我这一席话。现在你也要无拘无束、爽爽快快地把你要说的话都说出来，我不会中间插嘴的。”

“那好，”夏洛蒂说，“我开头先谈一点儿泛泛之见。男人们更多的想到个别，想到现实，这是有道理的，因为他们的使命在于有所作为，在于有所影响；女人们则相反，更多的是想到生活中彼此相互关联的一切，这同样也是有道理的，因为她们的命运，她们家庭的命运与这种彼此关联是休戚与共的，并且她们所要求的也正是这种联系。因此，让我们看看我们的现实，我们过去的生活吧，那你会向我承认，聘请上尉一事与我们的意愿、我们的计划、我们的安排并不相关。

“我非常喜欢回忆我们早年的情况！在年轻的时候，我们彼此热烈地相爱，可我们被分离开来。你离开了我，因为你的父亲出于对财富的贪得无厌，把你同一个年岁相当大的有钱女人结合在一起；我离开了你，因为我没有什么好指望的，只得嫁给一个富裕的、我所不爱但却值得尊敬的男人。我们又都自由了，你更早一些，你的那位小母亲似的妻子给你留下了一笔巨大的财产；我比你晚一些，正是你远游归来的时候。这样我们又在一起了。这回忆令我们欣然，我们爱做这样的回忆，我们能够不受干扰地共同生活了。你急于结婚，我却没有立即同意，因为我们的年纪差不多相同，作为妻子我是老了一些，而作为丈夫你却不然。最终我不愿拒绝你，你像是把结婚看作你唯一的幸福。你要在我的身边得到恢复，摆脱掉你在宫廷、在军队、在旅行中的一切苦恼，要振作起来，享受人生。但是你只愿同我一个人在一起，这样，我把我唯一的一个女儿送进寄宿学校，在那里她能受到多方面的教育，比在乡间要好。还不仅只她一个，就是我亲爱的外甥女奥狄莉，我也把她送到那里去了，她若是在我的指点之下，也许会成为一个操持家务的好手。这一切都经过你的同意，只有这样我们才能单独生活，只有这样我们才能不受干扰地享受我们从前渴望的、但却姗姗来迟的幸福。这样我们才来到我们的乡间居住。我照管内务，你负责外部和全局。我的布置处处是迎合你的，也仅是为你一个人而生活。至少有一段时间让我们试试看，按这种方式生活，我们能持续多久。”

“像你说的相互关联，这本来就是你们的特点，”爱德华说，“因此人们自然不能在一种情况下听从你们所说的话，或者认定你们是有道理的；你的话到今天也还是有道理的。直到现在我们为我们的生活所做的安排是够好的了，可难道我们不应当在上面再建造点什么？难道不应当再进一步发展？我在庭院和你在花园所做的一切，难道只是为遁世隐居之用？”

“说得对！”夏洛蒂回答道，“好极了！只是我们不要把任何陌生的、有碍的东西弄进来！你要考虑到，我们的计划，还有我们的消闲，在某种程度上，仅只与我们双方的共同生活相关。首先你应当把你的旅途日记按着顺序念给我听，借这个机会把某些与此有关的散页理出个头绪，在我的参加和帮助下，从这些珍贵无比但却杂乱无章的本本里，整理出一份使我们和其他人喜爱的完整东西。我答应帮你誊清，我们想的是那么快乐，那么美好，那么惬意，那么亲切。在回忆中我们去漫游我们不曾共同看到的世界。是啊，开头部分已经做完了。到了晚间，你就再次吹起你的笛子，为我的琴声伴奏，还有邻居的彼此往来和相互拜访。从这一切之中，我为自己筹划出我在生活中渴求享受的第一个真正快乐的夏天。”

爱德华摸摸额头，回答说：“你对我说的是那么情真意切，那么通达明理。只是那个念头总是萦绕不散，我觉得上尉在场不会有任何妨碍，甚至能加速这一切的到来，更有生气。在漫游中他也与我同行了一段路，他也用不同的感受记录下来，我们可以共同利用它，那样才会整理出一份美好完整的东西呢。”

“让我坦率地对你说吧，”夏洛蒂带有几分不耐地说道，“我的感情与此事相悖，我有着一种不祥的预感。”

“你们女人大概都是用这种方式表明是不可征服的，”爱德华回答说，“先是通达明理，人们不能反对，随之是充满情爱，使人乐于顺从，然后是情真意切，使人不愿与你们为难，最后是预感不祥，使人惊恐不安。”

“我并不迷信，”夏洛蒂说，“我不看重这样一些幽暗的冲动，若它们仅仅是些这样的冲动的话。但是它们大都是一些幸福和不幸的后果的不自觉的回忆，这些后果是我们从自己或别人的行动中经受过的。无论在哪一种情况下，再没有比一个第三者的介入关系更重要的了。我看到过一些朋友、姐妹、恋人、夫妻，他们的关系由于一个新来的人无意或有意的插足而完全改观，他们的位置完全颠倒了。”

“这是可能发生的，”爱德华说，“但只是发生在那些浑浑噩噩生活的人身上，而不是发生在那些阅历丰富、有自知之明的人身上。”

“自知之明，我最亲爱的，”夏洛蒂说道，“这是不足恃的武器，甚至在某些时候，对那些手持这一武器的人是一种危险的武器。从这些谈论中至少可以明了，我们不应当草率从事。再给我几天时间，不要现在就做出决定！”

“照这样的情况来看，”爱德华回答说，“就是再多一些日子也永远是草率从事哩。赞成和反对的理由我们都已彼此谈过了，现在应做出决断，最好的方法那就是我们抽签了。”

“我知道，”夏洛蒂说，“在狐疑不决的情况下，你喜欢以打赌或掷骰子的办法来做出决定，但此时用在这样一件严肃的事情上，我认为是一种罪过。”

“那我该给上尉写些什么呢？”爱德华喊了起来，“我得马上给他复信哩。”

“写封平安的、理智的、安慰他的信。”夏洛蒂说。

“这等于是没有写信。”爱德华说。

“在某些情况下，这是必要的，是友好的，泛泛地写点什么总比根本不写要好。”

第二章

爱德华独自一人坐在自己的房间里。夏洛蒂再次提及他的生平遭际，他们双方的意愿和向往如何变为现实，这确实激发了他那热烈的情感。他在她的身边，与她在一起，感到如此幸福。于是他想给上尉写一封友好的、同情的，但却是平淡而空洞的信。当他走到写字台前，把朋友的来信拿起再读一遍时，那位出色人物的可悲境况便又立即出现在眼前，这些日子令他苦恼的感情又都苏醒过来。把他的朋友弃于这样一种令人忧虑的境地而不顾，这在他是不可能的。

爱德华不习惯于放弃。他是一个娇生惯养的独生子，双亲富有。年轻时，父母亲说服了他与一个年纪比他大得多的女人结婚，这是一桩奇怪但却带来极大利益的婚事。这个女人用多种方法博得他的欢心，用各种巨大的慷慨来回报他对她的善意。在她去世不久之后，他就成了自己的主人。在旅行期间自行其是，随心所愿，不企求什么过分的，但要求得很多，并且形形色色。他为人率直、慷慨、诚实，在某些情况下，甚至勇敢得很——在这个世界上有什么能不顺从他的愿望呢！

直到现在他事事如意，他已占有了夏洛蒂，这是他用一种顽强的，甚至是浪漫色彩的忠诚才最终赢得的。现在他觉得他第一次遭到了挫折，第一次遇到了障碍，偏偏是在他要把他青年时代的朋友招到自己身边的时候，在他把自己的生活仿佛隔绝起来的时候。他烦闷、焦躁，几次拿起笔，几次又放了下来，因为他拿不定主意，不知该写些什么。他不想违背妻子的愿望，他又不能按她的要求去做。像他这样烦躁，怎能写出一封恬淡的信来呢？这是他完全做不到的。最自然的办法就是他设法把事情推迟。他草草写了几句，请朋友原谅他这几天没有写信，原谅他今天写得这样简单，并允诺下次写一封有内容的、令人欣慰的信。

另一天，夏洛蒂利用去同一地点散步的机会，重新提起话头，或许她相信，要使一个人对某种意愿失去兴致，没有比常常絮叨一番更有把握的了。

爱德华却正希望老话重提。他用自己的方式和蔼而愉快地表述了自己的意见：像他这样一个敏感的人，即使他易于激动，即使他那热烈的欲望变得急不可耐，即使他的固执使人焦躁不安，那他也要使他的言辞借助对对方的一种体贴入微的顾惜而变得和缓，使人觉得他一直是和蔼可亲的，即便是人们认为他难以打交道。

这天早上，他先是用这种方式使夏洛蒂心情变得十分愉快，随之用优雅的言辞使她完全失去了常态，最后她竟然喊叫起来：“你肯定是要我把拒绝给丈夫的给予情人。”

“至少，我亲爱的，”她继续说，“你也会发觉，你的愿望，你在流露出这种愿望时的兴奋心情，使我不无所动，不无所感。它逼使我向你承认，我直到现在对你也隐瞒了一件事情。我现在和你的处境相似，对自己同样在施加一种强力，这也正是我施加于你身上的那种强力呢。”

“这我倒愿意听听，”爱德华说，“我觉得，夫妇之间有时应当进行争论，因为这样彼此才能相互了解。”

“那么你应当知道，”夏洛蒂说，“奥狄莉同我的情况正如上尉同你的情况一样。这个可爱的孩子在寄宿学校里情绪极为抑郁，令我十分忧虑。我的女儿绿茜安，她是为这个世界而生，为这个世界而学的。她学习语言、历史和其他知识，以及乐谱和变奏，像玩一样容易，她的天性活泼，记忆力强。可以这样说，她一切都不放在心上，可瞬间什么都能想起来。她风度轻盈，舞姿优雅，语言得体，人品出众，由于一种天生的主宰者的气质，成了她那个小圈子里的女王。学校的校长把她看作小小的女神，她只有在校长的手下才能如此成长发展，她为校长赢得了荣誉和信赖，会给学校招来另外一批青年人。校长在信中和月报的头几页里总是为这样一个孩子的优秀出众大唱赞歌——这我用散文说出来就太缺少文采了——可校长最后提到奥狄莉时却完全相反，只是一再地表示歉意，总是说，一个长得如此秀丽的姑娘却不开朗，不愿表现出自己的才能和智力。她的言外之意，对我来说也绝不是谜语，因为我在这个可爱的孩子身上看到了她母亲的整个性格，那是我极为珍贵的朋友，是在我身边长大的。她的女儿，若是我成为她的教育者和监护人的话，是一定能成为一个出色的人的。

“但因为这不是我们计划中的事，人们也不应当把自己的生活过分地东拉西扯，总是把一些新的事体弄到自己头上。这样我宁愿自己承受，甚至自己克制这种不愉快的感觉：我的女儿知道得很清楚，可怜的奥狄莉完全依赖我们，于是她利用自己的有利地位，傲慢地对待奥狄莉，因而把我们的一番好意毁掉不少。”

“但是有谁受到这样的教育，不把他的优势以一种残忍的方式施加于他人身上呢？有谁在这样一种压迫下而不有时感到难过呢？通过这种考验，奥狄莉的价值增长了。但是自从我清楚了这种苦恼的状况之后，我一直在想方设法，把她安置到另一个环境中去。我时刻在等待一个答复，到那时我绝不迟疑。我的情况就是这样，我的亲爱的。你看得出来，在一颗诚实友爱的心中，我们双方都承担着同样的忧虑。让我们共同承受吧，因为它们彼此不能抵消啊！”

“我们都是些奇怪的人，”爱德华微笑说，“每当我们只是把使我们忧虑的事从眼前摆脱掉时，就以为事情解决了。在整体上我们能做出许多牺牲，可在局部上要我们放弃却成了一种我们很难忍受的要求。我的母亲就是这样。我年幼时生活在她的身边，她每时每刻都放心不下。骑马外出迟些归来，她就认为我遭到了不幸，遇雨挨淋，就认定我要发烧。我外出旅行，远远离开了她，她反觉得我几乎无所谓了。”

“我们再详细做一番观察，”他继续说下去，“我们两个人的行动是愚蠢的，不负责任的，把两个品格极为高贵的人，把两个与我们的心如此贴近的人，弃于苦恼和压抑之中，只是为了使我们少掉一层危险。如果说这不叫自私自利，那还能叫它什么呢！把奥狄莉叫来，让我去请上尉。以上帝的名义让我们试试吧！”

“若是这种危险只是对我们而言，那是可以冒点儿风险的，”夏洛蒂疑虑地说，“但是你认为上尉和奥狄莉同住在家里是可取的吗？一个男人，差不多与你一样的年纪，在这样的岁数时——我只是私下里说这种讨你喜欢的话——男人才懂得爱情，才会珍惜爱情，而何况像奥狄莉这样一个人品出众的姑娘呢？”

“我确实不知道，”爱德华说，“你为什么把奥狄莉抬得这样高！我只能这样来解释，她继承了你对她母亲的喜爱。她可爱，这是真的，我记得一年前，当时我和上尉归来，在你的姑妈家遇到她和你在一起时，上尉就提醒我注意她。她可爱，特别是那一双美丽的眼睛，但是我确实不记得她给我留下了什么印象。”

“你这一点是值得称赞的，”夏洛蒂说，“因为有我在场啊，不管她比我多么年轻，但是旧情难忘，我的在场对你有那么大的魅力，使你对妩媚的佳丽处之漠然。这也正是你的一种品德，因此我才欣喜地与你共同生活。”

夏洛蒂说这些话时显得十分真诚，但确实也隐瞒了某些心曲。那就是在爱德华旅途归来时，她有意把奥狄莉引见给他，使她的这个可爱的养女能得到一个如意的佳偶，因为当时她对自己与爱德华的关系已不再是念念不忘了。上尉也是受了她的指使才要爱德华去注视奥狄莉的。但是爱德华却一往情深，对夏洛蒂爱得刻骨铭心。他目不转睛，一件他热切渴望的、经过一系列变故表面上看来像是永远失去了的宝物，现在终于又有可能得到了。因此，他感到的只是幸福。

夫妇俩人正准备步下新建的庐舍步向府第时，一个仆人匆忙迎面走来，满脸笑容，还在下面就朝上喊道：“老爷快到那边去！米德勒先生骑马已经到府第的庭院了。他把我们大家喊到一起，要我们找您，问您是否有什么急事。‘是否有什么急事，’他在我们后面喊叫，‘你们听见了吗？快去，快去’！”

“这个滑稽的人！”爱德华叫了出来，“夏洛蒂，他来的不正是时候吗？赶快回去！”他吩咐仆人说，“告诉他，有急事，非常急！叫他下马。你去照顾他的马，把他带到大厅里，给他一份早点！我们马上就来。”

“让我们抄近路吧！”他对妻子说，随即踏上穿过教堂墓地的小路，这条路他一向是避开的。他感到惊奇的是，就是对这块地方，夏洛蒂也怀着感情加以整修，把陈旧的墓碑尽可能保护好，把它们排列得井然有序，使这儿成了一个赏心悦目、令人流连的舒适所在。

就是那些古老的墓碑，也得到了她的青睐。她按照年代把它们倚墙立了起来，砌入墙内或者加以妥善的安顿。教堂的高高墙脚因而显得别致。爱德华穿过小门走了进去，感到一种异样的惊奇。他握住夏洛蒂的手，眼里饱含泪水。

但是那个疯疯癫癫的客人登时使他俩一惊。他在府第里安静不下来，于是策马穿过林子直到教堂墓地。他停在那儿，迎着他的朋友叫了起来：“你们不是拿我开心吧？真的有急事，那我就留下吃中饭。不要强留我！我今天还有好多事要办呢！”

“您已经跑了这么远了，”爱德华向他喊道，“那就请进来吧。我们在一个严肃的地方会面。您看，夏洛蒂把这个悲伤的地方布置得多美啊！”

“进这里面，”骑在马上的米德勒说，“既不能骑马，又不能乘车，徒步也不行。这里的人要安息在宁静之中，我同他们没有什么交道可打。若是有一天把我拖到这里面来，那我也只好忍着了。是真的有急事？”

“对！”夏洛蒂说，“真的有急事！我们这对新夫妻第一次陷入困难和迷惘之中，一筹莫展了。”

“你们看来不像是这样，”他说，“但我还是愿意相信。你们若是捉弄我，那我今后可就不理你们了。跟在我后面，快走！我的马该好好休息休息了。”

不久，他们三人就在大厅里聚齐。饭菜已经准备停当，米德勒谈他今天的计划和要做的事。这个奇怪的人从前做过神职人员，他在那个职位上孜孜不倦，做得非常出色，善于调解争端，不管是家庭内部还是邻里之间。先是个别人，到后来整个教区和许多地主有了纠纷都来找他。在他任职期间，没有人离婚，没有来自他那里的龃龉事和诉讼案扯到地方法院纠缠不休。他早已发现，法律知识对他是多么必要。他用全部精力攻读法律，不久，他觉得自己已是一名十分精明干练的律师了。他的影响范围奇迹般地扩大开来。有人已经准备把他延请到首府去，以便从上面完成他在下面开始的事业。可当他获得了一笔可观的彩票收入后，便给自己买了一所适中的庄园，把土地出租，把庄园变成他的活动中心，确立了自己的志向。或者说，按照古老的习惯和兴趣，如果没有什么可排解、可帮助的，那他绝不在一个家庭里停留。某些对姓名喜欢做迷信解释的人强调说，米德勒①这个姓迫使他去履行所有使命中最奇怪不过的使命。

餐后甜点送上来了。这时客人一本正经地警告主人，不要再藏头藏尾拖延时间。喝完咖啡他立即就要动身。这对夫妻于是啰唆地把心事说了出来。可他一明白了事情的意义所在，就厌烦地从桌旁跳了起来，奔到窗前，叫人备马。

“你们要不是不认识我，”他喊道，“那就是你们不理解我，或者你们居心不良。这难道是一场争论？这难道需要一种帮助？你

① 米德勒（Mittler）的德文原意为调解人，中人。

们认为我在世上是给人出谋划策的？这是一个人所能干的最最愚蠢不过的事了。每个人自己拿主意，做他放心不下的事。主意对头，那他为自己的智慧和幸运而喜悦，如果事情办糟了，那我义不容辞。谁想摆脱一种不幸，那他总是知道该怎样去做；谁想得到比他已有的还要好的某种东西，那他就是一个真正的瞎子——是的，是的！你们只管笑好了——他是在演盲牛戏，他也许能摸索到什么，但摸索到的是什么呢？你们想做，那就去做好了，这完全无关紧要！我见过，最理智的事情遭到失败，最愚蠢的却得到成功。不要绞尽脑汁了，就是事情以这样或那样的方式办糟了，那你们也不要去伤脑筋！到时派人去找我，我会给你们帮助，为你们效劳！”

他飞身上马，连咖啡也等不及喝了。

“你看，”夏洛蒂说，“若是在两个至亲的人中间意见相左时，一个第三者是根本没有什么用处的。现在我们比先前更加惶惑，更加没有把握。”

若不是上尉给爱德华的去信复了一封信来，那夫妻两人大概还要犹豫一段时间。上尉决定接受提供给他的一个职位，尽管他根本不适合这项工作。那是要他去分担那些高贵的富人的百无聊赖，人们对他寄予信任，认为他能为他们消愁解闷。

爱德华对整个情况一目了然，十分清楚事情会到何种地步，甚至想得比这还要恶劣。“难道我们能让我们的朋友陷入这样一种境地？”他喊了起来，“你不能这样残忍，夏洛蒂！”

“那个奇怪的人，我们的米德勒归根结底还是正确的。”夏洛蒂说，“所有这样的事情都是一种冒险。结果如何，无人能预先看得出来，这种新的关系，可能有益于幸福，也会助长不幸，这无须我们为此做出什么特别的促进，或者犯下什么特别的过失。我没有力量再长时间反对你了。让我们试试看吧！我唯一要向你请求的，是时间不要太长。请允许我，为他做出比过去更多的努力，热心地利用我的影响和我的关系，设法给他弄到一个适合他的性格，令他感到几分满意的职务。”

爱德华用最优美的姿势向妻子表达了最热烈的感谢。他怀着轻松而喜悦的心情急切地去给他的朋友写信，提出建议。夏洛蒂在信尾处亲笔加上赞同的字句，以最友好的请求，希望他能同意。她挥动灵活的羽毛笔，写得殷切有礼，但却显得有匆忙之感，而这是她平素所不习惯的。写到最后在纸上滴下了一滴墨汁，这是轻易没有过的事情，她为此感到恼火，试图把它抹掉，却弄得墨渍更大了。

爱德华借此开了个玩笑，因为纸上还有地方，他就又加上了一句附笔：他的朋友应从此处看出等待他的急迫心情，他应当像写这封信似的那样抓紧时间，急速上路。

信差走了，爱德华再三坚持要夏洛蒂立即把奥狄莉从寄宿学校里接回来，他认为除此无法更明确地表达他的谢意。

她请求把此事推迟一段时间，她想今天晚上激起爱德华对音乐的兴趣。夏洛蒂的钢琴弹得非常好，可是爱德华的笛子却吹得不怎么样。尽管他有时也花费不少精力，但他却没有耐心，缺少毅力，而这对这样一种技能的造就是不可缺少的。他觉得自己这部分吹奏得非常不均衡，有的地方吹得不错，也许只是快了一点儿；在另外一些地方，他又停顿下来，因为这些地方他不熟练。与他合作，把一个二重奏演奏到结束，这对任何人都是一个难题。但是夏洛蒂却知道怎样办。她停了下来，并再次随着他演奏下去。她一身而二任，是一个优秀的乐队指挥，又是一个聪明的家庭主妇。这两人在总体上保持节奏，即使个别的快句不符合节拍也无伤大雅。

第三章

上尉到了。他事先寄来一封非常练达的信，它使夏洛蒂全然安心了。他对自己、对自身的处境、对他的朋友的情况都一目了然，对一个愉快和喜悦的前景抱有信心。

头几个小时的谈话，像在多年不见的朋友之间惯有的那样，非常活跃，甚至几乎是谈得精疲力竭。近傍晚时分，夏洛蒂提议散步，到新建筑那儿去。上尉对周围环境十分中意，领略了穿过新路才能看到和享受的美景。他有着一双有经验和易于满足的目光。虽然他对的地方能立刻看得出来，但是他不做时常发生的那类事情，诸如通过一种恶劣的玩笑，或是他的要求超过环境所许，或是提起他在某个地方看到过更为满意的，从而使主人感到尴尬。

他们到达了庐舍，它被用假花和长春花极为有趣地装饰起来，间或有美丽的麦穗和其他农作物及果树的果实点缀其中，这一切为布置者的艺术思想大增光彩。“尽管我的丈夫不喜欢为他庆祝生日或命名日，但我用这少许的花环庆祝一个三重的喜庆节日，那他今天总不会对我不悦吧。”

“一个三重的喜庆节日？”爱德华叫了起来。

“完全正确！”夏洛蒂回答说，“我们朋友的光临，我们当然要当作一个节日庆祝；再就是你们两人大概都没有想到，今天是你们的命名日。不是一个叫奥托，另一个也同样叫奥托吗？”

两个朋友从小小的桌面上伸手相握。“你使我想起了年轻时代的那段友谊，”爱德华说，“在儿童时代我们都叫奥托，当我们在寄宿学校一起生活时，曾发生了不少误会，于是我自愿把这个可爱的、响亮的名字让给他。”

“可你这样做实在不是一种慷慨之举啊，”上尉说，“因为我记得十分清楚，你更喜欢‘爱德华’这个名字，它从优美的嘴唇里说出来，格外悦耳中听呢。”

他们三人围桌而坐，就在这儿夏洛蒂曾竭力反对这位朋友的到来。爱德华心满意足，他不愿使妻子想到那些时刻，但还是按捺不住，说道：“给一个第四者，地方也是足够的。”

就在这时候，他们听到了从府第那边传过来的号角声，它像在应和与增强同在此处流连的朋友们的美好意愿和希望。他们默默地谛听，每一声都把他们带回内心深处，使他们在这样一种美好的聚会中感到双倍的幸福。

爱德华首先打破了寂静，他站了起来，走出庐舍。“让我们马上把我们的朋友领到最高的地方上去，”他对夏洛蒂说，“这样他就不会相信，这狭小的山谷会是我们继承的财产和居留之地了，上面会使目光更为无拘无束，心胸更为开阔自由。”

“那这次我们得攀登那条古旧崎岖难行的小径了，”夏洛蒂说，“但是我希望，以后走我开辟的通向高处的台阶和小道会好走些。”

他们越过崖石，穿过树丛和灌木，到达高地。那上面并不平坦，但却形成绵延不断的肥沃的山脊。后面的村镇和府第看不到了，底下是开阔的池塘，那边是起伏的丘陵，池塘环绕其间，最终处是峭崖陡壁，它垂直地截断了最后的水面，在上面形成了非凡的形状。那儿是一个峡谷，一条湍急的小溪直流入池塘；一座磨坊半隐其中，与它的周围环境一起成了一处令人惬意的休息场所。目光所及，在整个半圆之内，低处、高地、灌木、森林，不断地更迭，变化万千，它们的新绿必将形成茂密丰郁的景色。一些地方的三五成群的大树，紧紧吸引住人们的目光。特别是近在鸟瞰景色的朋友们的脚下，一片白杨和梧桐得天独厚地长在池塘中部的岸边。它们正值成长期，繁盛、秀丽、挺拔，向四下扩张开来。

爱德华要他的朋友特别注意这片树木。他说道："这是我在青年时候自己亲手种下的。那时它们都是小树，当年我父亲为了修建府第的大花园需要地基，把它们在盛夏季节拔出，我救了它们的命，移栽到这里。毫无疑问，它们今年也新枝竞发再度表示它们的感激哩。"

他们满意欢快地返了回来。府第右厢的一所舒适宽大的住处供给客人使用。上尉很快就把书籍、纸张和工具安排就绪，以便继续他所习惯了的工作。但是爱德华却让他头几天不得安闲。他领他到处转悠，时而骑马，时而步行，使他熟悉周围环境和田产，借此机会他随即向他的朋友吐露了他长期以来的愿望，想更好地认识和更有利地利用他的田产。

"我们要做的第一件事，"上尉说，"那就是我要用磁针来测定方向。这是一项容易而愉快的工作，即使它不是十分准确，总是有用处的，对开头是可喜的。这件事也不需要多大的帮助就能动手去做，并且肯定能完成。如果将来你想更精确地进行测量，现在这项工作也是可供参考的。"

上尉对这项工作十分内行。他带上必要的仪器立即开始工作。他指导爱德华和几个帮他工作的猎人和农夫。白天进行得很顺利，晚间和清晨他绘出图形，很快涂上深浅不同的颜色。爱德华从图纸上极为清晰地看到了他的产业，仿佛一个新的造物从中成长起来一样。他认为他现在才认识了它，似乎现在它才真正属于他。

经过这样一番通览，对周围地区，对某些设施有了更清楚的认识，这远非个别的、根据偶然的印象所得到的认识可比，这样就可以进行讨论了。

“我们必须让我的妻子也清楚才好。”爱德华说。

“别这样做！”上尉说，他不愿意别人的见解妨碍自己。经验告诉他，人们的观点各式各样，甚至借助最明智的陈述，也无法汇集到一点上。“别这样做！”他说道，“她会很容易感到惶惑呢。她跟那些只是出于爱好而从事这类工作的人一样，较之于事情做得怎样，她关心更多的是她做了什么。人们接触大自然，偏爱这些或那些地方：人们不敢去清除这些或那些障碍；人们缺少足够的胆量去牺牲某些东西；人们不能预先想到，会产生出什么，人们去试验，成功了，失败了，人们去改动，也许改动的是人们应该保留的，而保留的却是人们该改动的。这样到末了，留下的总是一个局部，它虽然使人喜欢，使人激动，却不是使人满意。”

“你坦率地向我承认吧，”爱德华说，“你对她所设计的不满意吧。”

“如果一个非常好的思想能得以实施的话，那没有什么可说的。她费尽气力在岩石间开了一条路，折磨自己攀登上去，如果你愿意的话，也令每一个攀登山路的人受折磨。人们既无法并肩同步，又不能鱼贯而行，很少有什么自由，步伐的节奏随时都会被打断。这一切有什么不可以反对的呢？”

“那做一些改动容易吗？”爱德华问。

“很容易，”上尉回答说，“她只需把一个还不显眼的、由小块石头形成的崖角弄掉就行了。这样就成了一条通向高地的漂亮的弯道。同时用那些多余的石头，把这条路上狭窄的地段展宽，把破损的地方铺平。可这只是在我们中间私下说说而已。若是她知道了，她会惶惑不解和感到苦恼呢。再说，已成定局的事，就让它那样好了。若是想再花费些钱和精力的话，那从庐舍向上，翻越过高地，这之间还有许多可干的事，能做出不少令人赏心悦目的事呢。”

两个朋友眼下有许多工作，但也欢快地畅谈对往昔的怀念，这时夏洛蒂经常是在座的。他们也准备，一旦下一步工作结束，就开始整理日记，用这种方法去再现昔日的时光。

除此而外，爱德华与夏洛蒂单独在一起时很少有什么话题可谈，特别是自从上尉对她的花园设置提出指摘以来，这成了他的一件心事，他认为指摘是正确的。上尉私下对他说的，他一直缄口不语。但是当他看到他的妻子近来又忙于用小台阶和小径去铺设从庐舍通向高地的路时，他不再保持沉默了，于是委婉地把自己的新看法告诉她。

夏洛蒂吃惊地站在那儿。她聪明得很，立即看出来了，他的看法是正确的。但是，已成定局的，岂能更改，已经做了的只能如此；所做的，她认为做的符合她的愿望，是正确的，甚至被指责的每一处都是可爱的。她进行反驳，她维护她那小小的创造，她责备那些男人，他们由于一种开心，一种消遣，立即萌生好大喜功之念，马上去进行一项工作，而不想到一个如此庞大的计划所需的巨大费用。她激动起来，感到受了伤害，觉得苦恼；旧的她不能放弃，而新的她又不能完全拒绝；但是她当机立断，立即停止工作，她需要时间深思熟虑。

她失去了这种劳动消遣，而同时男人们总是一道忙个不停，特别热心于艺术花园和玻璃暖房的整修。在此期间他们也依然继续习惯了的骑士般的活动，如狩猎、买马、交换马匹、驯马和驾车。这样一来夏洛蒂觉得一天比一天寂寞。她忙于书信往来，其中也有是为了上尉的缘故。这样，她从寄宿学校收到的消息就格外使她高兴和快乐了。

女校长的一封详尽来信，像通常一样，兴致勃勃地详细谈到了女儿的进步，信后有一段简短的附笔和一份出自学校一个男教员之手的附笺，这两份东西我们照录如下：

女校长的附笔

尊敬的夫人，关于奥狄莉我只能重复我在上一封信中所说的。我没有什么可责备她的，但我对她确实并不满意。如从前一样，她对其他人谦逊随和，乐于助人；但是这种忍让和顺从我并不喜欢。您最近寄给她一些钱和其他物品。钱，她没有用，那些物品，她也放在那里不动。她喜欢整齐、洁净，似乎也只有在这个意义上她才换衣服。对她在饮食方面的过分节制，我也不能加以称赞。我们的膳食并不丰盛，但它们引人食饮，益人健康，若是孩子们能都吃饱喝足，那是我最喜欢不过的了。经过考虑和斟酌摆在餐桌上的，都应该吃光才对。可是我们从没有使奥狄莉做到这点。甚至，她为避开一道甜食或餐后的一道点心，而去做女仆们疏忽了的某种事情。在这一切有关她的情况之中，有一点值得注意，她经常感到左边头痛，这是我后来才晓得的。现在虽然过去了，但可能是痛苦的、严重的。对这个美丽可爱的孩子就谈这么多吧。

男教员的附笔

我们出色的女校长习惯于让我阅看她写给学生的双亲或监护人的信，在这些信里她向他们通告了她对孩子们的观察。寄给夫人的信，我在读时总是怀着双倍的注意，感到双倍的欣喜。因为，一方面我们为您有这样一个女儿向您表示祝贺，她集所有那些优点于一身，将来定会出人头地；另一方面我也必须至少是同样地为您有这样一个养女向您表示我的赞美，她来到世上是为了他人的幸福，他人的满意，当然也是为了她自己的幸福。在对学生的看法上，我与我们如此敬重的女校长意见相左的情况，几乎唯有奥狄莉一个人。我这绝不是对这位才能出众的夫人有所责怪，说她要求人们应该对她的劳动成果能一眼看得清清楚楚。但是，有些果实深藏不露，它们才是真正的、坚实的，迟早能发展成为一个美丽的生命。您的养女肯定就是这样一个人。在我教授她的时间里，我看到她总是迈着同样的步子，缓缓地、缓缓地前进，永不后退。如果有一个孩子凡事都必须从头讲起，那她就是这样。凡是不按部就班的，她就不理解。对一件十分易于了解但与她毫不相关的事情，她无能为力，甚至是迟钝愚鲁。但如果人们能找到此中的联系，并向她讲清楚，那即使最困难的她也能领悟。

由于这种迟缓的前进，与她的同学相比，她落在了后面。那些人以一种全然不同的能力总是疾速向前，所有的、甚至是互不关联的功课，他们都能轻易地理解，轻易地掌握，然后得心应手地加以利用。这样，在上一堂快速的课时，她就感到一无所学、一无所能了。有几门功课就是这个样子，虽然授课的都是优秀的老师，但却过于快速和缺乏耐心。人们对她的书法有怨言，抱怨她对文法规则缺乏理解力。我对这些责难做了进一步的观察：这是真的，她写得缓慢、僵硬，若是人们想这样说的话。但不是胆怯拘谨和不成形状。法语固非我的专长，可我循序渐进地教她时，她很容易就理解了。令人惊奇的是，她知道得很多，很正确。只是，一当问起她时，她好像什么都不明白了。

如果我该用一句总的评语来结束，我想说：她不是作为该受教育的人去学习，而是作为一个要去进行教育的人去学习，不是作为学生，而是作为未来的教师去学习。夫人，您也许感到奇怪，我本人作为一个教育者和教师，我在称赞一个人时，如果说把他看作是与我们教师一类的人，那可是没有比这更高的褒奖了。夫人，您远见卓识，才学渊博，会发觉在我这些浅陋、善意的字句里有可取之处。您将会证实，在这个孩子身上也可寄予厚望。我向您表示祝愿，夫人，并请允许我再给您写信，一俟我相信，有某些有意义和愉快的消息可供书呈的话。

夏洛蒂对这封附笔感到高兴。它的内容完全与她对奥狄莉的看法相符。她同时也忍不住露出一丝微笑，这位教师的关怀有些太热心了，一个教师对一个学生品德的观察通常是不会如此的。但她的思想方法一向平和，没有偏见，因而这样一种关系，如同其他许多情况一样，也就任其自然了。明达事理的人对奥狄莉的关心，她认为是可贵的。因为她从自己生活中深深懂得，在一个冷漠和敌意司空见惯的世界里，任何一种真正的倾慕都该受到高度珍视。

第四章

一份地形图不久就完成了。在地图上，庄园和它周围的地区都以一种相当大的比例绘制出来，由于钢笔的线条和颜色，显得清晰易辨，一目了然。这是以上尉几次三角测量得出的准确数据为基础绘制的。这个埋头苦干的人所需的睡眠甚少，没有人像他这样，他白天经常忙于眼前的事务，因此晚间时时也有工作要做。

“让我们着手剩下的工作吧，”他对他的朋友说，“对庄园加以记述，由此就可以对出租的估价以及其他事情做出安排。可是为此需要充分的准备工作，有一点我们得确认和规定下来：要把工作与生活分离开来！工作要求郑重其事，一丝不苟，而生活则可以随心所欲；工作要求按部就班，井然有序，而生活则经常是变化多端。是啊，这种是有其可爱之处和令人高兴的。如果你在一个方面有着信心，那在另一方面也就感到更为自由了，而不会由于两者的混淆，使这种信心由于这种自由而被剥夺和抵消。”

爱德华觉察到在这些建议里有一种轻微的责备。他的天性并非不喜欢做事条理分明，但他却从来没有把他的文件分门别类整理得井井有条。那些需要他和其他人一道办理的，那些他个人就能解决的文件，都混在一起；这样一来，他也不能把事务和工作、消遣和娱乐完全区分得清清楚楚。现在他觉得轻而易举了，因为一个朋友承担了这项劳动，由第二个我来进行这种区分，而原来那个我是无法总为此分身的。

他们在上尉住的那一厢设置了文件柜，用于存放当前的往来信函，还为过去的文件设置了一个资料柜。从形形色色的储藏器具中，从一些房间、橱柜和匣箱里，把所有的文件、字据、报告都找了出来。这混乱的一团很快就被整理得井井有条，分门别类放进贴有标签的分格的柜子里。想找什么，找到的比所希望的还要完整。一位年迈的秘书前来帮忙，他在白天，甚至夜间也整小时地不离开写字台，可爱德华过去却对他一直不满。

“我简直认不出他了，”爱德华对他的朋友说，“这个人多么能干，多么有用啊。”“这是因为，”上尉回答说，“我们并没有叫他做什么新工作，他所完成的，只是他乐于做的旧工作。你看到了吧，他干得很出色，可一妨碍他，那他就什么也干不成了。”

白天，两个朋友就用这种方式在一起度过；晚间，他俩也从不耽误，按时到夏洛蒂那儿聚会。若是没有来自邻近地区和庄园的客人登门拜访——经常是这样的情况——那么，谈话和阅读多半是围绕这样的题目：增进市民社会的幸福、长处和快乐。

夏洛蒂本来就习惯于利用眼前的时机，她看到了她的丈夫的满意心情，也觉得自己受益不少。家中的各种设备，本是自己早就希望的，但却一直没有能够筹办成，现在由于上尉的努力而得以实现。家庭药房一直只有很少的药品，现在充实起来了。夏洛蒂借助易于理解的书籍和交谈，能够比以往更经常、更有效地发挥她那勤恳和助人的本性。

由于考虑到一些常见的和经常出人意外的紧急情况，于是所有为救助溺水者而必需的药品都置办了，比某些靠近池塘、水流、水利设施的地方还要完备。在那些地方是一再发生这一类事故的。

这项工作上尉操办得极为详尽。爱德华失口说了一句，在他的朋友的生活里，这样一个事故以奇异的方式开创了一个新的时代。上尉沉默不语，像要规避一次悲惨的回忆，于是爱德华随即住口了。夏洛蒂对此事的大致情况知道得也不少，就把那句话截断，转了个话题。

一天晚上，上尉说："所有这些预防性的措施是值得称赞的，可我们还缺少最最重要的，缺少一个能干的人，他知道该怎样使用这一切。我推荐一位我熟悉的外科军医，他现在要求的条件不高，这是一个在自己的专业里很出色的人物，就是在处理内科急症时，他做的也比一个著名的医生更令我满意哩。在乡村常常感到最缺少的就是这样的应急救助。"

爱德华立即写信，两夫妇非常高兴，他们留下的一笔可自由使用的款项，现在能派最好的用场了。

这样一来，夏洛蒂也能够按自己的意思去利用上尉的知识和才能，开始对上尉的到来感到完全满意，对一切后果处之坦然了。她习惯于问一些问题，她愿意生活总是那么幸福快乐，因而对所有有害的、死亡的东西，她都唯恐避之不及。陶器上的铅白釉子、铜器上的绿锈，都引起她的某些疑惧。她为此求教，而这就自然而然地涉及物理和化学上的基本概念。

在一些偶然的、但却总是受欢迎的机会中，为了消遣，爱德华喜欢为在场的人朗读。他有着一副非常动听、低沉的嗓音，过去由于朗诵一些诗歌和演说家的作品而受到欢迎，有了名声。他朗诵时感情真挚，生动活泼。现在他选择的是另一些对象，朗诵的是另一些文章。一段时间以来，他朗诵的都是物理、化学和技术方面的优秀著作。

他有一些与常人不同的特点，也许这是他与更多人的相异之处，那就是在他朗诵的时候不能忍受有人看他朗诵的书。从前，在朗诵诗歌、戏剧、小说时，朗诵者和诗人、戏剧家、小说家一样，都怀有热切的意图，希望能产生应有的效果，为此就要引人惊奇，有意地停顿和激起期望。如果有一个第三者有意地用眼睛去扫描他所朗读的东西，那就自然不会达到预期的效果。因此，他朗诵时，总是习惯不要有人坐在他的背后。现在他们只有三个人，他的这种谨慎就成为不必要的了。由于现在他无须引起感情的激动和超乎想象力的惊奇，他本人也就不再去考虑，如何格外小心在意了。

可是有一天晚上，当他漫不经心地坐下朗读时，他发觉夏洛蒂在看他朗读的书。他那旧有的焦躁登时发作了。他责备她，在某种程度上是不客气的："难道不应当把这种以及其他类似的坏习惯永远戒除掉吗！它们在社交场合是令人讨厌的！若是我给某个人朗读，那不就是等于我在亲口向他讲述什么吗？所写的、所印的都代替了我本人的思想，我本人的心灵。在我费力去朗读时，那就像在我的额头、在我的胸前敞开了一扇小窗户。若是那个我要把我的思想陈述给他的人，那个我要把我的感情传达给他的人，总是事先早就什么都知道了，那还要我有什么用呢？每当有人看我所朗诵的书，我总是觉得，我好像是被撕成了两片似的。"

夏洛蒂的机敏之处是她不论在大小场合都善于把每种令人不快的、剧烈的，甚至是激动的言辞加以缓解，把冗长的谈话打断，使乏味的交谈变得有生气。这次她也发挥了她的这样一种卓越的才干。她说道："若是我说明我在这一瞬间所想到的，那你一定会原谅我的过错。我听到你朗读亲和性，马上就忆及我的亲戚[①]，我的两个表兄弟，他们恰恰在这个时候给我带来了麻烦。我的注意力回到朗读上，我听到读的都是无机界的事，我想弄清楚，于是向书上看了看。”

“这是一种比喻的讲法，它使你走神、慌乱，”爱德华说，“这里当然指的都是土壤和矿石，但人却是一个真正的纳尔济斯[②]，到处都喜欢照镜子。他把自己当作整个世界的衬底。”

“是这样！”上尉接着说，“凡是在人自身之外的，他都这样去看待；他把他的智慧和他的愚蠢，他的意向和他的任性，都赋予动物、植物、诸种元素和诸多神灵。”

“我不愿使你们远离眼下的兴趣所在，”夏洛蒂说，“你们能否简短地给我讲讲，这里所指的亲和性，究竟是什么呢？”

“这我很乐意，”上尉回答，他转身面对夏洛蒂说，“当然啰，我尽可能把我十年前学到的、读过的讲清楚。至于在科学世界中，人们还是不是这样想，它是不是还符合新的学说，那我就说不准了。”

“够糟糕的了，人们现在，”爱德华喊道，“学的东西没有什么能用一辈子的了。我们的先辈，年轻时候学到的，能一直保持到晚年。可现在，若是我们不想完全落伍，那么每五年就得重新学习。”

“我们女人并不这么认真，”夏洛蒂说，“若是我坦率地说，那在我看来，只是涉及对字义的理解罢了。在社会上，没有比把一

---

① 化学上的术语亲和性与亲戚在德文里是同一个词根。

② 希腊神话中的美少年，总是爱欣赏镜子中自己的倩影。

个陌生的、生造的字用错更为可笑的了。因此，我只想知道，这个词儿在何种意义上用于这些事物。究竟它与科学有什么联系，那是科学家的事，顺便说一下，就我所知，就是他们从来也难以取得一致的意见呢。”

“为了更快地进入正题，我们该从什么地方着手呢？”片刻沉默之后，爱德华向上尉问道，后者沉思少顷，随即回答说：

“如果允许的话，不妨先从现象说起吧，不久我们就会说到正题的。”

“放心吧，我一定聚精会神地听。”夏洛蒂说，同时把手中的工作放到一边。

上尉开始说：“在所有我们能看到的自然物上，我们首先观察到，它们自身都有着一种联系。当我们把一些不言自明的东西说出来时，听起来未免感到奇怪。但是，只有我们对熟悉的完全理解了，我们才能彼此去探讨那些不熟悉的。”

“我想，”爱德华打断他的话，“举例说明对她和对我们都更好些。你想想水、油和水银，那你就会发现，它们各部分之间都有着一种统一性，一种关联性。除非通过强力或其他测定方法，它们是不会放弃这种统一的。一旦除掉这种强力和其他测定方法，它们就又立即聚合到一起。”

“毫无疑问，”夏洛蒂赞同地说，“雨水能汇聚成河流。早在孩提时代，我们在玩弄水银时就感到惊奇，我们把水银分成一个一个小珠，再让它们重新滚动聚合到一起。”

“我可以顺便提一提一个重要之处，”上尉补充说，“即这种完全纯粹的，通过液体所决定、并且总是通过球形表现出来的联系力。下落的水滴是圆的，您自己刚才也提到了水银珠；甚至一滴下落的熔化的铅，若是有时间完全凝固的话，那它落到地上也会是一个球状。”

“让我先说说，”夏洛蒂说，“看是不是能与您说到一处。正如每一种事物自身都有着一种联系力，它对其他事物来说，也有着一种关系。”

“这种关系根据事物的不同而不同，”爱德华性急地接道，“一旦它们以老朋友、老相识的身份相遇时，它们就很快走到一起，统一起来，彼此都没有什么改变，像酒和水混在一起一样。反之，它们则顽固地、彼此陌生地互不理睬，即使通过机械的混合和摩擦，也绝不能结合在一起，就像油和水，搅合在一起，但马上便彼此重新分离开来。”

“这种情形可不少，”夏洛蒂说，“在这种简单的形式里，人们也可以这样看他们所熟悉的人呢，特别是忆及人们生活于其中的团体。在世界上彼此对立的人群、阶级、各种职业，贵族和第三等级、士兵和平民，都与这些无灵魂的事物有着许多类似之处。”

“对呀！”爱德华说，“正如这一切通过道德和法律可以结合在一起一样，在我们的化学世界里也有触媒，它把互相排斥的结合在一起。”

上尉插了一句：“我们就用碱性盐来使油和水溶在一起。”

“您的讲解不要过于匆忙！”夏洛蒂说，“这样我也好表明我跟得上您的步子。现在我们不是谈到亲和性了吗？”

“完全正确，”上尉回答，“我们立即就能认识到它的全部力量和精确性了。那些相遇时彼此很快发生反应并相互发生影响的，我们称为亲和。碱和酸，它们是彼此相对立的，也许正因为它们彼此对立之故，才最断然地相互寻求，相互捕捉，改变形态，构成一种新的物质，这种亲和性是够明显的。我们只需想一想石灰吧，它对所有的酸都表现出一种巨大的好感和一种强烈的结合欲！等我们的化学实验材料来了，我们可以给您做各种实验看，那是非常有趣的，比起语言、名称和术语来，这会给您一个更为明确的概念。”

“您听我说，”夏洛蒂说，“如果您称您的这种奇怪的事物是亲和，那我觉得它们并不如血统的亲和，更不如精神和灵魂的亲和。同样按这种方式，在人与人之间会产生真正的诚挚的友谊，因为相对立的特性会使一种内在的结合成为可能。我要等着看看，您让我亲眼看的这种神秘的作用是什么——我不想，”她把脸转向爱德华说，“现在再继续妨碍你的朗读，为了更好地受到教育，我要聚精会神地恭听。”

“既然你请求我们给你讲，”爱德华说，“那你就不能这样轻易地算了，最错综复杂的事例才是最有趣的哩。只有在这类事例上人们才能认识到亲和的程度：密切的，强烈的，疏远的，无足轻重的关系。当亲和性发生分离的作用时，那才是饶有兴趣的呢。”

“分离是一个可悲的词儿，”夏洛蒂说，“遗憾的是现在人世间经常听到它，难道在自然科学里也是如此？”

“当然！”爱德华说，“甚至这是化学家的荣誉头衔的一个标志呢，人们称他们是分离的艺术家。”

“现在人们不再这样认为了，”夏洛蒂说，“这做得太对了。结合是一种更为伟大的艺术，一种更为伟大的功绩。一个结合艺术家，在任何领域里都会受到欢迎。——因为你们业已谈到了，那就给我举一两个这样的例子吧！”

“现在我们马上就重新接触到我们刚才已经提到过的名字和讨

论过的东西了。”上尉说，“比如说，我们称为石灰石的东西，是一种纯度不同的石灰土，它同一种弱酸密切地结合在一起，这种弱酸是以一种气体的形式而为我们所熟知的。如果人们把一块这样的石头放进稀释了的硫酸之中，那这种酸立即同石灰石起反应，同它化合成为石膏，而那种气体的弱酸则逃逸而去。这就产生了一种分解，一种新的化合。人们认为有更多的理由来用亲和力这个词儿，因为它确实让人看到了，一种关系优于另一种，一种关系被另一种取而代之。”

“请您原谅，”夏洛蒂说，“正如我原谅自然科学家一样。这儿我从不把它看作是一种选择，而是视为一种必然，甚至认为这样说也勉强呢，归根结底，这也许只是机遇而已。机遇造就了关系，正如机遇成全了盗窃一样。如果你们谈到自然形体，那在我看来，这种选择仅仅只是掌握在化学家的手里，是他把这些物质聚集在一起的。如果它们能结合在一起，那是上帝的仁慈！谈到您提到的那个情况，我只是为那可怜的空气中的酸素感到惋惜，因为它又不得不在无限之中到处游荡了。”

“那就取决于它了，”上尉说，“它可以同水结合为矿泉水，成为健康人和病人的清爽饮料。”

“石膏倒是满意了，”夏洛蒂说，“它已经完事了，成了一种物体，得到了关心，而那个被驱逐出去的物质，还得经过一番磨难，直到重新找到归宿。”

“也许我错了，”爱德华微微一笑，“否则在你的言辞背后就隐藏有一种小小的狡猾的用心。你得承认这种狡黠吧！说到归宿，在你的眼里，我是石灰石，被作为硫酸的上尉所捕捉，失去了你的青睐，变成了一块呆钝的石膏。”

“如果良心使你这样观察你自己，”夏洛蒂回答说，“那我没有什么可担心的。这种比喻是好玩的、有趣的，有谁不愿意玩类似这样的游戏！但是人毕竟比那些元素不知高出多少等级，若是他在这儿过于慷慨地使用和选择和亲和力这样美好的字眼儿，那他最好先用在他自己身上，借这个机会考虑一下这个词儿的价值。遗憾的是这类情况我太熟悉了，一种密切的、看来是不可分的两个人的结合，由于一个第三者的偶然介入就遭到破坏，先前结合得很好的一个被驱逐到没有着落的广袤之中。”

“那化学家们有情得多了，”爱德华说，“他们让一个第四者加入其中，使每一个都不落空。”

“是这样的！”上尉说道，“这样的情况是最有意义，最值得注意的。这种吸引，这种亲和，这种离弃，这种结合，像是通过十字交叉实实在在地表现出来。四者迄今一直是成对地结合在一起的，使它们相互接触，那迄今存在的结合便解体了，开始了重新的结合。在这种离异和捕捉，逃逸和追求上，人们确实可以看到一种更高一级的目的，人们相信这样的物质有着一种意志和选择的本性，认为亲和力这个新造的词儿是完全有道理的。”

“请您给我描述一个这样的事例！”夏洛蒂说。

“这样的事例是不能用语言来表达的，”上尉说，“正如说过的，等我一给您做实验看，那一切就清晰明了，十分有趣了。现在我只能用一些您还没有概念的、可怕的新词来给您解释。人们必须对眼前这些表面上没有生机的，而内部却一直准备有所作为的物质有个印象，注意地观察，看它们彼此是如何寻求，如何吸引，如何捕捉，如何破坏，如何吞噬，如何咀嚼；随即从这种最密切的结合中重新出现一种再生的、新的、意想不到的形体；随后人们才相信它们有了一个永久的生命，甚至有思想和理智。这是因为我们的感官几乎不能真正地去观察它们，我们的理智几乎不能去理解它们之故。”

“我不否认，”爱德华说，“这些稀奇古怪的新造的词儿对那些不是通过感官的观察，不是借助概念而就能理解它们的人，确实是困难的，甚至是可笑的。可我们能够很容易用字母把我们刚才提到的关系表达出来。”

“如果您不认为这看起来是枯燥乏味的话，”上尉说，“那我们大概可以用符号简短地加以总结。您设想一个A，它与B密切地结合在一起，通过多种手段和某些强力都不能把它和B分开；您再设想一个C，它同样与一个D密不可分。现在您让这两对儿相互接触，这时A就投向D，C就投向B，而人们不知道究竟是谁先离开谁，是谁先同另一个重新结合在一起的。”

“就是这样！”爱德华插了进来，“直到我们亲眼看到这一切之前，我们把这个公式看作是一个比喻。从这个比喻中我们引导出一个学说，来直接地加以运用。夏洛蒂，你就想你是A，我是你的B，因为我只依附于你，紧跟你，就像B紧跟A一样。很明显上尉就是C，这次他把我从你身边稍微扯远一些。若是你不该在虚无之中游荡的话，那你设法弄一个D来，就是十分公平的了：这毫无疑问是可爱的奥狄莉小姐，你自己不能再为反对她的到来进行辩解了。”

“好的！”夏洛蒂说，“即使这个例子我觉得不完全适合我们的情况，那我也认为我们今天的聚会是一件幸事，我们之间的这种天然的、有选择的亲和力促使我向你们通告一个秘密。我这是说，今天下午，我决定把奥狄莉接回来：我一向忠实的女管家就要辞去工作，因为她要结婚了。这是从我这方面，也是为我的缘故；至于奥狄莉方面的原因，这封信你可以为我们读一读。我不会看你们读的信了，它的内容我自然已经熟悉。你读吧，读吧！”她一边说这番话，一边拿出一封信来，把它递给了爱德华。

第五章

校长的来信

尊敬的夫人，如果我今天写得很短，那是要请您原谅的，这是因为在正式的考试之后，要向所有的家长和监护人报告情况，看看在学生们身上，在过去的一年里，我们取得了什么样的成绩。我也可以写得短些，因为用少许的字句能说出更多的意思。您的女儿在任何意义上都证明她是出类拔萃的。附去的各种证书，她本人的信，这信中有她对得到奖励的描述，也同时表达了她对如此顺利的成功所感到的满意心情。这将使您得到一种宽慰，甚至是一种喜悦。但是我的喜悦却因此有所减少了，因为我看到，我们没有更多的理由把一位进步如此之快的学生滞留在我们这里。我请您允许，今后能自由地向您陈述一些我对她所抱有的最为有益的想法。关于奥狄莉，我的友好的助手另有专函。

男教师的信

关于奥狄莉的情况，我们尊敬的校长让我写信，部分是因为按照她的性格，去报告不得不报告的那些事令她难过，部分也是因为她本人需要一种谅解，这种谅解她宁愿借助我的笔来加以陈述。

我知道得很清楚，善良的奥狄莉很少有能力表现出她的知识、她的才学，因此在正式考试之前，我就为她感到几分担心，而由于不可能有准备，这种担心就更大了。按照通常的方式能做到的，奥狄莉却对这种表面文章无能为力。考试的结果证实了我的忧虑是有道理的。她没有得到奖励，也成了没有被授予证书的学生之一。我还有什么可多说的呢？在书法上，奥狄莉写的字体如此之好，那是其他人所不及的，但是笔锋过于自由了些；在数学上，其他人算得更快，她善于解难题，可这次却没有表现出来；在法文上，在会话和解释上她超过了某些人；在历史上，对名字和年代，她不是那么得心应手；在地理上，对政治区划她缺乏关注；在音乐课上，她熟悉的旋律不多，而且简单，唱的时间不充分，又显得心绪不宁；在绘画上，她本来肯定会得到奖励的，她画的轮廓完美无缺，描绘时十分细心，显示出了才智，可惜她画得过于庞大，没有完成。

女学生们都退了下去，考试人员聚在一起进行商量，我们教员至少也能问或发表意见。我很快就发现，根本没有谈到奥狄莉，即使谈到，虽然不是带有不满，却十分冷淡。我希望通过对她的性格的一种坦率的说明，激起对她的某些同情，于是我以一种双倍的努力来表达我的观点，这一则是因为我确信我谈的是对的，再者，因为我本人在少年时代也曾处于同样一种可悲的境况之中。他们都注意听我讲，但是当我讲完时，主考人友好而简短地对我说：才能是前提，应该使它们得到发展、完善。这是一切教育的目的，是家长和监护人大声申明的、清楚不过的意愿，是安静的、似懂非懂的孩子们自己的意愿。考试的任务也同时是对老师和学生进行评定。根据您所谈的，我们对这个孩子怀有美好的希望，您对学生的才能有如此详细的观察，这当然值得称赞。如果您明年把这一切都变为成绩，那您和那位受到您宠爱的学生是不会得不到好评的。

由此而引起的是什么后果，我只能听之任之了，但是随后在现场又发生了一件更糟糕的事情，这是我未曾料及的。我们善良的女校长，她像一位善良的牧人一样，就连一只小羊也不愿丢失，或者如当下的情况，不愿看到其中一个出乖露丑。然而奥狄莉的情况却是如此。在先生们离开之后，她无法掩饰她的不快，对奥狄莉说："您告诉我，看在上帝的分上！一个人怎么能是这样一副蠢样子，而实际上你并不是这样？"这时奥狄莉正站在窗前，其他的人则为得到的奖励而兴高采烈。奥狄莉十分安详地说："请您原谅，亲爱的母亲，我恰巧今天头又痛了，痛得比较厉害。""这别人可不知道！"这位平素十分体贴人的夫人说道，随即厌烦地转身而去。

这是真话，别人可不知道她的头痛，因为奥狄莉的脸上并没有表现出来，我也从没有看到她用手摸过额角。

这还不是所有的呢。尊敬的夫人，您的女儿，平常是活泼的正直的，可陶醉在今天的胜利中就失去了节制，变得傲慢起来。她拿着她的奖励和证书在房间里跳来跳去，并把它们掷在奥狄莉的面前。“你今天真丢脸！”她喊道。奥狄莉非常从容地回答：“这还不是最后一次考试。”“可你总会是最后一名！”小姐喊了起来，随后跳着离去。

奥狄莉在其他任何人面前都显得泰然安详，只是在我面前不然。她脸上一种不同的颜色表现出了她在极力克制一种不快的、强烈的内心激动，左频立刻变得绯红，而右频却十分苍白。我看到这种情况，无法抑制我的关心。我把校长引到一边，严肃地同她谈了这件事情。这位出色的夫人认识到了她的错误。我们商谈了许久，为了不过于冗长烦琐，我把我们的决定和我们的请求向夫人禀呈：把奥狄莉接回，让她在您身边住一段时期。其理由您本人最为清楚不过。我说了许多关于这个善良孩子的情况，希望您能同意这种处理。一旦您的女儿，如我们所猜测的那样，离开了我们，我们是高兴看到奥狄莉返回学校的。

还有一点，我怕此后也许忘记：我从没有看到过，奥狄莉要求或者急迫地请求什么。相反，虽说并不常见，她也拒绝别人对她提出的要求。她这样做时，总是以一种姿势，理解了这种姿势的意义的人，是无法抗拒的。她把手掌向上举起，握紧放到胸前，身体稍稍前倾，用这样一种目光望着那些提出要求的人，使他们心甘情愿地放弃他们的要求或希望。如果您看到了这种姿势，尊敬的夫人——这在您那里是不会发生的——那请您想一想我所说的，并请对奥狄莉加以爱护吧。

爱德华读完了这封信，面带微笑，摇了摇头，对涉及的人和提及的事发表了评论。

“够了！”爱德华最后喊道，“决定了，让她回来！事情由你来安排，亲爱的，我们也可以把我们的建议提出来。我搬到府第右厢上尉那儿去，这是十分必要的了。早晨和晚上才是共同工作的好时光。你和奥狄莉住在那边的最好房间里。”

夏洛蒂表示满意，爱德华描述了他们未来的生活方式。说话中间他喊道：“轻微的左边头痛，这是来自这位外甥女的一种真正的友好表示；我时常右边头痛。若是碰到一起，我们两人对面而坐，我支着右胳膊，她支着左胳膊，把头按不同方向枕在手上，那可是一幅有趣的画面。”

上尉认为这是危险的。爱德华却反驳说：“亲爱的朋友，您只需在D面前小心吧！若是C把它扯开的话，那B该怎么办呢？”

“我想，”夏洛蒂说，“这事岂不是明摆着的吗？”

“当然了，”爱德华说，“它就回到它的A那儿去，这就是事情的开头和结尾！”他喊了起来，跳了起来，把夏洛蒂紧紧抱在胸前。

第六章

奥狄莉乘坐的马车抵达了。夏洛蒂迎上去，这可爱的孩子疾步走来，跪倒在地，抱住她的双膝。

“别这样谦卑！”夏洛蒂说，她感到些许窘迫，要扶奥狄莉起来。“这不是谦卑，”奥狄莉说，她依然还是原来的姿势，“我只是愿意回忆起我还没有您的膝盖高的那个时刻，愿意回忆起您对我的爱。”

她站了起来，夏洛蒂热烈地拥抱她。她被介绍给两位男人，受到了同样的敬重，被当作客人加以款待。美丽在任何地方都是一个受欢迎的客人。她对谈话显得聚精会神，但她并不加入进去。

翌日清晨，爱德华对夏洛蒂说：“这是一位吸引人的、谈吐优雅的姑娘。”

“谈吐优雅？”夏洛蒂微笑着说，“她还一直没有开口呢。”

“是这样？”爱德华说，他装出思索的样子，“这倒是奇怪了！”

夏洛蒂给新来的奥狄莉轻微的暗示，该如何去料理家务。奥狄莉很快就看清了全部程序，甚至可以说，是感觉到的。要为大家做的，要为每一个人特别做的，她很容易就清楚了。一切都按时办妥。她知道如何安排，并不发号施令，有人耽误了的，她就立刻自己把事情料理停当。

当她知道她还有多少时间是富余的，就请求夏洛蒂允许她把她的时间加以分配，准确地遵照行事。她是按照夏洛蒂从男教员信中知道的那种方式进行工作的。那就让她这样好了。只是有时夏洛蒂试着去鼓励她。她时常把一些用钝了的鹅毛笔放到奥狄莉的桌子上，为的是让她练习书法，写得灵活自如些，可这些笔却很快就又削尖了。

两个女人私下里规定，每当她俩单独在一起时就讲法文。奥狄莉是爱讲这种外国语的，把这种练习规定为一种义务，这使夏洛蒂得格外加以坚持了。奥狄莉说的显然比她说的要多得多。特别令夏洛蒂感兴趣的，是她对整个寄宿学校的一次偶尔谈起的、但却是详尽和有趣的描述。奥狄莉成了她的一个可爱的女伴，她希望将来奥狄莉会成为她的一个可信赖的女友。

在这期间夏洛蒂把有关奥狄莉的旧信翻捡出来，以便能忆起女校长和男教员对这个善良的孩子所做的判断，好同奥狄莉本人的品性加以比较。夏洛蒂认为，人的品性是不能很快认识的，为了知道期待于他的是什么，在他身上能造就成什么，或者说，人们最终必须向他承认和谅解的是什么，那人们必须同他生活在一起。

夏洛蒂在翻阅中虽然没有什么新的发现，但是某些熟知的却使她觉得重要，引起她的注意。比如奥狄莉饮食上的节制确实令她感到忧虑。

女人们所忙的最重要的事情是服装。夏洛蒂要求奥狄莉在服装上更丰富多彩些，更多样化些。这个善良、勤劳的孩子立即剪裁从前夏洛蒂送给她的衣服，不需要别人多大帮助，她就能很快完成，做得十分好看得体。这些新的、合乎时尚的衣装提高了她的形象。一个人使他人感到愉快也取决于衣着，如果他为他的得天独厚之处加一番新的修饰的话，那么人们总是会相信，好像看到了一个新人，一个妩媚的人。

这样，她们从一开始就越来越令两个男人——我们用一个名副其实的词来表达——赏心悦目了。如果说绿宝石由于它的瑰丽的色彩使人容光焕发，甚至对眼睛这个高贵的感官产生某些治疗的功效的话，那么人的秀美会以远为大得多的力量，对人的外部和内部感官发生作用。谁看到这种秀美，都不会有什么不愉快之感，他对自己、对世界心满意足了。

因此，奥狄莉的到来，以某种方式给每天的聚会增加了活力。两个朋友更准时，甚至分秒不差到这儿聚会。无论是吃饭、喝茶还是散步，他俩都准时到达，绝不让人等待，他们并不急于离开饭桌，特别是在晚上。夏洛蒂注意到了这一点，于是暗中窥视他们。她试图发现是否是一个人在为另一个人提供机会，但是她并没有看到两个人有什么不同。他俩都兴致勃勃。在谈话时，他俩像是考虑过，如何能使奥狄莉参加进来，什么样的话题适合她，与她的见解、她的有关知识能否相适应。在朗读和讲述时，如果她离开了，就停下来，直到她返回来。他俩变得比以前温顺，并且总的看来更健谈了。

作为回报，奥狄莉每天工作起来更为勤奋。她对这所住宅、对这些人、对整个情况了解得越多，她就越热心，对每道目光、每个动作、只言片语、一声响动，就理解得越快。她那安详的注意力和她的从容不迫的动作依然如故。她的行立坐卧、举手投足都显得不慌不忙，是一种永远不停地转换，一种永远令人快意的动作。还有，她步履轻盈，听不到她的走动声。

奥狄莉对家务的精通熟练，使夏洛蒂十分高兴。若有一点她觉得不完全相宜的，她并不对奥狄莉隐瞒。有一天她对她说：“当有人从手里掉下什么东西时，我们很快弯腰把它拾起来，这当然是一种值得称道的举动。只是，与此同时要从更大的范围加以考虑，这样一种谦卑是对谁表示的。在夫人们面前，我不想给你做出什么样的规定。你年轻，对地位高和年龄大的人，理应这样去做；对与你同年纪的是一种礼貌，比你年幼和比你低下的人，这样做表明了你的好心和善良；可作为一个女人，对男人用这种方式表明谦卑和顺从，那就不合适了。”

“我要设法改正这种毛病，”奥狄莉说，“同时，如果我向您说明我为何会如此，那您或许对我的这种不合礼仪的举止会宽恕吧。人们教过我历史，我本应当都记住，但记得并不多，因为我不知道这对我有什么用处。可有一些个别事件却给我留下很深的印象，如下面发生的事情：当英格兰的卡尔一世站在他的那些所谓的法官面前时，他携带的权杖上用黄金做的圆头柄失落到地上。通常，在这样的场合是由别人为他效劳的。他四下环顾，等待着这次也有人向他献这种小殷勤。可是没有一个人动，于是他自己躬下身来，把圆头柄拾起。我对此感到痛苦，从那个时候起，若是我看到有人从手中掉落什么东西的话，我不会不躬身拾起。当然这样做可能并不总是合乎礼仪，而我，”她含着微笑继续说，“又不能任何时候都讲我的这段历史，所以我今后要更多地克制自己呢。”

在此期间，两个朋友所进行的美好的建筑工作没有中断，甚至他俩每天都有新的理由去考虑，去忙碌。

一天，他俩一起步行穿过村镇，他们不满地看到，村镇远不是那么有秩序和清洁，比起某些村镇落后得多了，那里的居民由于空间的宝贵，在这两方面下了很多功夫。

“你记得吧，”上尉说，“我们在穿越瑞士的旅行途中，曾流露出愿望，去真正地美化一个称得上是乡村大花园的村镇。我们不是按照瑞士的建筑式样，而是要像瑞士那样井然有序和整齐清洁。这两方面可是大为有益的呢。”

“以这里为例，”爱德华说，“就很合适。府第所在的山峦蜿蜒而下，直进入一个突出的岩角；村镇就在山峦对面相当规则的半圆形内建造起来；溪水从中间流过，为了防范溪水泛滥，这一家垒起石块，那一家插上木桩，而另一家用的是横梁，毗邻的又使用木板。没有一家所做的有益于他人，甚至带来了损害和不利。这条路走起来也不方便，时而向上，时而向下，时而涉水，时而登石。

若是大家能亲自动手，不需要多大花费，就能建立起一道半圆的围墙，把后面的路面垫高，直通到住房，整理出漂亮的空地，有了整洁的广场。用一项大的可行的安排，把所有这些微不足道、不足挂齿的忧虑一下子从根上除掉。”

“让我们试试看！”上尉说，他用目光一掠整个地势，迅速地做出了判断。

“我不愿意与平民和农夫打交道，若是我不能直截了当地向他们发号施令的话。”爱德华说。

“你说的并不是没有道理，”上尉回答说，“在我的一生中，类似的事情给我带来许多烦恼。一个人正确地权衡，为了赢得而必须做出牺牲，该是多么困难；为了达到目的，而又不拒绝使用手段，是多么困难！许多人把手段和目的混淆起来，对手段感到满意，而眼中却没有目的。每种弊端，一经出现，便去就地医治，而不考虑它究竟源出何处，它的影响从何而来。因此出谋划策实感困难，特别是同那些在日常生活上通情达理，但却鼠目寸光的人打交道。还有，在一件公共设施上，一个人该有所得，另一个会有所失，若是设法去搞平衡，那就无法成事。所有公益事业，必须通过不受限制的权威才能得到促进。”

在他俩站着交谈时，一个人过来行乞，他看来更多的是出于厚颜而不是由于饥寒。爱德华不高兴谈话被打断，感到不耐烦，在几次平和的拒绝无效之后，他就责备了对方。可这个汉子却不满地嘟囔起来，甚至迈着小步离去时竟反唇相讥，说什么乞丐有乞丐的权利，人们可以拒绝施舍，但不可以对他进行侮辱，因为他和其他人一样，都是在上帝和官家的保护之下。这使爱德华几乎失去了控制。

上尉劝解他，随后说：“让我们把这件事看作是一种要求吧，我们的乡村警察局也应把它的职权扩展到这儿来！人们应当施舍，可如果不是由本人进行，特别不是在家里进行施舍的话，那就好了。一切事情，也包括慈善事业在内，都应当有个节度，应按固定的形式进行。一种过分丰富的救济会把乞丐招来，而不是把他们打发走；相反，在旅行期间，在行车途中，那倒是可以掷给路旁偶尔陷入不幸的穷人以一笔令人惊喜的施舍，像是偶然飞来之福呢。村镇和府第的地势使我们非常容易建造这样一个设施，我从前对此就有过考虑。

“在村镇的一端有一家客店，在另一端住着一对好心的老夫妻。在这两个地方你可以存放一笔数目不大的钱。钱不给进入村镇的乞丐，而出村的才能得到点什么。因为这两处的房屋同位于通向府第的路上，这样，到府第乞讨的人，就让他们到这两个地方去。”

“走，”爱德华说，“我们马上去完成这件事，具体的事情我们以后总可以补办的。”

他们到了店主那儿，到了那对老夫妻那儿，事情就办妥了。

“我知道得很清楚，”爱德华说，他俩重又一起踏上通向府第的山路，“世界上的事都取决于一个聪明的念头和一个坚定的决心。你对我妻子在庭院安排上的批评非常正确，也对我暗示了如何改进的办法，我都立即告诉了她，这点我不想对你隐瞒。”

“我能猜得出来，”上尉说，“但我不赞成。你会使她不知所措呢；她把一切事情都停了下来，在这唯一的事情上与我们发生了冲突。她避免提起这件事，也不再邀请我们到庐舍去，可她同奥狄莉在闲暇时间却到那儿去。”

“我们大可不必为此而感到不安，”爱德华说，“如果我坚信一件能做也应该做的事是好的，那我不看到它的完成是不会罢休的。我们一向是聪明的，善于引导。让我们把附有铜版画的描述英国公园的文章作为晚间的话题，然后再看看你绘制的庄园图吧！开头有个话题，开开玩笑，随之就会谈到正题上了。”

两个人这样约定之后，就翻开了那些本本，里面画的是这一地带和乡村面貌的略图，显示的都是天然形态下的情形；在另一些纸上画的是经过艺术加工的远景图，显示出这片产业进行利用和提高它的价值后的情况。有此为依据，对自己的产业，对属于自己的周围地区加以一番改造就很容易了。

以上尉所设计的规划图作为基础，就可以进行这项令人愉快的工作。只是夏洛蒂一度着手的那原先的计划，还不能完全摆脱掉。可他们发现了通向高地的一条好走的路，准备在一片令人愉快的小树林前，靠近山坡的上头建造一所憩园，使它与府第遥相呼应，从府第的窗户里可以望到，从那里也能把府第和园林尽收眼底。

上尉对这一切详加考虑，进行了测量，并且把那条村路、溪边的那道围墙和如何实施的办法提了出来。他说：“开辟一条通向高地的便利之路，我所得到的石头正好够修建那道围墙之用。两项工作同时进行，用费更低，速度更快。”

“可是，我有些担心。”夏洛蒂说，“我们总得先有个打算，若是知道进行这样一项工程需要多少费用，那我们就可以把它分摊开来，即使不是按星期，至少可以按月计算嘛。钱由我来掌握，我负责支付，我自己记账。”

“你好像不怎么太信任我们，”爱德华说。

“在随意开支的事情上，不是太信任，”夏洛蒂说，“在这类随意的事情上我们比你们掌握得更好。”

一切安排就绪，工作开始了。上尉总是在工程现场，夏洛蒂几乎每天都成了他办事严格、做事果断的见证人。他对她也有了进一步的了解，两人共同工作，共同完成某些事情，相处得轻松愉快。

工作如同跳舞一样，保持步调一致的人，彼此必定也成为相互不可缺少的人，必然从中产生出一种彼此怀有的好感之情。夏洛蒂自从对上尉有了进一步的了解之后，对他确实有了好感，一个最明显不过的证据就是，她任凭他把她修建的一个雅致的休息场所破坏，这是她在实施她原先的计划时建造和装饰起来的，可现在却与上尉的计划相抵触。她对此完全无所谓，没有丝毫不满之意。

第七章

夏洛蒂和上尉有了共同的工作，结果是爱德华同奥狄莉更多地聚在一起。一段时间以来，在他的心中早就对她有了一种暗暗的、友好的爱慕之情。她对任何人都是殷勤体贴、乐于助人，对他尤其如此，这使他的自爱之心得到满足。这样的事丝毫不成问题：他喜欢吃什么样的菜，她早已注意到了，他喝茶时习惯放多少糖以及类似的事都逃不过她的眼睛。特别是她小心在意地避免有穿堂风，因为爱德华对此十分过敏，他为此经常同总是觉得房间空气不够流通的妻子发生争执。奥狄莉同样对花草树木十分内行。凡是他喜欢的，她都精心侍弄，凡是他不耐烦的，她都竭力避免。这样一来，在很短时间内，她就像一位慈祥的守护神一样，成为他须臾不可缺少的人了。她不在他的眼前，他便感到闷闷不乐。此外，每当他俩单独在一起时，她的话也多了起来，显得更为坦率大方。

爱德华虽然年龄在增长，但仍保持着某些孩子气，这与奥狄莉的青年心性十分投机。他俩喜欢回忆他们早年相遇的时光，这种回忆一直追溯到爱德华对夏洛蒂钟情的年代。奥狄莉依然记得，他和夏洛蒂是宫廷里最漂亮的一对。当爱德华对她的记忆力竟能记得少年时代的事情表示怀疑时，她却坚持说，有一件事她记得清清楚楚宛如眼前：有一次他进来时，她躲进夏洛蒂的怀里，这不是因为畏惧，而是出于一种儿童的惊喜。她本来还想进一步补充说：因为他给她留下了十分生动的印象，因为她非常喜欢他。

由于这种情形，两个朋友从前所着手进行的某些事务，在一定程度上陷入了停顿状态。这样，他俩认为有必要重新弄出一份概要来，起草几份文件，写几封书信。为此他俩到了书记室，发现那位年老的书记正无事可做。他们开始工作，给书记安排了一大堆工作，而没有觉察到，这其中的某些事情通常是他们习惯亲自动手完成的。上尉着手起草一份文件，爱德华着手写第一封信。他俩构思起草，虽绞尽脑汁，却进展不大，爱德华更是一无所成，到最后他向上尉问起时间来了。

上尉忘记了给他那带秒针的表上弦，这是多年来绝无仅有的一次。他们发现，他们对时间已经开始觉得不是那么至关紧要了。

在男人们对他们的事务有了某种程度的松懈时，女人们的活动却多了起来。一个家庭通常从相关的成员和必然的状况中产生出的生活方式，自然也会把一种特殊的爱好，一种变化着的激情吸收进去，宛如一个容器那样。等到这种新的成分起了明显的发酵作用并冒着泡沫溢出边沿，那要经过一段相当长的时间。

在我们这四位朋友之间产生了一种极为愉快的相互爱慕之情。

他们的情感坦然开放，一种共同的好感便油然而生。每一个人都觉得幸福，并为另一个人的幸福祝愿。

这样一种情况提高了人们的精神，而精神又使心胸开阔，所有他们做的和计划做的，都朝着无穷尽处的方向奔去。朋友们不再把他们的活动局限在住宅之内。他们的散步延伸到很远的地方，当爱德华和奥狄莉选择了一条小径在前面领路时，上尉和夏洛蒂跟在后面，两人津津有味地交谈，对某些新发现的场所，对某些意想不到的景色兴致盎然，两人从容不迫地尾随着前面行速甚快的那一对人的足迹。

一天，他们外出散步，穿过府第右厢的大门，顺坡而下，直到那家客店，然后跨过那座桥，直向溪水走去。他们沿着溪水前行，顺着人们通常溯寻水源之路，一直走得很远。这河的岸边，一段是杂树丛生的阜丘，随之是一片崖石，再往前就无路可走了。

由于打猎，爱德华对这一带并不陌生，他同奥狄莉沿着一条覆满青草的小径继续前进，大概他知道，深藏在崖石中间的一座古老的磨坊就在前面不远。可走不多久，这条人迹罕至的小径就失去了痕迹，他俩在覆满青苔的乱石中间的一片浓密的树丛中迷失了道路。但时间并不长，因为磨坊的水轮声立即就告诉他们，所寻找的地方就在近旁。

他俩前进，登上一段峭壁，看到古旧、黝黑、奇怪的磨坊就在下面，掩映在陡峭的崖石和高大的树木之中。他俩马上决定，穿过苔藓和乱石下山。爱德华在前头引路，他仰头上望，看到奥狄莉步履轻盈，毫无畏葸恐惧之意，在石头之间以极优美的姿态保持平衡，跟随着他。这时他相信他看到的是一个来自天国的仙女在他头上飘荡。当她有时站得不稳而抓住他伸出的手，甚至扶住他的肩膀时，他无法否认，触动他的是一个最最温柔的女性。他几乎希望，她打个趔趄，或者滑一下，这样他好把她抱在怀里，拥到胸前。但这种事他无论如何是不能做的，原因不止一个：他怕这是对她的侮辱，他怕这是对她的伤害。

这究竟意味着什么，我们马上就会知道了。他到了下面，在一棵大树下的一张乡间用的桌子旁，与她面对面坐下，向和善的磨坊主的妻子要了牛奶，并打发热情的磨坊主去迎接夏洛蒂和上尉。这时爱德华带着几分犹豫，开始说：

"我有一个请求，亲爱的奥狄莉，即使您拒绝了我的请求，那也要请您原谅我！在您的衣服里面，有一个袖珍肖像挂在您的胸前，您不把它当作是秘密，也不必把它当作秘密。那是您父亲的肖像，这个诚实的人，您虽几乎不认识，但他在任何一种意义上都值得在您的心灵中占据一个位置。但是请您原谅我，这幅像太大了。这上面的金属，这上面的玻璃，每当您举起一个孩子，或把什么东西提起来时，每当马车摇晃时，当我们穿越树丛时，还有刚才，我们从崖石上下来时，都使我恐惧万分。某种预料不到的撞击，一种跌落，一种接触，都会使您受到伤害、损伤呢。这种可能性使我惊恐不安。请您为了我，把这幅像去掉吧，不是从您的怀念中，不是从您的房间里。您把它放在您的房间里最美好最神圣的地方，只是别放在胸前。我觉得，也许是出于杞人忧天吧，那太危险了！"

奥狄莉沉默不语，在他说话的时候，她直视着面前，随后既不匆忙亦不踌躇地把目光更多地望向天空，而不是转向爱德华。她把项链解了下来，把相片取出，向自己的额头按了一按，就递给爱德华，并说道："您先拿着，到家后再给我！我真不知该怎样更好地向您表明，我是多么珍视您对我的关怀。"

爱德华没敢把这幅像放在嘴上亲吻，但是他握住了她的手，并把它放在自己的眼睛上。这两只紧握的手也许是最美最美的手了。他觉得，仿佛他心上的一块石头已经落地，仿佛隔在他与奥狄莉之间的一堵墙已经坍塌。

夏洛蒂和上尉由磨坊主引导，沿着一条较为好走的小路抵达这里。他们相互致意、欢呼，休息了片刻，恢复了一下精神。在返归时，他们不想走同一条路，于是爱德华建议走小溪另一岸的一条石径。这条路颇使他们感到吃力，走过之后，那座池塘又呈现在眼前。穿过一片纵横交错的树林，向田野望去，就看到散落的村庄、市镇和农场，以及它们周围一片葱绿的沃野。他们先是到了位于高地中间树林深处的一座令人倍感亲切的小庄园。这儿无论是前瞻还是后望，富饶的景色都最为美丽不过。从并不陡峭的顶端，就能到达一片雅致的小树林。走出树林，就站在府第对面的一块山崖上了。

他们不知不觉到达了这里，真是喜出望外！这是一次小型的周游世界啊。他们站在通向新建筑的地方，又向他们住处的窗户望去。

步下高地，他们到达庐舍，四个人才第一次坐在这里。他们异口同声表露出他们的愿望：把今天的这条走起来缓慢而且吃力的路加以改建，使人能愉快地并肩缓步而行，再没有比这更自然的了。每个人都提出建议，每个人都计算，如何把这条花费了他们数小时的路，改造成只消一个钟点即可返抵府第的新路。人们在考虑，在小溪注入池塘的地方，即在磨坊下面修建一个缩短行程和增添景色的小桥。可夏洛蒂却对这种有创见的想象力泼冷水，她在考虑，这需要一笔多么大的开销啊。

“这也有办法，”爱德华说，“树林中那座小庄园，看起来固然很美，带来的收益却少得可怜。我们可以出让它，把这笔钱用在这项工程上。这样，我们就能在每次美好的散步之中愉快地享受一笔运用得当的资本所带来的乐趣了。何况，每当年终结算时，我们都为小庄园那笔可怜的收入感到不快呢。”

夏洛蒂本人，作为精明的家庭主妇对此没有什么可反对的，这件事也早就提出过。现在上尉要制订出一项计划，在农民中间划分土地，而爱德华却想能有一个更简捷、更干脆的办法。现下那个佃户，曾提出过这样的建议，可以出让给他，分期付款。这样，他们也可以分期地把这项计划逐步完成。

这是一项合情合理、从容不迫的计划，自然得到了赞同。在这四个人的想象之中，似乎他们已经看到自己在这条新路上漫步呢，在这条路上的近旁还可以指望看到一些舒适的休息地点和观赏风光的场所哩。

为了对这一切从细节上加以考虑，晚间他们在家立刻摊开了新绘制的地图。人们在观察他们走过的那条路，看它在哪些地段上还能加以改进。过去所制订的全盘计划被再次加以讨论，并把它同最新的想法结合起来。府第对面的新房的建筑位置再次得到了赞同，环行路便修到那里终止。

奥狄莉对这一切都保持沉默，最后爱德华把一直摊在夏洛蒂面前的规划图转放到她的面前，同时请她发表意见。她注视有顷，他便亲切鼓励她，不要不说话，这一切还不是定局，这一切都还不算数呢。

“我想，”奥狄莉一边说，一边用手指向高地上那块最高的平地，“把房子建到这儿。虽然从这里看不到府第，因为它被一小片树林遮住，但是，若是所有的村庄和房屋都匿而不见，那人们在这儿会觉得自己是置身于另一个崭新的世界之中。池塘、磨坊、群峰、山峦、田野，这景色会格外美呢。我在今天路过时就注意到了。”

“她说得对！”爱德华喊道，“怎么我们没有想到！奥狄莉，不是吗，您的意思是这样吧？”他拿起了一支铅笔，在高山上画了长方形，画得又重又粗。

上尉看到一张精制的、洁净的地图被弄成这模样，不以为然，感到不悦，但他在轻轻地责备后就控制住了自己，开始考虑奥狄莉的意见。他说：“奥狄莉说得对，为了喝一杯咖啡，品尝一顿鱼，人们不是愿意外出走一走吗？这些东西平素在家里是引不起我们的食欲的。我们要求换一换口味，来点新奇的东西。老一辈人把府第建造在这里是明智的，因为这儿避风，购买日常用品方便。在奥狄莉说的地方建造一所房屋，比起作为居住之用，更适合于社交聚会。在一年中的美好季节里，它使人能享受到多么惬意的时刻！”

他们对这件事谈得越多，就觉得这事越发合适，爱德华无法隐藏他喜悦的心情，因为这个思想是奥狄莉说出来的。他是如此扬扬得意，仿佛是他自己想出来的。

第八章

上尉翌日一大早就去那个地点调查，先是设计出一份草图，四个人在现场做出决定。之后，他又画出一份详细的图纸，并附有估价和所需一切材料的清单。必要的准备工作还是不少的。那项出售旧庄园的事情也开始进行。两个男人在一起有了新的工作。

上尉提醒爱德华注意，用举行新建筑奠基的仪式来庆祝夏洛蒂的生日，那该是令人高兴的，甚至也是应当的。无须多费口舌去使爱德华改掉反对这类庆祝活动的老习惯，因为他很快就想到了随后就是奥狄莉的生日，这同样是要好好庆祝一番的。

夏洛蒂觉得这项新的工程以及随之而来的种种事情，是巨大的、重要的，甚至几乎可以说是令人忧虑的。因此，她忙于对估价、时间和金钱的分配再次进行核查。白天，他们见面的时间少了，这样他们也就更渴望晚间聚在一起。

奥狄莉在此期间完全成了料理家务的女主人，她的举止文静、稳重，情况也必然会是如此。她的整个心思也更多地用在家庭和家务上，而不是想到外面的世界、户外的生活。爱德华不久就觉察到了，她随同出来到附近地区漫步，只是为了使大家高兴；她晚间较长时间逗留在室外，只是出于社交上的义务，即使如此，她有时也还是借口家务而返回室内。于是爱德华很快就做出安排，使每次共同漫步赶在日落之前返回家中，并开始他久已中断了的诗歌朗诵，特别是朗诵那些在朗诵时能表达出一种纯洁的、但却是激烈的爱情的诗歌。

他们晚间通常围着一张小桌，坐在固定的位置上：夏洛蒂坐在沙发上，奥狄莉坐在她对面的一张扶手椅上，两个男人分坐在两旁。奥狄莉坐在爱德华的右边，每当他朗诵时，就把灯推向这边。奥狄莉往前靠近一些，以便能看到爱德华朗诵的书，因为她更多地相信自己的眼睛，而不是别人的嘴唇。爱德华同样向前凑过去，以便使她看得舒服。他甚至经常停顿，比必要的停顿时间长得多，直到奥狄莉把这页也看完，他才把这页书翻过去。

夏洛蒂和上尉把这一切看在眼里，时而相视一笑。但令两个人吃惊的是另一种迹象：奥狄莉有时也公开地表露出她对爱德华的暗中爱慕。

一天晚上，由于一次令人生厌的来访，四个人聚会的时间损失大半。爱德华提出建议，在一起再多待一会儿。他兴致勃勃地要吹笛子，这在他们聚会的日程上消失好长时间了。夏洛蒂寻找那份他俩通常一起演奏的奏鸣曲乐谱，她没有找到。经过些许犹豫，奥狄莉承认说，她把乐谱拿到她房间去了。

“您能，您想为我的笛子伴奏？”爱德华喊了起来，两眼由于喜悦而闪闪发亮。“我想能的。”奥狄莉说。她把乐谱取来，坐在钢琴旁。两个听众聚精会神倾听，他们惊奇的是，奥狄莉私下竟然如此完美地学会了这首乐曲，尤其令人诧异的是，她善于配合爱德华的演奏方式。“善于配合”并不是正确的表达。当夏洛蒂伴奏时，由于她机敏和灵活的能力，这里停一停，那里赶一赶，以便配合上她那时而吹奏得迟缓，时而匆忙的丈夫。奥狄莉听到过几次他们夫妇演奏这首奏鸣曲，她练习这首乐曲，好像仅只是为了给爱德华伴奏。这样，他的缺点也就变成她的缺点了。由此便重新产生出了一种在整体上是生动活泼的演奏方式，它虽然不合乎节奏，但听起来却令人极为舒服和愉快。就是作曲家本人，若是看到他的作品被以这样一种方式篡改，那他也只是会感到高兴。

上尉和夏洛蒂对这件奇妙的、意想不到的事情保持沉默，他俩有着这样一种感觉，就像是观察到一些经常是孩子气的行动，虽对这些事的值得忧虑的后果不以为然，但却不能加以责备，甚至，或许令人妒羡呢。这是因为他们两个人之间的爱慕之情也同样日益强烈，和那两个人一样。也许，由于两个人更严肃认真，更稳重从事，更有自持力，也就变得更为危险。

上尉业已感觉到，一种无力抗拒的习惯要把他束缚在夏洛蒂的身边。他克制住自己，避开夏洛蒂经常去现场的那些时间。这样，他很早就起床，把所有事情都安排停当，然后就返回府第他住的那一厢进行工作。开头几天，夏洛蒂认为事出偶然，她到凡是他可能在的地方去找他，后来她就理解他了，并也因此对他更加敬重。

上尉避免和夏洛蒂单独在一起，更努力地催促和加速这项工程，好为夏洛蒂即将到来的生日举办盛大的庆祝。他一方面从下往上，在村庄后面修建一条平坦的路，另一方面说为了采石也让人从上往下赶修，并把这项工作妥加安排，计算好，这条路的上下两段在最后一晚会合。在上面建造那所新房屋，地下室部分业已破土，虽说还没有挖掘，但一块漂亮的上面带有空格和顶盖的奠基石亦已凿好。

外部的工作，内心中那些琐细的、亲切的、充满神秘的意愿，或多或少受到压抑的情感，这一切，每当他们在一起时，就使得谈话变得不那么活跃。对此感到不快的爱德华，有一天晚上要上尉演奏小提琴，夏洛蒂伴奏。上尉不能拒绝大家的要求，这样，他们两人带着感情，愉快而流利地演奏了一首极难的乐曲，这使他俩，也使在旁聆听的另一对感到极大的喜悦。他们约定要更经常地进行这样的练习，更多地进行这样的演奏。

“他们演奏得比我们好，奥狄莉！”爱德华说，“我们羡慕他们，但是我们大家都很高兴呢。”

第九章

生日的这天到了，一切都已完成：那条沿着村路用来防水的堤墙加高了，那条经过教堂的路，它接着夏洛蒂所铺设的山径，不久就向上延伸到崖石，经过庐舍的左边，向左转了一个直角，把庐舍甩在下边，逐渐到达了高地。

这一天来的人非常多。人们来到教堂，全教区的人都穿着节日的盛装聚在那里。做过祈祷之后，孩子们、青年人和成年男人依次走出教堂，随后是主人和他们的来客及随从，少女、年轻的女人和妇女走在最后。

在路的拐弯处修建了一处加高了的石头场地，上尉让夏洛蒂和客人们在此稍事休息。整条道路展现在他们的面前，向山上行进的男人队伍，逶迤尾随其后的妇女，从他们身边一一走过。风和日丽，这场面十分壮观。夏洛蒂感到惊喜，极为感动，她热烈地紧紧握住上尉的手。

他们随着缓缓前行的人群，现在人群围着未来的房屋形成了一个圆圈。房屋的主人，他的亲属和高贵的来宾，被邀请到下面去。在那儿，准备安放的奠基石立在一边，一个穿着整洁的泥瓦工，一手拿着灰镘，一手拿着锤子，用韵文发表了一篇优美的演说，这里我们用散文复述便减色得多了。

他开始说："建造房屋有三件事要加以注意：选择好正确的地点，打好地基，建造得完美。第一件，那是房主本人的事情，正如在城里由公爵和教区来确定房屋该建造在什么地方一样，在乡下，这种特权是属于地产主人的，他说：我的住宅应该建造在这里而不是别处。"

爱德华和奥狄莉听到这话时，相互之间没敢彼此相望，尽管他们面对面站得很近。

“第三件，完成这个建筑是许多工人要操心的了，不参加这项工作的人为数不多啊。但是第二件，这是泥瓦工的事，我们敢说，这是整个工程的首要大事。这是一项严肃的工作，而我们的邀请也是严肃的；因为庆祝仪式要在下面举行。在这个狭小的坑里，承蒙诸位光临作为我们这项神秘工作的见证人，我们深感荣幸。我们这就要把这块凿好的石头放上去，随后不久，这道用漂亮和高贵的人物装饰起来的地墙将被堵上，不能再通行了。

“这块基石的角是这座房屋的真正的角，用它的直角标识出房屋的规矩，用它的水平和垂直位置标识墙壁的垂直和水平。我们可以顺利地把它放倒，它由于本身的重量会平稳地躺在那里。但这里也要有石灰，要有黏合物；在人世间，彼此性情相投的人，若再经法律的固定，那在一起就会更密切；形状相契合的石头之间也是如此，通过黏合的力量，它们联结得更紧。在劳动者之中无所事事，非适宜之举，因此你们不会不愿意在这儿与我们一道工作吧。”

随后他把灰镘递给夏洛蒂，她把石灰抹在石头下面。其他人做了同样的工作，不久石头就沉了下去。之后夏洛蒂和其他人都用递过来的锤子在石头上敲了三下，为基石和地基的联结郑重地表示祝福。

“泥瓦匠的工作，”演讲者继续说道，“虽然现在是在露天进行的，并不总是不被人看到的，但却是越来越被人看不到。按照规矩完成了的房基要被填实，甚至我们泥瓦工在白天所做的工作，到最后人们也几乎想不起我们。石匠和凿石工的劳动，那是人们一眼就能看到的，看到的很多。当刷墙工把我们双手所留下的痕迹完全抹掉，并把我们双手所留下的工作据为他们所有，在上面涂上一层灰浆，抹平，上色时，我们甚至还不得不表示满意呢。

“这样，有谁比泥瓦匠更关心把自己工作做得正确无误，好使自己满意呢？有谁比他理由更充分地具有这样多的自我意识呢？当房屋建成，地面弄平，铺上石板，外面修饰完毕时，泥瓦匠透过所有外壳还一直能看到内里，还能认得出那些井然有序地精心操作留下的接缝。整个建筑的存在和得到支撑，都有赖于它们呢。

“一个人做了一件坏事，他必然害怕，不管他如何防范，事情总会暴露在光天化日之下；与此相同，那些暗中做了好事的人，必然也会有一天，他做的这些善举在违反本人的意愿下，会被众人所知。因此我们把这块基石同时也当作是纪念石。在这上面凿得深浅不同的空格里，应当放进各式各样的物品，为遥远的后世留下凭据。这些焊接起来的金属小盒装有文字资料，在这些金属板上刻着各式各样引人注意的东西，在这些漂亮的瓶子里装有陈年好酒，标上了它的酿造年代，还有各式各样的钱币，这都是今年铸造的。这一切都得自我们慷慨的房主。若是哪位来宾和在场的人愿意拿出些什么东西留给后世的话，那这里面还有空地方。”

稍顷，这位工匠环视四周，但正如在这种情况下经常会发生的那样，没有人有所准备，每个人都感到意外。终于有一个性格开朗的青年军官说话了，他说：“若是我该把这个宝匣中还没有的某件东西放进去的话，那我就把我的军服上的两个纽扣割下，它们也许值得保留到后世。”他说罢便做了。其他人也都做了类似的事情。女人们也不迟疑地把她们的小木梳放了进去，把小香水瓶和其他小装饰品也不加怜惜地拿了出来。只有奥狄莉在发呆，她心神专注地注视人们把东西拿出来，放到空格里去。直到爱德华向她说了一句亲切的话，才把她从这种神态中唤醒。她从颈上解下原是悬挂她父亲肖像的金项链，轻轻地放到其他一些小件宝物上面。爱德华随之稍显匆忙地提示，把严密合缝的顶盖打开，把东西装到里面。

那个年轻的工匠显得最忙，他又做出演说家的表情，继续说道："我们立下这块基石是永久的，是为了确保这所房屋的现在和未来的主人的长远享有。我们把它像一件珍宝埋在这儿，与此同时我们会想到人世间的事物，即使是最最牢固的，也会消亡；我们想到这样一种可能，这个封得牢牢的盖板会被重新打开，这种情形不外是说，现在我们尚未完成的一切都遭到毁坏。

"但是，我们要把我们的思想从未来引回到现在！我们要把这座房屋建成。让我们在今天的奠基仪式之后，立即加快我们的工作，使每一个工人在我们的地基上继续工作，而不是无所事事。这建筑会迅速耸立起来，会很快竣工，从现在尚未安装的窗户里，房主人、他的亲属和他的客人能惬意地眺望这一带的风光，谨祝在场的诸位身体健康，干杯！"

他把高脚杯中满满的酒一饮而尽，并把它掷向空中。摔毁人们欢乐时用的容器，这表明了一种极度的欢愉之情。但这次却发生了点意外：杯子没有落到地上，可这并不是出于奇迹。

为了工程的进展，人们业已把对面角上的地基完全打好，并开始砌墙。为了工程的最终完成，已搭好了脚手架，架子很高，比所需要的要高出许多。

为了这次庆祝仪式，人们特地在架子上铺了木板，一部分观众攀登到上面，工人们自然是捷足先登。酒杯飞了上去，被一个人接住，这个人把这看作是一个吉利的兆头。他把杯子向周围的人炫耀，但却不放手。人们看到杯子上刻有两个缠绕在一起的优雅好看的字母：E和O。这是在爱德华青年时代为他烧制的酒杯之一。

脚手架上又空了，客人中一些最敏捷的人攀了上去，以便向四下眺望，他们对周围的景致赞不绝口。站在高处，只要是高出一层楼，有什么看不到呢？向前望去，许多新村庄呈现在眼前，河流的银带历历在目，甚至城市里的塔楼，其中一个亦隐约可见。背后，在草木葱茏的丘陵之后，远山中的几座青色山峰巍然突起，附近的景色尽收眼底。一个人喊道：“只差把三个池塘连成一个湖了，那样景致就尽善尽美了。”

“这是能做到的，”上尉说，“从前的时候，它们曾形成一个山湖。”

“只是我请求保留我的那些梧桐树和白杨树，”爱德华说，“它们长在中间那个池塘旁是那么美丽、漂亮。您看，”——他转向奥狄莉，引她向前走了几步，指向山下，“这些树是我亲手栽的呢。”

“它们大概有多少年了？”奥狄莉问。“差不多和您的年纪一样大，”爱德华说，“是的，亲爱的孩子，我栽它们的时候，您还躺在摇篮里呢。”

集会的人都重新返回府第。在宴席结束之后，人们被邀请穿越村庄，来一次散步，以便在这里也能看到新的设施。村民们遵照上尉的提议，都聚集在自己家门之前。他们不是排列成行，而是按一家一户地自然划分开来，有的人家做着晚间的工作，有的人家在新的木凳上休息。一切都弄得整齐清洁，井井有条，这已成为他们感到愉快的义务了，至少在每个星期天和节假日是这样。

四个人组成的相互怀有爱慕之情的小型聚会，经常被一种大型的社交活动所中断，这是令人不悦的。当他们四个人又单独聚集在大厅时，每个人都感到愉快。可是有一封信送到爱德华手上，通知明天有新的客人到来，这使一种家庭般的感情受到了几分打搅。

“正如我们所猜测的，”爱德华向夏洛蒂喊道，“伯爵是不会不来的，他明天到。”

“这就是说，男爵夫人也不远了。”夏洛蒂说。

“肯定是不远了！”爱德华回答，“她明天也从她那里抵达。他们请求住一夜，后天再动身继续旅行。”

“这我们就得做些准备了，奥狄莉！”夏洛蒂说。

“您有些什么吩咐呢？”奥狄莉问。

夏洛蒂大体上做了些指示，奥狄莉便转身离去。

上尉问了问这两个人之间的关系，他仅是泛泛地知道一些。他俩早年热烈相爱，可他们都已分别结婚。一种双重的婚姻不会不使名望受到损害。他们想到离婚，这在男爵夫人是可能的，可伯爵却做不到。他们只得表面上分手，但仍保持着他们的关系。冬天他们不能在都城里相聚，夏季便外出旅行和到浴场，来加以弥补。两人的年纪比爱德华和夏洛蒂稍大，并且早年都是宫廷时期的朋友。他们一直保持着友好的关系，尽管他对他朋友的所作所为并不尽以为然。可是这次夏洛蒂对他们的到来却感到几分不宜，是什么原因呢？她仔细地想了想，这是因为奥狄莉的缘故。这个善良、纯洁的孩子是不该如此早就知道这一类事情的。

“他们该晚来一两天才好，”爱德华喊，这时奥狄莉又走了进来，“等我们把出售旧庄园的事情办妥。契约已经写好，我这里有一份副本，但是我们还缺少第二份副本，我们的老文书现在病了。”上尉表示自己来做，夏洛蒂也这样表示，但遭到了反对。

“交给我好了！”奥狄莉急不可待地喊道。

“您没法抄得完的。”夏洛蒂说。

“可后天早上我必须拿到手，东西不少，”爱德华说。“能完成。”奥狄莉说，她正把文件拿到手中。

翌日清晨，他们从楼的高层上远望，看客人是否到来，以免耽误迎接。这时爱德华说：“那边公路上有人骑马朝这儿来了，骑得那么慢，是谁？”上尉更清楚地描述了骑者的形态。“一定是他，”爱德华说，“你看这个人的细节比我看得清楚，与我看到这个人的整体轮廓完全相符。这是米德勒，可他怎么骑得这么慢？”

这个人越来越近，确实是米德勒。他慢慢登上台阶，受到了亲切的欢迎。“您为什么昨天不来？”爱德华朝他喊道。

“我不喜欢热闹的节日，”他回答说，“可我今天来，是为了同你们一道安安静静地补庆我的朋友的生日。”

“您怎么能如此有闲？”爱德华诙谐地问。

“如果我的拜访对你们是有价值的，那得归于我昨天所做的一番观察。我为一家人进行了调停，恢复了和平，在他们那儿我极为快乐地消磨了大半天，随后听到了这儿庆祝诞辰的活动。我暗自思忖：‘你只与那些你为他们缔造了和平的人在一起感到快乐，这终归该称为是一种自私的行为。为什么你就不应与那些维护和爱惜和平的朋友们在一起快乐快乐呢？’说到做到！我来到了这儿，按照我的想法来做。”

“昨天您在这儿看到的是一个大规模的聚会，可今天却只是一个小型的了。”夏洛蒂说，“您会看到伯爵和男爵夫人，他俩也曾给您带来过麻烦呢。”

四个人已经围在这位奇怪而受欢迎的人身边，可他却用不耐烦的动作使自己从他们中间脱身出来，随即去寻他的帽子和马鞭，他说："每当我想休息休息，舒服舒服时，就总是有一个不吉利的星宿在我头上飘荡！我为什么要违背我的性情呢！我原本就不该来，现在我被赶走了。因为我不愿与那两个人待在同一个房顶之下。你们要小心，他俩除了灾难什么也带不来！你们的本性就像发酵了的酵母，细菌会马上繁殖起来的。"

他们试图安慰他，但没有用处。"谁破坏了婚姻生活，"他叫喊起来，"谁用言辞，甚至用行动埋葬了所有的道德社会的这个基础，那他就是在同我作对。或者，当我奈何不得他时，我就绝不跟他打任何交道。婚姻是所有文明的肇始和顶峰。它使粗鲁变得温顺，最有教养的人没有比婚姻更好的机会，来表示他的温顺了。它是不可解除的，因为它带来那么多的幸福，使一切个别的不幸都变得微不足道。人们谈论的不幸是什么呢？它是一种不时侵袭人的不耐和焦躁，可却偏说这是不幸。当这短暂的时刻一成为过去，那人们就会为这样一种长久的婚姻关系还依然存在而快乐的额手称庆。夫妇离异是绝没有充足的理由可言的。人的状况被置于如此极度的痛苦和高度的快乐之中，这使夫妇之间谁亏欠谁根本就不值一提。一笔无尽的债务，也只有通过永恒才能偿还。它有时也会是不愉快的，这我相信，可这也同样是正常的。难道我们不也是带着良知结婚的吗？我们经常喜欢摆脱这种良知，因为它比起我们成为一个丈夫或者一个妻子来更为令人不舒服呢。"

他热烈地讲着，若不是驿车的号角声报告伯爵和男爵夫人的抵达，他还会长时间地讲下去呢。两位客人正如预料的那样，从两个方向同时进入府第。当家中的人迎向他们时，米德勒避而不见，吩咐人把马带到客店那儿，他心绪恶劣地骑马而去。

第十章

客人们受到了欢迎，被引入室内。他们很高兴重新跨入这座住宅，踏入这些房间。过去他们曾在这里消磨过某些美好的日子，他们有好长时间没有来过这里了。他们的到来使朋友们极为高兴。伯爵和男爵夫人身材修长、俊美，他们的中年几乎比他们的青年时代更受看，虽说他们的韶华时光已过，但是他们却以爱和关怀激起了一种令人绝对信任的情感。这一对人现在的心情也十分高兴。他们的言谈举止、待人接物落落大方，他们的欢快情绪，显得豁达的性情，立即博得了人们的好感，文质彬彬，举措适度，而同时又不使人觉察到有任何勉强之处。

这种影响随即就在这一次聚会团体中显现出来了。两位新到的人，直接来自繁华的世界，这从他们的服饰、用品和他们周围的一切事物上一眼就能够看得出来。他俩与我们这四位朋友以及他们乡村式的、暗中爱慕的情况形成一种矛盾，可这矛盾很快就消失了，往昔的怀念和现时的关怀交融在一起，一种热烈的交谈很快把所有的人联结起来。

这种交谈的时间并不长，随后这几个人分成了两部分。女人们返回到她们居住的那一厢，她们谈论某些她们私下里谈的事情，并开始展示晨衣、帽子及类似用品的最新式样和剪裁方法，有着足够的话题。这同时男人们谈论新式的旅行马车，查看马匹，并且立即就开始了交易和交换。

直到晚饭时他们才又聚到了一起。大家都换了服装，就是在这点上，这对新来的人也显示出了他们的优越之处。他们的衣着新奇，似乎从没有看到过，然而由于经常穿戴而习以为常并且舒适自然。

交谈是热烈的，话题经常变换，对在场的人来说，似乎没有什么他们不感兴趣。他们使用法语，以免环立伺候的仆人听懂。兴之所至，也谈到上层和中层社会的种种情况。唯有一个话题，谈论的时间较其他要长得多，那就是夏洛蒂询及她青年时代的一位女友的情况。她感到几分诧异地听说，她的这位女友早就离婚了。

夏洛蒂说道："人们本来相信她那不在场的朋友必然是一帆风顺，必然是一切如意：可转瞬之间，却又听到，她的命运动荡不定，又得重新踏入或许还是不可靠的生活道路，这是令人不愉快的。"

"我的好人，"伯爵回答说，"若是我们为此感到吃惊的话，那原本是我们自己的过错。我们对尘世间的事，特别是对婚姻，都愿意它们持久不变。在后一点上，那些我们一再重复看到的喜剧诱使我们产生了与世界的进程不相一致的错误念头。在喜剧里，我们看到一种婚姻成了最终的目的，它经过多幕的障碍，在最后一幕这被延误了的夙愿才得以实现。这时幕落了，而我们也得到了瞬间的满足。但在世界上却是另一种样子。幕落之后还一直在演下去，若是幕再次升起，人们就不高兴看下去，不高兴听下去了。"

"事情绝对不会这样糟糕的，"夏洛蒂莞尔一笑，"因为人们看到，就是那些从这个舞台上下来的人也还是高兴再扮演一个角色的。"

"对此是没有什么可反对的，"伯爵说，"人们愿意再扮演一个新的角色，可若是人们认识这个世界的话，那就会看到：在世界上运动着的如此多的事物之中，婚姻的这种绝对的、永恒的持久性显得有些僵化呢。我的一个朋友，他的思路敏捷，经常提出一些应当成为新的法律的建议。他坚持说：每次婚姻只应以五年为限。他说，五是一个美好的、神圣的奇数，而这个时期正好够相互认识、生儿育女、彼此离异之用，并且最最美好的是彼此再次谅解。他经常喊道：‘这第一段时间该是多么幸福呀！至少有两年、三年的愉快生活。随后，有一方希望看到这种婚姻关系时间更长久地继续下去，随着越来越接近婚姻废除的期限，爱恋之情就会一再增长。那冷淡的，甚至是不满意的一方，会由于这样一种态度而和解、受到感动。这样，就如同人们在快乐的集会中忘却时间一样，他们也忘记了岁月的流逝。而当他们发觉期限已经过去时，他们却极为愉快地感到吃惊，这个期限已经不知不觉地延长了。”

这话听起来是如此有趣、如此优雅，并且，也正如夏洛蒂所感觉到的，人们能自然而然地给这段笑谈以一种深刻的道德解释，可这一类的议论使她感到不快，特别是因为奥狄莉的缘故。她知道得很清楚，再没有比这样一种过分自由的谈话更危险的了，因为它把一种该受到惩罚或半受惩罚的事情说成是一种平常的、普通的，甚至是该得到称赞的。在这种谈话里，肯定有那些伤害夫妇关系的话。夏洛蒂试图以她灵活的方式转移话题，可她没有做到。令她感到遗憾的是，奥狄莉把一切都安排得周到齐全，无须她亲自起身照料。这个文静细心的孩子通过眼色和示意，就和管家相互会意，知道一切都极为顺利，尽管是一两个新来的、笨拙的仆人穿着号服在那里伺候。

伯爵没有觉察到夏洛蒂有意转移话题，于是仍然就这个题目继续发表自己的意见。平素他并不习惯在谈话中发火，可在这件事情上他却满腹怒气，与他的妻子分离是那么困难，这样，凡是与婚姻有关的，他都激烈地加以反对，然而这种结合却正是他自己同男爵夫人所渴望的。

“那个朋友，”他继续说道，“他还有另一个法律上的建议：如果夫妻双方，或至少一方是第三次结婚，那这次婚姻就成为不可解除的了。因为有关的一方，无可辩驳地认为婚姻是不可缺少的。这同时也表明，他们双方在过去的婚姻结合上采取的是什么样的态度，他们是否有着某些品性，引起的离婚次数较比恶劣的品德引起的还多。这样人们就应相互了解；人们对待结婚和不结婚都应郑重其事，因为人们不知道，事情会发展到什么地步呢。”

“若是这样，一定会增加社会对此的关注了，”爱德华说，“因为现在，事实上，当我们结婚时并没有人更多地询及我们的品德和我们的缺点呢。”

“在这样一种安排上，”男爵夫人微笑着插入说，“我们亲爱的主人可说是已经幸福地升到第二阶段，并且为进入第三阶段做准备呢。”

“你们是幸运的，”伯爵说，“死神热心地做了宗教裁判会议向来不高兴做的事。”

“我们让死者安静吧。”夏洛蒂带着半认真的表情说。

“为什么？”伯爵说道，“谈起他们就会怀念他们。他们享得数年伉俪之福，留下了一笔庞大的财富，死者知足，生者满意。”

男爵夫人忍不住长叹一声，说道：“若是在这样的事情上，不以美好的年华为代价就好了。”

“说得对，”伯爵说，“若不是世上还至少展示出一种人所希望的结果，那人们该会怎样的绝望呢。孩子们不遵守他们所做的诺言，年轻人也很少遵守，而当他们遵守诺言时，世界却不遵守它所做的诺言了。”

夏洛蒂为话题的转移感到高兴，她愉快地说：“哈，我们不久也得习惯于零零碎碎、断断续续地享受愉快的事情呢。”

“当然了，”伯爵说，“你们两人享受过美好的时光。我回忆起往昔，那时您和爱德华是宫廷中最漂亮的一对。今非昔比，再没有那样辉煌的岁月了，也没有那样出类拔萃的人物了。那时，每当你们两人跳舞时，所有的目光都转向你们，都追逐着你们，可你们两人却旁若无人，心中只有对方！”

“现在时过境迁，”夏洛蒂说，“我们只能怀着一种淡然的心情来听这些美好的言辞了。”

“我经常在心里责备爱德华，”伯爵说，“他不是那么坚持，因为到最后他对他那奇怪的双亲屈服了；提前赢得十年的时间，这可不是一件小事呢。”

“我必须为爱德华说几句，”男爵夫人插嘴说，“夏洛蒂也不是完全没有过错的，从各方面来看不是完全无可指责的。尽管她心里爱着爱德华，也暗中把他看作是自己的丈夫，可她也经常折磨他，这使他在逼迫之下很容易做出不幸的决定，外出、远走，摆脱开她。这我是可以做证的。”

爱德华向男爵夫人颔首，对她的辩解表示感激。

“可现在我必须补充一点，”她继续说，“我要为夏洛蒂辩护：那时追求她的那个男人，早就向她表示了爱慕之情，而如果对那个人有进一步了解的话，肯定会认为他是一个可爱的人，比你们乐于向他人承认的要可爱得多。”

“亲爱的朋友，”伯爵对男爵夫人兴高采烈地说，“我们承认，他对您也不是完全无动于衷的，夏洛蒂对您比对其他人更担心呢。我觉得这是妇女身上的一个非常可爱的特点：她们对某一个男人的依恋，绝不会因某种分离受到妨碍而化为乌有，仍然会长时间持续下去。”

“这种良好的本性也许男人们更多，”男爵夫人说，“至少是在您身上，亲爱的伯爵，我注意到了，一个您过去爱慕过的女人，她有着一种主宰您的力量，这力量超过任何其他人。因此我看到了，您为这样一个女人进行辩护，为了取得某些效果花费了那么多的精力，这也许比您目前的任何一个女友向您要求的多得多呢。”

“对这样一种指责我只好听之任之了，”伯爵说，“可是对于夏洛蒂前一个丈夫，我却不能忍受，因为他给我拆散了一对佳偶，一对天造地设的情侣。他们一经结合，就既不惧五年之期，也不再需要第二次或第三次结婚。”

“我们试着要把我们失去的再找回来。”夏洛蒂说。

“那您必须赶快去做，”伯爵说，“您的第一次婚姻，”他稍显亢奋地继续说下去，“确实是一种令人憎恶的婚姻，并且，可惜的是，请原谅我用一个更生动的词来表达，是一种愚蠢的婚姻。这种婚姻毁灭了最温柔的关系，而仅仅只是为了粗俗的安全感，这至少是为一方带来了某些好处。大家都知道这是怎么回事，可人们觉得一结婚便了事，这样一方就和另一方一样，都可以走自己的路了。”

这时，一直想打断这种谈话的夏洛蒂果断地转移了话题，她成功了。交谈变得空泛，两夫妻和上尉都能插上嘴，甚至奥狄莉也找到机会发表了意见。他们在极欢快的气氛中品尝了正餐后的水果。装饰华丽的果篮里盛满了水果，五颜六色。分别插在精美花瓶中的花束，激起了人们极大的兴趣。

他们也谈论到了花园里的新设施，在饭后随即进行了参观。奥狄莉借口家务而抽身返回，但她实际上是为了坐下来誊写文件。伯爵由上尉陪同，稍后夏洛蒂也加了进来。当他们到达高地时，上尉殷勤地跑下来取地图，这时伯爵对夏洛蒂说："我很喜欢这个人。他受到很好的系统的教育，做事认真，首尾一致。他在这儿的作为，若是在一个更大的范围里会起更大的作用。"

夏洛蒂听到对上尉的称赞，心中感到愉快。但她仍镇静如常，平静和清晰地证实伯爵所说的话是正确的。可当伯爵继续说下去时，她就惶恐不安了。伯爵说："和他结识得正是时候。我知道一个职位，这个人完全合适，我可以把他荐举给一个地位高的朋友，使他感到高兴，而我的朋友也会因此感激我。"

这段话像是落在夏洛蒂头上的一声霹雳。伯爵没有发觉，那是因为女人在任何时刻都习惯于控制自己，在极端惊骇的情况下也总是保持表面上的镇静。可她再也听不清伯爵继续说的话了："某件事情，一当我心里有底，那我就马上着手去办。荐举信我已打好了腹稿，我要尽快把它写好。您给我准备一个骑马送信的人，今天晚上我就让他把信送走。"

夏洛蒂内心感到撕裂般的痛苦。这样一个建议和她自己这样的感情，使她惊恐得说不出一句话来。伯爵兴致勃勃地继续谈个不停，谈到他为上尉安排的计划。这计划所带来的好处，那是一目了然的。这时，上尉返回高地，他在伯爵面前摊开了地图。夏洛蒂现在像是用异样的眼光注视着她即将失去的朋友！她朝两人躬身示意，随即离去，疾步下山，直至庐舍。还在半路上，泪水业已夺眶而出。她倒卧在这狭小的隐居之地的空间里，完全被一种痛苦、一种激情、一种绝望所主宰。在片刻之前，她还丝毫未预料到自己会是这样呢。

在另一边，爱德华和男爵夫人走近池塘。这个聪明颖悟的女人，在试探性的交谈中不久就觉察到，爱德华对奥狄莉的赞美过分了。于是她以一种自然而然的方式逐渐使他透露心曲，到最后她毫不怀疑，一种激情不仅是上路了，而且确确实实是到了目的地。

结了婚的女人，即使相互间并不相爱，也能默默无言地站在一起，特别是在反对年轻少女时会联合起来。她那熟谙世故的才能，使她很快就清楚了，这样的爱慕会带来什么后果。再说，她今天早上已同夏洛蒂谈到了奥狄莉，对这个孩子居留在乡间，特别是对她那安静的性格不以为然，并建议把奥狄莉送到她城里的一个女友家里。她的这位女友对自己唯一的女儿的教育十分尽心，并想寻找一个性格温顺的女伴，把她视为自己的第二个孩子，让她享受她女儿享受的一切。夏洛蒂答应考虑此事。

洞悉了爱德华的心愿，男爵夫人坚定了把这项建议付诸实现的决心，为了使事情进展得更快，她就愈加迎合爱德华的愿望。这个女人的自我控制能力比任何人都强，在极端特殊的场合下，这种自我控制能力使我们惯于去矫饰地对待一件普通的事情，使我们倾向于，在我们有如此多的力量主宰自己的同时，也把这种统治的欲望施加到别人身上，以此通过我们表面上赢得的东西来弥补我们内心所缺少的，从而在某种程度上不受损失。

与这样一种心理经常连在一起的是一种暗中幸灾乐祸的感情，对别人的昏昏，对别人陷入不幸的惜然无知感到欣欣然。这一类人不仅仅为眼下的成功感到开心，同时也为他人未来的令人震惊的羞惭而乐不可支呢。男爵夫人邀请爱德华在收获葡萄的季节同夏洛蒂一道去她的庄园做客，而当爱德华问及他们可否带奥狄莉一道去时，她却以这样一种方式回答，使爱德华理解为有利于自己，她这样做是够险恶的了。

爱德华怀着一种狂喜，谈论起景色秀丽的环境，巨大的河流、山丘、崖石和葡萄园、古老的宫堡、水上泛舟，谈论起采摘葡萄和榨葡萄时的欢乐景象以及其他，等等。心地的纯洁无瑕业已使他预先就对那儿的印象感到了由衷的喜悦，而那儿的景色也定会在奥狄莉清新的思想上印下深刻的痕迹。就在这时候，奥狄莉走了过来，男爵夫人匆忙地对爱德华说，刚才谈到的秋天旅游一事绝不要向奥狄莉提起，因为预先以为会带来喜悦的事情，到时通常是会落空的。爱德华答应了她，并催促她快些去迎奥狄莉，可最终他却朝着这可爱的孩子疾跑起来，比男爵夫人早到好多步。在他整个身上都流露出了一种由衷的喜悦。他吻了她的手，递给她一束他在半路上摘的野花。男爵夫人看到这个场面，内心几乎是一阵揪痛。她并不认为，这种爱慕之情该受到惩罚，可即使如此，她也绝不会为那个出身寒微的少女得到如此垂青和宠爱而感到高兴。

当他们聚在一起进晚餐时，气氛变得完全异样了。伯爵在饭前已写好了信并交给信差送走，他把上尉整个晚上安排在自己身旁，同他交谈，以一种聪明和谦逊的方式对他进行越来越多的了解。坐在伯爵右侧的男爵夫人因此没有怎么讲话。爱德华也讲得很少，他先是感到口渴，随后由于激动，一再地喝酒并把奥狄莉拉到自己的身旁，非常热烈地与她交谈。在另一边，夏洛蒂坐在上尉的身边，她难以掩饰，甚至完全不可能掩饰自己内心的不宁。

男爵夫人有足够的时间进行观察。她注意到了夏洛蒂的不快，可她以为这是因为爱德华同奥狄莉的关系的缘故，于是她轻易地得出结论，认为夏洛蒂也对自己丈夫的态度感到忧虑和苦恼。男爵夫人在考虑如何能更好地达到自己的目的。

就是在饭后，在这个小团体中也出现了一种分裂。伯爵想对上尉进行彻底的了解，可上尉是一个文静的人，毫不矫饰，甚至可说是寡言少语；为此，伯爵不得不多次兜圈子，设法知道他所希望知道的，他俩在大厅的一侧来回踱步。这时爱德华却因酒和渴望，同奥狄莉坐在一扇窗户旁谈笑风生。在大厅的另一侧，夏洛蒂和男爵夫人并肩默默地来回走动。她俩的沉默和百无聊赖最终使其他人失去了兴致。女人们返回她们居住的一厢，男人们回到另一厢。这一天就这样结束了。

第十一章

爱德华陪伯爵到他住的房间，随着谈兴的变浓而想同他多待一段时间。伯爵忘情于过去，萦回在脑海里的是夏洛蒂的妩媚绰约，他以一个鉴赏家的身份，对此怀着火热的情感加以赞美："一双秀足是大自然的伟大的恩赐。这种优美是无法泯灭的。我今天观察了她的行走姿态，真想去吻一吻她的鞋啊，这虽说有点儿野蛮，但却是古代撒尔马顿人[1]毕恭毕敬的表示，他们为了向一个所尊敬所热爱的人表示祝福，认为没有比饮尽盛在其鞋中的酒更好的方式了。"

在两个知心的男人之间，他们赞美的对象并不仅仅限于夏洛蒂的足尖。他们从夏洛蒂这个人回忆起旧日的故事和冒险，谈起了当

① 古诺曼底民族的一支。书中所描写的这种风俗源于波兰。——原注

时阻挠这对恋人会面的种种障碍，以及为克服这些障碍所花费的种种努力，所使用的种种手段，而这一切仅只是为了能够面对面说上一句他们彼此相爱而已。

“你记得吧，”伯爵继续说道，“有一天，我们的那些至高无上的王公们去拜访他们的叔父，大家都聚集在宽大的宫殿里，我那时是多么友好无私地帮助你去进行一次冒险？白天在繁文缛节中过去了；晚间，至少有一部分时间该用来进行亲切的、无拘无束的交谈了。”

“您早就注意到了通向宫廷女眷住地的道路。”爱德华说，“我们幸运地到了我爱的人儿那里。”

“可她，”伯爵说，“考虑更多的是宫廷礼节，而不是我当时的满意心情。她把一个面目丑陋的女伴留在身旁，在你们眉目传情之际，我觉得命运对我太残忍了。”

“我昨天，当你们通知要来此地时，还同我的妻子想起这段往事，特别是我们返回的情形。”爱德华说，“我们找不到路，于是走到卫队住地的前庭，因为从那儿我们就可以找到归路。这样，我们不加任何思索，便穿了过去，认为像经过其他岗哨一样，一过了事。可一打开门我们惊得发呆！路上都铺满了垫子，上面躺着一行行巨人般的卫兵，在呼呼酣睡。岗哨上一个唯一醒着的卫兵惊讶地望着我们，可我们血气方刚无所畏惧，非常坦然地跨过一双双脱在地上的军靴，那些鼾声如雷的恩纳克[①]孩子们一个也没有醒。”

“我真愿被绊倒，”伯爵说，“那就会弄出声来，我们该看到一种少见的复活场面了！”

就在这时，府第的钟声响了十二下。

---

① 恩纳克，传说中的巨人族，生活于迦南南部。见《圣经 · 旧约》中的《摩西记》。

“已经是午夜了。”伯爵微笑着说，“现在正是时候。亲爱的男爵，我得请您帮帮我的忙。正像那时我带领您一样，今天您带领我。我答应了男爵夫人，还要去拜访她，我们已经好久没有见面，渴望私下有个会面的时间，没有比这更自然的了。您指点我怎样走，归路我自己可以找到，不管怎样，我是不会被靴子绊倒的。”

“我很高兴为您效劳，”爱德华说，“可有一点，三个女人的房间都在那一边。不知她们是否还聚在一起，或许我们会引起些麻烦，使人感到奇怪呢。”

“放心好了！”伯爵说，“男爵夫人在等我。她这个时候肯定是一个人单独在自己的房间里。”

“这样，事情就容易多了，”爱德华说，他拿了一盏灯为伯爵照亮，从一条秘密的楼梯走了下去，进入一条很长的过道。在过道的终端，爱德华打开一扇小门。他们沿着一条旋梯而上，在上面的一个狭窄的空地上，爱德华把灯递到伯爵手上，指点给他右边的一扇暗门。这扇门一动便马上开启，伯爵被纳入其内，把爱德华留在黑暗之中。

左边的另一扇门通到夏洛蒂的卧室。他听到讲话声，于是谛听起来。夏洛蒂在问她的女仆：“奥狄莉已经睡了吗？”“没有，”另一个回答说，“她还在下面写字呢。”“那你把夜间用的灯点上，”夏洛蒂说，“你自己去睡吧，已经很晚了。蜡烛我自己会熄灭的，我就要睡了。”

爱德华惊喜地听到，奥狄莉还在抄写。“她在为我做事！”他得意地想。他蜷缩起身子，透过黑暗，看到她坐在那里抄写，他相信自己走到了她的身边，看见她是怎样把身体转向他。他感到一种不可抗拒的要求，要再次待在她身边。可这儿没有路通向她住的隔楼。[1]他发觉自己径直站在妻子的门前，在他的灵魂中出现了一种奇怪的错觉，把夏洛蒂和奥狄莉混淆起来了。他试着把门打开，可是他发现门已上锁。他轻轻地敲门，但夏洛蒂没有听到。

她在隔壁大房间里激动地来回走个不停，自从伯爵提出那个意想不到的建议以来，这件事就在她脑海里一再浮现，萦回不绝。上尉仿佛就站在她的面前。他还在这所房子里，他使散步变得有风趣，可他要是离开，这一切就成了一片空虚！像人们遇到这种事情设法安慰自己一样，她也自己安慰自己，她甚至都预想到了该说的那类令人痛苦的安慰话，如人们经常说的，时间能减轻这种痛苦。她诅咒这能减轻她痛苦的死气沉沉的时间。

到最后，泪水就成了她格外希求的慰藉了，这种情况在她身上还是很少发生的。她投身到沙发上，一任痛苦拨弄。爱德华站在门外不动，他再次敲了敲门，第三次敲得更响些，夜的寂静使夏洛蒂听到了，她为之一怔。她的第一个念头是，这很可能，也一定是上尉；第二个念头，则又认为这是不可能的。她以为是一种错觉，但她确实是听到了，她希望，同时也害怕听到。她走进卧室，轻轻地走到上锁的暗门。她责备自己怎么如此胆小。“这完全可能是男爵夫人来要点儿什么！”她自言自语，于是镇静地问，“是谁？”一个放轻了的声音回答：“是我。”“谁？”夏洛蒂未能辨别出声音，问道。她觉得上尉的身影站在门前。一个稍微提高了的声音回答她：“爱德华！”她打开门，她的丈夫站在她的面前。他用一句玩笑话向她打了个招呼。而她也用同样的口吻回答他。他用一种谜一般的语言解释他这次谜一般的来访。“我为什么要来呢？”最后

① 介于一楼和二楼之间的楼层。

他说，“我必须向你承认。我立了一个誓愿，今天晚上还要吻吻你的鞋子。”

“这你可是好久没有想到了。”夏洛蒂说。“那就更糟，”爱德华说，“并且也就更好！”

她坐在一张扶手椅上，为的是使她那薄薄的透明睡衣避开他的目光。他伏身在她的面前，她无法拒绝不让他吻她的鞋子，当他把鞋拿到手上时，他握住她的脚，含情脉脉地把它按在自己的胸脯上。

夏洛蒂是这样一类的女人：生性节制，在夫妻关系上，从不故意地和竭力地继续保持情人的姿态。她从不去挑逗丈夫，甚至不去迎合丈夫的欲念，但也绝不冷淡和严峻，而总是像一个可爱的新娘，就是在夫妇间容许的事体上也是羞答答的。这样一来，今天晚上她在双重的意义上发现了爱德华。她多么希望丈夫走开，因为上尉的身影像是在责备她。但是，本该让爱德华离开这里的，却更加吸引他留在这里。在她的身上显示出了一种冲动。她哭泣起来。如果说一些人由于哭泣而失去风韵，那么我们通常认为是坚强和镇定的人，却因此而显得更加妩媚。爱德华如此可亲、可爱，又是如此迫切。他请求她，让他留在这里，但他并不强求，他时而郑重其事，时而诙谐戏谑地劝说她。他想的不是他有这样的权利，到最后他有意把蜡烛吹灭了。

在朦胧的寝灯的微光里，内心的渴望，幻想的力量立即就凌驾于现实之上：爱德华认为他怀中抱的是奥狄莉，在夏洛蒂灵魂中飘忽不定的是上尉。真够奇怪了，飘忽得使不在身边的人和在身边的人混淆不清，令人兴奋和狂喜的混淆啊。

然而现实却不容把它那巨大的权利剥夺掉。他们夜里一部分时间消磨在聊天和戏谑之中，遗憾的是心不在焉，可也正因此而更加无拘无束。但是翌日清晨，当爱德华在妻子胸旁醒过来时，他觉得白昼在不祥地直视着他，他觉得太阳的照耀是在昭示一种罪行，他轻轻地从她身边溜走。当夏洛蒂醒来时，发觉自己孤身一人，这真够奇怪的了。

第十二章

早餐时他们重又聚在一起，一个细心的观察者能从每个人的举止中发现他们内心的思想和感情。伯爵和男爵夫人见面时满怀喜悦，这是一对情人久别重逢相互倾诉情怀的那种喜悦，夏洛蒂和爱德华则全然相反，面对上尉和奥狄莉，仿佛有羞愧疚悔之意。因为爱情生就认为，只有它的权利是至高无上的，其他的权利在它面前都应退避三舍。奥狄莉像孩子似的高兴，照她这个样子，可以称她是天真无邪。上尉显得严肃，伯爵同他的谈话，激发了他身上一段时间以来静止和沉睡的一切，使他深有所感，认识到这里根本无法施展他的才能，基本上只是在一种半闲半工作的游荡中打发日子而已。等两个客人刚一离开，就又有了新的来访者，夏洛蒂觉得来的正是时候，她希望借此一散心中郁结的不快。然而爱德华却觉得不适当至极，他正加倍渴望能与奥狄莉待在一起。奥狄莉同样觉得来的不是时候，那份一大早就需要的文件还没有抄完。客人们很晚才离去，他们一走掉，奥狄莉便马上返回自己的房间。

已是傍晚时分。爱德华、夏洛蒂和上尉，在客人上车之前，陪同走了一段路。他们一致同意到池塘那边散步。爱德华用高价从远处购置的一条小船已经运到了。他们要试试，船是否灵活，是否易于驾驶。

小船拴在池塘中部的岸边，离那几棵古老的橡树不远。已准备好将来在这地方修建一个设施，成为一个靠岸点，大树底下建立一个像样的休息场地，在湖上行驶的船只就可以划到这儿停泊。

“那一边的靠岸点修在哪儿最好呢？”爱德华问，“我想安排在我种了那些梧桐树的地方。”

“那有些太靠右了，”上尉说，“若是再靠下面一些，就离府第近些，不过可以再考虑考虑。”

上尉已经站在小船的尾端，拿起了一支桨。夏洛蒂上了船，爱德华同样上了船，抓起了另一支桨。可正当他想把船从岸边推开时，他想起了奥狄莉，想到这次水上之游会耽误他多少时间，谁知道什么时候才能返回呢？他当机立断，重新跳上岸，把另一支桨递给上尉，匆匆地表示歉意，随即赶回家里。

到家后，他听说奥狄莉把自己锁在屋里。她在抄写，她在为他做事，这使他感到快意，可他又觉得极为沮丧，因为他不能立刻就看到她。焦急之情时时都在增强。他在大厅里来回走着，设法控制自己的注意力，可怎么也做不到这点。他希望见到她，在夏洛蒂和上尉返回之前，单独见到她。夜已来临，蜡烛都点燃起来了。

奥狄莉终于来到了大厅，容光焕发，神采奕奕。为朋友效力的这种感情使她的整个存在超越了自身。她把原稿和抄件放在爱德华面前的桌子上。“要我们对一遍吗？”她莞尔一笑问道。爱德华不知该怎样回答才是。他看看她，看看抄好的文件。头几页写得非常认真，出自一位温柔的女性之手，但随后像是改变了字体，变得潇洒自如，可当他用目光掠过最后几页时，他惊讶至极！“上帝！”

他喊叫起来，“这是怎么啦？这简直就是我写的呀！”他望着奥狄莉，又向抄件望去，特别是结尾部分，这完全像是他自己写的。奥狄莉一声不响，可她望着他，目光里流露出一种极为得意的神情。爱德华举起他的胳膊：“你爱我！”他喊了出来，“奥狄莉，你爱我！”他俩相互拥抱起来。是谁先拥抱谁，这是无法分辨出来的。

从这一瞬间起，对爱德华来说，世界大为改观，他不再是原来的他，世界也不再是原来的世界。他俩站在那里，面对面，他握着她的手，他俩相互凝视着彼此的目光，准备再次拥抱。

夏洛蒂同上尉走了进来，他们为在外面逗留时间过久表示歉意，爱德华对此暗暗发笑。“你们回来得太早了！”他在心中对自己说。

他们坐在一起共进晚餐，今天来访的客人成了他们的谈资。爱德华兴致勃勃，谈到每一个人时，总是宽容大度，甚至是经常表示赞扬。夏洛蒂并不完全同意他的意见。她注意到了他的这种情绪，于是开玩笑说，平素他一向对不投合的人总是苛刻地评头品足，而今天却是这样的温和体谅。

爱德华怀着火一般的感情和诚挚的信念喊道：“人只要完全真正地去爱一个人，那其余所有的人都会显得可爱！”奥狄莉垂下双眼，夏洛蒂注视着面前。

上尉接过这句话说：“在尊敬和敬仰的感情上，那也会发生类似的情况。一旦人们有机会对某个对象怀有这样的情感时，那他就能认识到世界上的珍贵的事物。”

夏洛蒂不久就想回她的卧室去，为的是回忆这个晚间发生在她和上尉之间的事情。

当爱德华跳船上岸，把小舟推离陆地，听凭水这个动荡的元素去支配妻子和朋友之后，夏洛蒂就望着暮色苍茫中坐在自己面前的男人，为了他，她的心受了多少折磨啊。小船随着划动的双桨向前荡去。她感到一种深切的、罕有的悲哀。小舟的移动，船桨的击水声，吹拂水面的阵阵微风，芦苇的瑟瑟作响，迟归的飞鸟，天空中最初出现的群星的闪烁及其在水中的倒影，这一切，在这万籁俱寂的夜晚带有某种神秘的色彩。她觉得，这位朋友把她带到远远的地方，是为了把她甩掉，留下她孤身一人，在她内心，一种奇怪的悲恸油然而生，但她不能哭啊。

上尉在此期间向她描绘，根据他的看法，停泊点该怎样修建。他称赞小船的良好性能，一个人使用双桨就能轻松地划动和操纵。她自己就能学会，有时候独自一人在水面上荡舟，自己就是船夫和舵手，那该是一件赏心的快事。

在听到这番话的时候，即将分别之情就涌上这位女友的心头。“他说这话是有意的？”她暗自思忖，“难道他知道了？是猜到的？还是他偶尔说出这话，在不知不觉中预先宣告了我的命运？”一种巨大的感伤，一种焦躁不安攫住了她。她请求他尽快靠岸，同她一道返回府第。

这是上尉第一次泛舟湖面，尽管他从总的方面对湖的深度做了考察，但对个别地方还是不甚了了。天色变暗了。他把船划上他认为是容易靠岸的地方，那儿离通向府第的一条小径不远。当夏洛蒂怀着一种恐惧重复她要尽快上岸的愿望时，上尉划得有些偏离了这条路。他重新鼓足气力使船靠岸，但可惜船在离岸不多远的地方停住了。船搁浅了。他用力想把船退回去，但毫无用处。该怎么办？没有别的办法，只有涉水，水很浅，可以把夏落蒂抱上岸。他很顺利地把这个可爱的包袱抱了过去，他强壮有力，没有摇晃，或者使她感到担心。但是她还是畏惧地搂住他的脖子。他把她抱得牢牢的，紧贴住自己。直至到了一块草坡地，他才把她放下。他感到迷惘混乱，心旌飘摇。她还搂着他的脖子，他再次用胳膊抱住她，在她的嘴唇上印下了一个热烈的吻。也就在这一瞬间他跪倒在她的脚下，吻着她的手，说道："夏洛蒂，您能原谅我吗？"

上尉勇敢的一吻，使她恢复了自持，她几乎是想用吻回报他的。她握住他的手，但却没有把他扶起来。她弓身俯向他，把一只手放在他的肩上，说道："这一瞬间在我们的生活中开辟了一个时代，这是我们不能阻挡的。但是这个时代为我们所珍视，依存于我们。您注定要离开，亲爱的朋友，您就要离开了。伯爵准备改善您的命运。这使我喜悦，也使我痛苦。我本想表示缄默，直到事情成为现实，可是这一瞬间逼使我揭开这个秘密。谈到原谅，那只有当我们有勇气改变我们的处境时，我才能原谅您，原谅我自己，因为我们感情的改变并不取决于我们。"她把他扶了起来，抓住他的胳膊，支撑住自己。他们就这样默默无言地返回府第。

她现在站在她自己的卧室里，在这里她必然感到自己是爱德华的妻子，她也必须这样看待自己。在这重重的矛盾之中，她那刚强的、在生活里经受过各式各样磨炼的性格帮助了她。她向来贵于自知，善于自持，现在通过严肃的审视而取得了所希望的平衡，这在她也不再是件难事。是啊，她想起了爱德华那次深夜的来临，不由得自己对自己笑了起来。可是一种罕有的预感，一阵欢愉的恐惧般的战栗迅急地攫住了她，这种战栗随即消融在虔诚的愿望和希冀之中。她动情地跪了下来，她重复着她在神坛前对爱德华说的誓言。友谊、爱慕、弃绝化成欢快的画面在她面前一一滑过。她觉得自己内心恢复了正常，不久一种甜蜜的疲倦攫住了她，她安静地沉入梦乡。

第十三章

在爱德华那面，情绪却完全是另一个样子。他没有想到去睡觉，根本就没有意识到要解衣就寝。他上千遍地吻着文件的抄写稿，吻着奥狄莉用孩子般的怯生生的手写的开头部分，他几乎不敢吻结尾部分，因为他相信，他看到的是自己写的。“噢，这若是另一份文件就好了！”他暗中对自己说。这对于他是一种极好的保证，他那最高的愿望得到了满足。现在它就在自己的手中啊，尽管它会由于一个第三者的签字而遭到玷污，但他还是要一直把它拥在自己的心头。

下弦月升到了枝头，温煦的月夜诱人到旷野里去。爱德华到处乱走，他成了尘世中最不安静和最幸福的一个人。他穿越花园，这花园对他太狭窄了；他奔向田野，这田野对他太辽阔了。他返回府第，站在奥狄莉的窗下。他坐在那儿的一个台阶上。“墙和门闩，”他自言自语，“现在把我们分开，但是我们的心是分不开的，她若是站在我的面前，就会投入我的怀抱，我也会投入她的怀抱，这是肯定无疑的，除此别无其他。”他的周围是一片沉寂，无声无息，是那样的恬静，连地底下那些勤奋动物的掘土声都清晰入耳，它们在黑夜和白天一样工作。他沉浸在自己幸福的梦想之中，他终于入睡了，在太阳露出美丽的笑脸和晨雾散去之前，他一直没有醒来。

现在他醒了过来，发现自己是他的田庄上第一个早起的人。他觉得工人们来得太迟了。他们来了，可他觉得他们太少了，这项白天要做的工作太可怜了，满足不了他的愿望。他问，为什么没有更多的人来，人们答应他白天去找人。可就是再来一些人，要想加速完成他的计划，他觉得还是不够。忙碌不再使他感到喜悦。这一切要完成，是为了谁呢？应当修建道路，使奥狄莉走得舒服，在一些地方应安放椅凳，使奥狄莉能够休息。他忙于去建筑那所新的房屋，这要赶在奥狄莉生日那天完成。爱德华的思想和行动不再有节制了。去爱，去被人爱，这种意识驱使他毫无节制。所有的房间、周围的一切，他瞧着都变了样儿。他不再觉得自己是在自己的家中。奥狄莉的存在把他的一切都吞噬得干干净净。他完全沉溺于奥狄莉之中，没有任何别样的思考去提醒他，没有良知去劝阻他。他天性中被抑制的一切，现在都如飞马脱缰，他的整个存在都涌向奥狄莉。

上尉观察到了这种狂热的举动，很想预防那可悲的后果。现在单方面由爱德华超出常规地加以催促的所有设施，原本是他打算与朋友们过一种安静愉快的生活用的。旧庄园的出售通过他已经成交，按照原来商定的办法，夏洛蒂把第一批付款已掌管起来。但是就在头一个星期，她就感到必须格外认真对待，要有比平素更多的耐心，要比往日更多地去注重计划。因为按照这种急迫的做法，那钱款很快就要用光。

多种工作并举，有许多工作要做。上尉怎能在这种情况下，弃夏洛蒂于不顾呢！他们商议并取得一致意见，他们宁愿自己去加速计划中的工作，为了工程的完成筹借一笔钱，把出售旧庄园买主尚未付的那笔款的交款日期作为偿还日期。这种权利的转让几乎不受什么损失。手头宽绰了，有足够的工人同时进行劳动，就能完成许多工作，肯定很快就能达到目的。爱德华对此表示赞同，因为这与他的愿望相符。

在此期间，夏洛蒂在内心中恪守她思考过和决定了的一切，上尉怀着同样的思想，坚毅地从旁对她加以支持。但正因如此，他们相互间的信赖更增加了。他们就爱德华的激情彼此交换意见，相互商量。夏洛蒂现在更多地去接近奥狄莉，更仔细地去对她进行观察。她对自己的心灵了解得越多，对这个少女的心灵就看得越透。她看到已无可救药，除非她把奥狄莉送走。

绿茜安在寄宿学校得到了特别优秀的褒奖，夏洛蒂觉得这是一种再好不过的安排，因为绿茜安的姑妈知道了消息，一定要把孩子接去，带在自己的身边，把她引进社交圈子里去。这样奥狄莉就可以重返寄宿学校，上尉得到妥善的安排，也离开此地；一切就都会回到几个月之前的状态，甚至比那时更好。她希望她同爱德华的关系很快恢复原状，她私下里把这一切设想得那样一厢情愿，使她越来越强烈地陷入一种谵妄之中：能够重新回到早先的那种狭隘的状况中去，一种被强力分离的东西会重新进入樊笼之内。

爱德华在此期间觉得障碍重重，处处受阻。他不久就觉察到了，人们把他和奥狄莉分离开来，使他难以单独和她交谈，甚至阻止他去接近她，除非有多人在场。他对此感到恼火，这样一来，其他一些事情也令他怏怏不乐。当他有机会和奥狄莉说上几句话时，他不只是向她保证他对她的爱，而且也抱怨他的妻子和上尉。他没有发现，由于他对工程的催促，钱已告罄。他严厉地责备夏洛蒂和上尉，说他们对事情的处理违反了他们的第一个协定。其实，他是同意第二个协定的，甚至这第二个协定还是他本人倡议和竭力促成的。

仇恨是有偏见的，而爱情的偏见则更大。奥狄莉也对夏洛蒂和上尉抱有几分冷淡。有一次，当爱德华向奥狄莉抱怨上尉，说他作为一个朋友在这样一种关系上做得不尽正确时，奥狄莉竟不假思索地说："他对您不是那么诚实，这早就使我感到不快了。我听到有一次他对夏洛蒂说：'但愿爱德华不用他的笛子来折磨我们！他吹得不好，这使听的人太难受了。'您能想象得出，这话使我多么痛苦，因为我是那样喜欢为您伴奏。"

她刚一说完，她的神志业已悄悄告诉她，她应该保持沉默才对，但话已经说出来了。爱德华的脸色大变。没有什么比这更令他恼火了。在他最心爱的需求上，他受到了攻击。他自知他有一种孩子式的追求，这样说绝没有丝毫的夸大。这种追求使他感到快乐和喜悦，朋友们该以爱护的态度对待才是。他没有想到，对一个第三者来说，用一种不成熟的才能去伤害他的双耳，这是一种多么可怕的事情。他觉得自己受了侮辱，十分气愤，他不能再对此表示宽恕。他觉得他摆脱了所有的义务。

同奥狄莉待在一起，看到她，和她悄悄地说点儿什么，这种迫切感与日俱增。他决定给她写信，请求她同他秘密通信。他把这个意思简捷地写在一张纸条上，把它放到写字台上。正当仆人进房给他烫发时，一股风把纸条吹落在地。仆人为了试试火剪的热度，通常都是弯腰从地上找一小块纸头。这次他拿起了这张纸条，迅速地把它夹住，它一下子烧焦了。爱德华发现了仆人的错误，把纸条从他手中夺了过来。随后不久，他坐在那里又写了一遍。可这第二次重写，笔下就不完全一样了。他觉得有某些可斟酌可思考之处，但他还是顺利地完成了。在他能接近奥狄莉时，便马上把纸条塞到她的手中。

奥狄莉毫不延误地给了他答复。他没有读就把它放在背心的口袋里。当时的背心时兴短的式样，不便于装东西。纸条露了出来，落到地上，爱德华一点儿没有察觉。夏洛蒂看到之后拾了起来，用目光匆匆一掠，把它递给他。“这是你写的什么吧，”她说，“也许你不愿意把它丢失呢。”

他感到愕然。“她这是在装假吧？”他想，“她知道了纸条的内容。或许笔迹的相似使她弄错了？”他希望，最好是后一种情况。他受到了警告，双倍的警告，但是这些异样的、偶然的征兆——一种至高的存在通过这些征兆似乎在同我们交谈——却没有使他的激情理智起来。相反，这种激情一直把他引向远处，他对那些加于他身上的限制越来越感到不快。友好交往的兴趣不见了。他把心灵锁闭起来，当他不得不和朋友、妻子在一起时，他无法使自己早先对他们的爱慕之情在胸中重新萌发、重新活跃起来。他对自己进行了责备，可这种私下的自责使他不快，他试图用一种幽默的方式来帮助自己，但是由于他缺少爱，这种幽默也就缺少通常所有的那种风趣。

夏洛蒂的内心情感帮助她克服了所有的考验。她意识到那是她的严肃的决定，去放弃一种如此美好的、高贵的爱慕情感。

她多么希望去帮助那两个人啊！她知道得很清楚，去医治这样一种痛苦，单靠一个人是不够的。她准备跟善良的奥狄莉谈谈这件事情，但是她不敢这样去做，她回想起自己的动摇，这阻止了她。她试图泛泛地表达自己对此事的看法，但这同样也适用于她自己羞于说出口的情况。她对奥狄莉做的每一个暗示，都返回到她自己的心上。她要提出警告，可她感觉到，她本人也正需要一种警告。

她不声不响地想把两个相爱的人分开，可事情并没有因此好转。她有时说出一些暗示的话，但对奥狄莉不起作用；因为爱德华向奥狄莉证实了夏洛蒂对上尉的爱慕，使她确信夏洛蒂本人希望离婚，他现在考虑的是使离婚能以一种体面的方式实现。

奥狄莉觉得自己完全无辜，怀着这样的感情她在通向自己最最希求的幸福之路上前进，她只是在为爱德华而活着。借助对他的爱，增强了她做任何善事的愿望，为了他的缘故，她在自己的行动中感到格外喜悦，对其他人格外豁达，她发现自己是生活在地上的天堂里。

每个人能以自己的方式使日常生活继续下去。有的人在思考，有的人什么也不想，他们四个人就这样生活在一起。一切都仿佛在正常地进行，即便人们都处在异乎寻常的、非常危险的情况之中，也还是继续这样生活下去，似乎什么都没有发生。

第十四章

在此期间上尉收到了伯爵的来信，是一封含有双层意思的信，一层是指出一个美好的远景，前途不可限量，另一层则相反，纯为眼下着想，提出一项实在的提议，担任一个重要的宫廷事务方面的职务，职衔是少校，薪金可观，还有其他好处。因为种种不同的附带原因，有些情况尚不能明言。上尉向他的朋友也只是谈到了那些充满希望的远景，而对眼前可行的则没有透露。

他继续忙于当前的事务，并在暗中为他的离去使工作不受影响做准备。他现在自己也在安排，使某些事情能按时完成，以赶得上奥狄莉的生日。两个朋友虽然都没有明说，但很高兴在一起工作。爱德华现在非常满意，由于有了预付的钱款，现金多了起来，整个工程进展得极为迅速。

把三个池塘连成一个湖，上尉对此极想劝阻。因为这样一来，下边的那条堤坝要加固，中间的两条要挖掉，整个事情从各方面来看是重大的，是值得考虑的。可两项工作彼此关联，业已开始。来了一个年轻的建筑师，他是上尉从前的学生，正是所希望的。他一方面聘用能干的师傅，一方面把工程承包出去，这样就能推动工作，并使工程的完整性和持久性得到保证。上尉为此暗暗感到欣喜，即便他离开此地，工作也会照样进行。他有他的原则，当自己承担的事没有完成时，在他的位置有人接替之前他是不能放手的。他看不起那些因他们的离去而带来影响的人，于是就把属于他们工作范围里的事情弄得乱七八糟；作为没有教养的自私自利者，他们甚至希望把事情毁掉，使工作无法继续下去。

这样，人们一直努力工作，以便赶得上庆祝奥狄莉的生日，但是人们却不明言，也不完全坦率地承认此事。按照夏洛蒂的看法，她虽然毫无忌妒之心，但这不应当成为一个喜庆节日。奥狄莉年轻，她的幸运的处境，她同这家人的关系，使她没有权利在一天里成为女王。爱德华不愿谈及此事，因为这一切都出乎自然，到时会使人感到惊奇，令人高兴。

因此大家都默默地在这样的口实下取得了一致：在建成新居那天，要举行落成仪式，借此机会通知村民和朋友们前来庆祝，而不是为了其他什么原因。

爱德华的爱恋可是没有止境的。正如他渴望把自己奉献给奥狄莉一样，他对她的关注、馈赠、许诺也没有节制。他到那一天想送给奥狄莉几件礼品，夏洛蒂提出的一些建议，他觉得过于寒酸。他同为他管理服装的仆人商量，此人与买卖人和经营流行商品的商人有经常的联系，对选择最能令人高兴的礼品和采用最佳的呈献礼品的方式非常熟悉。他立即在城里订购了一个极为精致的匣子，匣上蒙有红色的羊皮，镶着钢钉，里面装着几件与这样一个匣子相称的礼品。

仆人还向爱德华提出另一个建议。家里存放了一套小型的焰火，一直没有机会燃放。可以再添置一些，到时一起用。爱德华采纳了这个主意，那个人答应此事由他负责，但这件事要秘而不宣。

那个日子越来越近，上尉在此期间做了一些安全方面的安排，每当聚集来大批人时，这方面的工作十分必要。甚至会使一次节庆受到影响的乞讨或其他令人不快之事，他都要预先加以防范。

爱德华和他信赖的那位仆人，相反地却热心于燃放焰火一事。燃放的地点选在那些粗大的橡树前面靠近中间池塘的地方，人群应当留在对面的梧桐树下面，可以从适当的距离更安全更舒适地观看焰火的效果，欣赏水中的倒影，欣赏漂在水面上燃烧的浮动之物。

在另一个借口之下，爱德华派人把梧桐树下的空地加以清理，除掉那些灌木丛、杂草和苔藓，这样在干干净净的地面上才显示出这些树木的秀丽挺拔、高耸和庞大。爱德华对此极为欢欣。“我栽植它们的时候，大约也是这个季节。有多少年头了呢？”他自言自语。他一回到家里，就翻阅旧的日记，那是他父亲特别是住在乡间时，非常工整地写下来的。虽然栽植梧桐树一事里面不会提到，但是在这同一天家中发生了另一件大事——爱德华对此记得十分清楚——里面定会记载的。当爱德华看到这奇异至极的巧合时，他是那样的惊讶，那样的喜悦！栽植这些梧桐的那一天恰巧是奥狄莉的生日，栽植这些梧桐树的那一年又恰巧是奥狄莉的生年。

第十五章

爱德华终于盼到了他渴望的清晨，许多客人陆续到来了。这次发出的请帖一直送到周围很远的地方，那些没有出席奠基典礼的人——对那次奠基仪式人们一直津津乐道——大都不愿意错过第二次庆祝活动。

在宴会开始之前，木匠们奏着音乐出现在府第的庭院里，抬着花环，花环是用许多颤动摇晃着的花和叶错落有致地编织而成的。他们向客人表示欢迎，并请求美丽的女宾们把她们的丝绸手帕和彩带赏给他们，做通常的装饰物。在客人们进餐之际，他们继续欢呼着游行，在村庄里他们停留了一段时间，同样也向妇女和姑娘们索求一些彩带，最后他们在一大群人的簇拥之下，来到了房屋落成的高地，那儿也有一大群人在等待着他们。

夏洛蒂在宴席之后，欢迎客人稍事停留，她不愿意把这个场面搞得太严肃太隆重。因此人们三两成群，既不讲究身份也无须顾及地位，从容不迫地前往高地。夏洛蒂带着奥狄莉显得迟疑不定，可她这样做，事情也并未如愿，因为奥狄莉确实成了最后一个上来的人。这样，仿佛喇叭和大鼓专为等她似的，仿佛仪式一等她到来就得马上开始似的。

按照上尉的指示，为了遮掩住房屋的粗糙外观，人们用碧绿的树枝和鲜花把房屋装饰起来。可是爱德华在不让上尉知晓的情况下，吩咐那位建筑师在房屋正面的前沿部分，用鲜花把日期标识出来。这还是说得过去的，上尉来得及阻止把奥狄莉的名字也标在门楣上。他以一种灵活的方式否定了这一项已开始的工作，把那些用鲜花拼成的字母放到一旁。

花环放上去了，周围很远的地方都能看得清清楚楚。彩带和手帕在空中猎猎飘动，爱德华所做的一个简单的演说大部分都随风而逝。仪式结束了，在房屋前用绿叶围成的平地上舞会开始了。一个英俊的木匠给爱德华领来一个窈窕的村姑，并邀请站在旁边的奥狄莉跳舞。随着这两对舞伴，人们纷纷起舞。爱德华很快交换了舞伴，他抓住奥狄莉，同她跳了一轮，青年人快活地混在人群之中，舞姿翩翩，上年纪的人在一旁观看。

在人们散开四下漫步之前，先约好了，在太阳落山时重新在梧桐树那儿会齐。爱德华第一个到了那里，布置一切，并和那位仆人商量好，要他同燃放焰火的人在一起，负责照料燃放事宜。

上尉对这些相应的准备并不满意，认为会出现人群拥挤的情况。他想同爱德华谈谈这个问题，可爱德华却迫不及待地请求上尉，把这部分庆祝的事交给他一个人来办。

人群拥上被截断了的堤坝，上面的草已被铲平。夕阳西沉，晚霞满天，人群期待着夜色变浓。梧桐树下备有饮料。这个地点真是好极了，想到将来从这里能领略到一个宽阔的、沿岸如此绚丽多姿的湖泊的景致，人们都感到十分喜悦。

一个恬静的夜晚，风已完全止息，这对夜间燃放焰火的庆祝活动极为有利，可就在这时突然响起了一声可怖的喊叫。一大块土块脱离坝身滑了下去，许多人坠入水中。那段土层由于越来越多的人拥来和蹬踏支持不住了。每个人都想占个最好的位置，没有人能向

前或者退后。

每个人都蹦跳起来，奔了过去，可只能望着，无能为力，没有人能够挤得过去。除了几个准备援救的人以外，上尉也赶了过来。他立即把人群从堤坝驱到岸边，好腾出地方以利于把落水的人营救出来。不多一会儿，那些坠入水中的人一部分自己设法，另一部分借助别人的力量又都回到了地面上。只有一个孩子由于惊慌没有向岸靠近，反而离岸越来越远。看来他已经没有气力，只见一只手和一只脚在水面上露出过几次。不幸的是小船在对岸，里面装满了焰火，卸下来要费很长时间，那样营救就迟了。上尉当机立断，脱掉上衣，人们的目光都注视着他。他那强壮有力的躯体，使每个人都感到信赖可靠。当他跃身入水时，人群中迸发出一阵惊讶的喊叫。所有的眼睛都追逐着他，他的游泳技术十分熟练，他很快就游到孩子身边，把他带到堤坝旁，可孩子像是死了。

这期间小船划了过来，上尉登上了小船，仔细地观察孩子，看是否还能有救。外科医生赶到，接过被认为已经淹死的孩子。夏洛蒂走了过来，她请求上尉照顾好自己，回府第去换衣服。他迟疑不决，直到一些稳重老成的人——事情发生时他们就在近旁，在营救落水者时也出了力——至为庄重地向他保证说，所有的人都已平安无事，他才离开。

夏洛蒂看见他返回家中，想到他需要茶、酒或其他东西，可东西都锁了起来，在这种情况下，他会不知所措。于是她匆匆穿过仍逗留在梧桐树下的三两成群的人。爱德华忙于劝说人们留在这里，很快他就要发出信号，开始燃放焰火。夏洛蒂走到他的身边，请他改期燃放，场合和时机都无法使人有心领略这种乐趣。她提醒他，他对救上来的孩子和下水救人的人应尽的义务。“外科医生会尽他的职责的，”爱德华说，“他会把一切都安排妥帖，而我们的催促与关心只会带来麻烦。”

夏洛蒂坚持她的看法，她招呼奥狄莉，奥狄莉准备立即离开这里。爱德华抓住她的手，喊道：“我们不要在医院里度过这一天！叫她到好心肠的护士那里去，这太多余了。就是没有我们，那些假死的人也会醒过来，那些落水的人也会把身上擦干的。”

夏洛蒂一声不响地走开了。有几个人随她而去，另一些人尾随这些人也离开了这里。到最后人们争先恐后，都走光了。在梧桐树下只剩下爱德华和奥狄莉。他坚持留下来，奥狄莉急切地、畏怯地恳求他同她一道返回府第。“不，奥狄莉！”他喊道，“非凡的事必经艰难险阻之途，今天晚上的这件意外事故会使我们更快地结合在一起。你是我的！这话我已多次对你说过，向你起过誓，我们无须再说，再起誓了。这话现在该变为现实。”

小船从另一岸划了过来。上面是那个仆人，他窘迫地问，那些焰火现在怎么办。“燃放！”他朝着他喊，“奥狄莉，这是单为你一个人准备的，也应当你单独一个人看！请允许我坐在你的身旁，一同欣赏。”他温顺有礼地在她身边坐了下来，丝毫没有动她。

火箭呼啸而起，花炮隆隆作响，火球腾空，火花在空中乱窜，爆炸声不绝于耳，火轮旋起泡沫般的火焰。开始时单个燃放，随之成双成对，后来一齐点燃，连绵不断，汇成一片。爱德华的胸膛在燃烧，他用欢快得意的目光追逐着这火的奇观。奥狄莉激动而柔弱的心绪，面对这呼啸着的倏忽之间产生和消逝的幻景，惊惶多于快乐。她羞怯地靠在爱德华的身上。这种靠近，这种信赖，使他感觉到，她是完全属于他的。

黑夜刚一重新恢复了它的权利，月亮就升了起来，为这两个返家的人照着小径。这时，一个身影，手里拿着帽子挡住了他们的归路，向他们乞请施舍，因为他错过了白天的庆祝活动。月亮照在他的脸上，爱德华认出了这是那个他曾遇见过的向他强行乞讨的乞丐。但这时他感到是如此幸福，发不出火来，他也没有想到，特别是今天绝对禁止行乞。他在口袋里摸索了片刻，便掏出一枚金币。他多么愿意使每个人幸福，因为他的幸福无边无际。

这期间家里一切都进行得十分顺利，外科医生的才干，所需物品的齐备，夏洛蒂的从旁协助，由于这几方面的合作，孩子救活了。客人们散了，一则为了能从远处看焰火，二则在经过这场慌乱之后返回自己安静的家园。

那时，上尉迅速地换了衣服之后也参加了必要的救护工作，现在一切安静下来，剩下的只是他和夏洛蒂两个人。怀着信赖的友情他向夏洛蒂说，他很快就要动身了。她这一晚上经历得太多了，致使上尉的这一披露并没有给她留下更深的印象。她看到了，这个朋友是怎样牺牲自己，怎样去援救别人和被人援救。这神奇的经历似乎向她预示了一个意义非凡的、绝不是不幸福的未来。

爱德华同奥狄莉回到了家中，他同样也被告知上尉即将动身的消息。他猜想夏洛蒂早就知道详情，但是他考虑的是他自己，他有许多事情要做，顾不得对此感到不快。

相反，他聚精会神和满意地听到上尉去就任这个美好的受人尊敬的职位。他心中的秘密愿望不可遏止地渴求变为现实。他已经看到了上尉同夏洛蒂结合在一起，自己与奥狄莉成为夫妻。在这样一个节日里，人们给他的礼物还能有比这更宝贵的吗？

当奥狄莉一踏进自己的屋间，发现了她桌子上的那只贵重的小箱子时，她是多么惊讶啊！她马上把它打开。里面的一切包装得那么精致，排列得那样美观，她都不敢把它们相互分开，甚至不敢启封。薄纱、麻纱、丝绸、披肩和花边，一件比一件精美、细巧、珍贵，还有首饰。她当然理解赠送礼品的意图，她不止一次从头到脚打扮起来：这一切是如此昂贵和陌生，使她思想上不敢把它们归为己有。

第十六章

翌日清晨，上尉不见了，他给他的朋友们留下一封充满感激之情的书信。他在昨晚已同夏洛蒂简单地说了几句告别的话。她感觉到这是一次永久的别离，无可奈何，只能听之任之。在伯爵的第二封信里——上尉在最后把内容告诉了她——也提到了一件有关上尉的有益婚事的前景。尽管上尉对这一点并没有怎么看重，但她却认为事情已成定局，对他完全彻底地断了念头。

另外，她相信她施加于自己的强力，也能够要求于他人。她能够做到，其他人同样也能做到。在这个意义上，她开始同她的丈夫交谈。当她感觉到，事情必须一劳永逸地加以解决时，谈话就更为坦率和自信。

“我们的朋友离开了我们，”她说，“我们俩又像从前一样了。我们现在是否要完全再回到旧日的状态，这完全取决于我们自己。”

爱德华这时除了那些逢迎他的激情言辞之外，什么也听不进去。他认为夏洛蒂的这番话指的是他俩婚前的那段寡居生活和以一种尽管是模糊的方式，表达了一种离婚的希望。于是面带微笑回答说："为什么不呢？问题在于我们之间要相互理解。"

当夏洛蒂说出下面一席话时，他才发觉他是在自己欺骗自己。"把奥狄莉也送到另一个地方去，我们眼下只能这样选择：现在有两个机会改变她的处境，都是她所希望的。她可以返回寄宿学校，因为我的女儿已搬到她姑妈那里去了；她也可以到一个体面的家里去，给那家唯一的女儿做伴，享受一种与她地位相称的教育的所有好处。"

"可是，"爱德华相当镇定地说，"奥狄莉在我们这个充满友爱的环境里娇宠惯了，换个环境她会感到难以适应。"

"我们大家都任性惯了，"夏洛蒂说，"你也并不是最后的一个。现在是时候了，它要求我们反省，它在严肃地提醒我们，考虑我们这个小团体的全体成员的利益，同时不能拒绝做出某种牺牲。"

"为此而牺牲奥狄莉，"爱德华说，"至少我认为是不公平的，现下我们把她打发到陌生人那里去，那肯定会是这样的。上尉在这里碰到了好机会，我们心安地，甚至是高兴地让他离开我们。谁知道等待奥狄莉的是什么呢？为什么我们要这么匆忙呢？"

"等待我们的是什么，已相当清楚，"夏洛蒂有几分激动地说，因为她想彻底摊牌，她继续说道，"你爱奥狄莉，你喜欢与她在一起。在她那方面，爱慕和激情产生了，并得到了滋养。为什么我们不该把话挑明，说出我们每个小时都承认和熟知的事情呢？难道我们不该严肃地扪心自问，事情会发展到什么地步吗？"

"若是人们不能对此立即做出答复的话，"爱德华说，他这时镇定起来，"那毕竟可以说，我们决定先等待一段时间，看看未来会教给我们什么，当我们不能说出事情会怎样发展时，不妨这样做。”

“预见什么结果，”夏洛蒂说，“这不需要多高的智慧，不管情况怎样，我们总可以说，我们俩都不算年轻了，不该盲目地去走我们不愿走，或者不该走的路。没有人能再关心我们，我们必须成为我们自己的朋友、自己的老师。没有人希望我们把事情闹得不可收拾，没有人希望我们受到谴责，或者甚至成为笑柄。”

“你能怪罪我吗？”爱德华无法对妻子这番坦率、诚恳的话做出回答，他说道，“如果我关心奥狄莉的幸福，这你能责备我吗？你考虑的不是一种未来的幸福，你一直没有考虑到这点，而只是考虑眼前。你想一想，不要遮遮掩掩。你真的要把奥狄莉从我们这里送走，交到陌生人手里——我至少觉得，我不能这样残忍，把这样一种变化加到她的身上。”

夏洛蒂十分清楚她丈夫遁词后面的决心。现在她才感到他离她已经太远了。她带着几分激动地喊道：“如果奥狄莉把我们分开，如果她从我这里夺走一个丈夫，从孩子那里夺走一个父亲，那她能幸福吗？”

“我想，我们的孩子是会得到照顾的，”爱德华说，面带微笑，可显得冷酷，但随后他又略微和蔼地补充了一句：“谁会立刻就想到这上面去呢！”

“激情离这个地步太近了，”夏洛蒂加重语气说，“时间还来得及，不要拒绝我的好言相劝，不要拒绝我的帮助。在模糊不清的情况下，是要有一个目光清晰的人来发挥作用，来加以援救的。这次这个人就是我。亲爱的，最亲爱的爱德华，听我的话吧！难道你相信我会放弃我已获得的幸福，放弃最美好的权利，那么随随便便地放弃你吗？”

“谁这样说了？”爱德华显出有几分窘迫地说。

“你自己，”夏洛蒂说，“你要把奥狄莉留在身边，难道你不承认这必然的后果是什么吗？我不想逼迫你，但是，如果你不能克制自己，那你至少不能再长时间欺骗自己了。”

爱德华觉得她是对的。若是一下子把心里早就想说的话都说出来，那说出来的话是可怕的。他说：“我真的不懂，你打算怎样。”他这样说，只是为了避开眼前的窘境。

“我的意思是同你一道考虑这两个建议，”夏洛蒂说，“这两个建议都有许多益处。当我看到这个孩子现在的情况，那么回寄宿学校对她最为合适不过。当我考虑到她该成为一个怎样的人时，到那个家庭去就更有利得多，那里环境更大，接触面也更广些。”她把这两种选择向她的丈夫作了详细的说明，并用下面的话作为结束：“按照我的意见，我宁愿选择那位夫人的家庭，而不是寄宿学校。原因很多，特别是因为我不愿意那位青年教员对她的爱慕和激情再发展下去，他一直想赢得奥狄莉的欢心。”

爱德华似乎对她的意见表示赞同，但这只是为了寻找拖延的办法。夏洛蒂准备当机立断，当爱德华没有直接表示异议时，她便立即抓住这个机会，说奥狄莉的启程时间就定在几天之内。夏洛蒂暗中早就把一切准备妥当了。

爱德华感到震惊，他发觉自己上当了，他妻子的这番情真意切的话是事先想好的，做了巧妙而周密的安排，为的是把他和他的幸福永远地分离开来。他表面上把这件事完全交给她处理，可内心却有自己的主意。为了赢得时间，为了避免奥狄莉一旦远离所带来的无法估计的灾难性后果，他决计离家出走。他不想使夏洛蒂事先对此一无所知，但他却设法蒙骗夏洛蒂，说他在奥狄莉动身时不想在场，甚至从这时起不想再见到她。夏洛蒂认为自己取得了胜利，于是事事都任他而为。他命令准备马匹，给仆人做了必要的指示，该怎样打点行装，如何跟随他前往。一切就绪之后，他坐了下来，开始写信。

爱德华致夏洛蒂

我亲爱的，我们所遭到的这场苦恼，可能医好，或者不能。我只是感到，如果我不想在目前陷入绝望之中，那我必须找到一段缓冲时间，为我，也为了我们大家。为此我要求自己做出，我能做出的牺牲。我离开我的家庭，只有在更为有利的、更为平静的时机，才重返家园。在此期间你掌管这个家，但是同奥狄莉在一起。我要她与你在一起，而不是把她送到陌生人那里。你要关心她，像往常一样对待她，一如昔日，甚至要更亲密，更友好，更体贴。我答应不与奥狄莉秘密交往。最好让我对你们的生活在一段时间之内一无所知，我想这是最好的办法，你们对我也要这样。只是，我请求你，最衷心最迫切地请求你：不要设法把奥狄莉送到另一个地方去，不要把她送到一个新的环境中去！一出府第，一出庭院，把她交给陌生人，那她就属于我的了，我就会把她占有。如果你尊重我的爱情，我的愿望，我的痛苦，如果你能对我的狂热、我的希冀表示好感，那我也不对康复抱有抗拒的心理，一旦它在我的身上出现的话。

这末尾的转折是顺笔而来，并不是出自本心。是啊，当他在纸上看到这句话时，他开始痛苦地哭了起来。他是要用某种方式放弃爱奥狄莉的幸福，甚至是避开爱奥狄莉而带来的不幸吗？现在他感觉到，他这是在做什么。他出走，这会怎么样呢？他无从知道。可现在他至少是不能再见到她了。不管他是否能再见到她，他怎能对此做出保证呢？但信已写好，马已停在门前。他每一瞬间都在害怕会在什么地方看到奥狄莉，这同时就会使他的决心化为泡影。他镇定下来，他想，他在任何时候都能返回，而通过这种远离，他的愿望恰恰能更进一步接近实现。相反，如果他留下来，他想到奥狄莉就会被挤出这个家门。他把信封好，奔下楼梯，飞身上马。

当他路经客店时，他看到那个乞丐坐在亭子里，他昨天给他的施舍可不菲呀。乞丐快乐地坐在那里吃午饭，在爱德华面前站了起来，毕恭毕敬地，甚至是崇拜地躬身敬礼。昨天，正当他挽住奥狄莉的胳膊时，这个乞丐出现在他的面前，这个人使他痛苦地想起他一生中的最幸福的时刻。这增加了他的痛苦，他抛之身后的感情使他无法忍受，他再次向乞丐望了一眼："哦，你这个值得羡慕的人！"他喊道，"你还能用昨天得到的施舍大饱口福，可我却不能再享有昨天的幸福了！"

第十七章

当奥狄莉听到有人骑马外出时，她来到了窗前，还看得见是爱德华的背影。他没有见她，没有向她道声早安就离开了家，这使她感到诧异。她变得不安起来，当夏洛蒂带她同自己一道去散步，谈论起许多事情却只字不提她的丈夫时——这样做仿佛是故意的——

她就越发思虑重重了。回来后在饭桌上只有两份餐具，这使她感到加倍惊讶。

平素的一些显得无足轻重的习惯，我们发现它们不存在了，是会感到不舒服的，而在一些重大的事情上，这样一种匮乏更令我们感到痛苦。爱德华和上尉都走了，夏洛蒂第一次亲自安排餐桌，这使奥狄莉觉得她像被罢黜了似的。两个女人相向而坐，夏洛蒂完全无拘无束地谈论起上尉的职位，谈到没有什么希望再见到他了。奥狄莉在这种处境里，唯一可宽解自己的是，她认为爱德华骑马尾追而去，为的是陪同他的朋友走一段路。

当她们刚一离开餐桌时，就看到爱德华的旅行车停在窗下。夏洛蒂带有几分不悦地问起，是谁把它弄到这儿来的。有人回答她，是那个室内仆人，他在这儿还要装一些物品。奥狄莉强力使自己镇定下来，以掩饰她的惊奇和痛苦。

那个室内仆人走了进来，要取一些用品：主人的一个口杯和一对银匙，还有其他物件，这向奥狄莉表明是一次远行，是一次长时间的外出。夏洛蒂直截了当地拒绝了他的要求：她不明白他说这话是什么意思。因为凡是与主人有关的东西，一向都是由他掌管的。这个有心计的人本来是想单独同奥狄莉说几句话，为此想找个借口把奥狄莉引出房间。他请求原谅，并坚持他的要求，奥狄莉也表示愿意协助，可是夏洛蒂拒绝了，那个室内仆人只得离开，马车辚辚而去。

这对奥狄莉是一个可怕的时刻。她不懂，她不理解，但是她感觉到爱德华要长时间地从她的身边被夺走了。夏洛蒂也有着同样的感受，于是把奥狄莉一个人留在这里。我们不敢来描写奥狄莉的痛苦、她的泪水。她的悲戚是无止境的。她只是请求上帝，帮助她熬过这一天；她挨过这一天和这一夜，当她再度醒来时，她相信会变成另一个人。

她没有镇定下来，也没有沮丧不堪，但是在遭受这么大的痛苦之后留在这里，还有更多可担惊受怕的呢！当她的意识再度恢复时，她担心的第一件事是在两个男人远离之后，她会立刻被打发走。她不会想到爱德华留下的恐吓之词，正因为这一点她在夏洛蒂身边的居留方得以无虞：而夏洛蒂的举止也使她感到几分放心。夏洛蒂设法使这个善良的孩子有事可做，很少也不愿意让她离开自己；不管她是否知道，用言辞去克制一种热烈的激情是不会有多大效果的，可是她懂得思考和意识的力量，因此，她和奥狄莉之间的一些事就成为她们的话题。

有一次，夏洛蒂借机说："那些陷入热恋困境中的人，借助我们从容不迫的帮助而得到摆脱，他们的谢忱是多么真诚啊！让我们欢快和热烈地完成男人们留下的没有完成的事业；我们准备用最美好的东西来迎接他们的归来，用我们的节制去保存和促进他们因其狂暴的、急躁的本性而欲毁掉的一切吧。"她说这番话是经过深思熟虑并别有所指的，奥狄莉听到则觉得是一种巨大的安慰。

"您谈到了节制，亲爱的姨妈，"奥狄莉说道，"那我不能不想到那些男人们的放纵，特别是在饮酒上。每当我看到，纯洁的理智、聪颖，对他人的珍惜，自身的文雅和可爱，经常被丢得无踪无影，而代替这一切美好品质的——这是一个出色的男人所具有的——经常是灾难和混乱的发生，这时我总是感到忧虑和恐惧！一些事关重大的决定经常是在这样的情形下做出来的！"

夏洛蒂赞同她的意见，可她没有把谈话继续下去；她感到十分不快，因为奥狄莉在这里想到的又是爱德华。他虽然不是习惯性的，但却经常借机饮酒取乐，用酒来提高谈话的兴致，振作精神。

在夏洛蒂的那番话里，奥狄莉又想起了那两个男人，特别是爱德华。当夏洛蒂谈到上尉即将结婚像是谈到了一件完全熟知和已经确定下来的事情时，她感到格外惊愕，这样一来整个事情就完全变样，与她按照爱德华先前做出保证时所想的不同了。由于这一切，奥狄莉对夏洛蒂的每一句话、每个眼色、每种行动、每个脚步越来越加以注意。奥狄莉变得聪明、敏感和多疑起来，而她自己却不觉得。

在此期间，夏洛蒂对她的整个环境的每个局部都用尖锐的目光详加审视，洒脱利落地处理这一切，这时她总是需要奥狄莉从旁协助。她把大手大脚的家庭支出加以缩减。是啊，当她仔细观察这一切时，她把这次爱情上的纠葛看作是一次幸运的转机。因为若是一直沿着那条路走下去的话，会轻易地陷入一种无节制的地步，这殷实富庶、美好幸福的家庭，来不及有时间去考虑，会因这样一种蛮干的做法和不计后果的生活，即使不致崩溃，也要大为动摇。

正在施工中的花园设施，她没有去干预。她让那些为未来的建设打基础的工作继续下去，但基础一经完成便到此为止。这样，她丈夫回来时有足够的乐事可做。

在这些工作和意图上，她对那个建筑师的所作所为赞不绝口。在很短时间内，湖面在她面前拓宽了，新出现的湖岸栽植了树木和花草，修饰得丰富多彩。所建的那座房屋余下的扫尾工作全部完成，凡是所需之物都已备齐。她适时地把工程中止，以便爱德华能高兴地再度把工作继续下去。她做这一切时安然、快乐，而奥狄莉表面上也是如此，因为在这一切上，她观察到的只是爱德华不久将返归的征兆，而不是其他。除了这种观察之外，她对一切都毫无兴趣。

因此，成立起来的一个幼儿园使她极为高兴。她把农民的孩子都召集起来，目的是让他们经常保持变得宽大了的花园的整洁。爱德华早就有过这个念头。给孩子们做了一身漂亮的制服，傍晚时，在洗净手脸和扫净尘土之后，让他们穿上。服装放在府第里，交给一个最懂事最细心的男孩管理，建筑师领导这一切。不久，孩子们都有了一种能力，他们都非常听话，做起工作来真像是煞有介事。当他们拿着铁剪、长柄刀、铁耙、小铁锹、镐和扫帚走过来时，当另一些孩子拿着篮子尾随在后把杂草和碎石弄到一旁时，当然就成了一支可爱的、令人快乐的队伍。建筑师把这看作是装饰花园的一个部分，位置和活动安排得十分得体，可奥狄莉却从中看到，这只是一种为了不久后欢迎返家主人而举行的阅兵演习。

这件事激起了她的勇气和乐趣，要用类似的东西来迎接爱德华。一段时间以来，人们一直设法鼓励村子里的姑娘们去从事缝纫、编织、纺织和其他女人们做的工作。自从建立了那些设施，使村庄的整洁和面貌大为改观之后，这些事也着手办了起来。奥狄莉也经常参加，但只是出于兴之所至，偶然的机会居多。现在她想更完整、更有计划地去做。但是她无法从一大堆女孩中组成一个合唱队，像那些男孩一样。于是她按照她那善良的愿望，自己也不甚明了，就试着向每一个女孩灌输对自己的家庭、双亲和姐妹的信赖之情，除此她想不到别的。

她在这方面获得了很大的成功。有一个活泼的小姑娘，老是受到埋怨，说她笨得很，在家什么都不干。奥狄莉不嫌弃她，对她特别和蔼。她跟随在奥狄莉身边，若是奥狄莉允许的话，她就和奥狄莉一起走路，一起跑步。小女孩变得有事可干，兴致勃勃，不知疲倦。对这样一个妩媚的女主人的依赖仿佛成了她的一种需要。开头时，奥狄莉只是容忍这个孩子的伴随，可随之她本人对她产生了依恋，到最后她们已不再分开了。南妮到处都陪伴着她的女主人。

奥狄莉经常沿路去花园，她非常喜欢那些艳丽繁茂的花草果木。采集草墓和樱桃的季节都已经结束，可是南妮特别喜欢吃它们的晚熟的果实。另外一些果树，业已果实累累，秋季丰收在望。园丁经常想到主人，他见到奥狄莉时，没有一次不念叨几句。听这位善良老人说话，奥狄莉心里十分欢喜。他精通园艺，在奥狄莉面前不停地谈论爱德华。

奥狄莉看到爱德华春天嫁接的嫩枝现在长得十分茂盛，她高兴极了，园丁忧虑地说道："我只是希望，好心的主人能为此感到更多的乐趣。若是他秋天能在这里，那他会看到，从主人的父亲以来，在古老的府第花园里还有一些多么宝贵的品种啊。现在的那些园艺师们，除了卡多依瑟修士[①]外，都是不可信的。在他们的树谱上，纯粹都是些好听的名字。若是嫁接过来加以培育，到最后开花结果时就会发现，花这样一番气力，把这样的树栽在花园里是不值得的。"

这个忠实的仆人，每当看到奥狄莉时，总是一再重复地问起主人归家之事，问起归家的日期。若是奥狄莉无法告诉他时，这个好心的人使人暗中不无忧虑地觉得，他认为她不信任他。这时，对事情一无所知的感情令她难堪，这样的感情就以这样的方式折磨着她。可她不能离开这些花坛苗圃。她播下的那些种子，他们共同栽

① 卡多依瑟修士在巴黎有一座著名的园艺学校。——原注

植的一切，都长得花繁叶茂，除了南妮经常浇水外，无须有人再去照料。奥狄莉怀着一种什么样的感情去观看这些直到现在才迟迟开放的花朵啊！它们的绚丽和丰满该是在爱德华生日那天显露出来的呀，她多次许诺要庆祝这个节日，表达她的爱慕和感激之情！可是想看到这个节日的希望不再是那么活跃了。怀疑和忧虑经常在向这个善良少女的灵魂喃喃低语。

她同夏洛蒂之间，凡事也不再自然而然地和谐一致，因为两个女人的处境完全不同。当一切都停留在老地方，当人们回到井然有序的生活轨道时，那夏洛蒂便得到了目前的幸福，一个快乐的美好前景展现在她的面前。奥狄莉则相反，她失掉了一切，可以说一切都已失去；因为她是在爱德华身上才初次找到了生活和快乐，在眼下的处境里，她感到了一种无穷尽的空虚，这是她从前几乎未曾料到的。一颗在寻求的心，能感受到它所缺少的东西，一颗心，它失掉了什么，便能感受它缺少了什么。思念变成了烦恼和不安，习惯于期望和等待的女性情感要冲出它的樊笼，要有所作为，有所行动，也要为它的幸福出力呢。

奥狄莉没有放弃爱德华，她怎能够放弃呢？尽管夏洛蒂聪明地、心中也不托底地认为事情已成定局，并坚定地设想，在她的丈夫和奥狄莉之间，一种友谊的、平静的关系是可能的。可奥狄莉在这些夜里，每当她把自己锁在屋里，便经常跪在打开了的礼品箱前，望着那些生日礼品，她还什么都没有使用，没有剪裁，没有缝制。随着太阳的升起，这善良的姑娘往往跑出房间——通常她是在这个房间里找到她的幸福的——奔向旷野，奔向荒郊，这是她一向不感兴趣的地方。她也不敢在陆上停留。她跳进小船，直划到湖心，随后她拿出一部游记，让船随波逐流；她读了起来，沉入梦境，梦到陌生的地方，在那里找到了她的朋友；她的心还一直留在他的身旁，他的心也留在她的身旁，他们心心相印。

第十八章

那个行事乖张的人，我们业已熟悉了，这就是米德勒。他在得知发生于朋友们之间的不幸消息之后，尽管没有一方吁请他的帮助，但是在这种情况下，他愿意来表示他的友情，运用他的才智，这是自然可以想见的。但是他觉得先拖一段时间是可取的，因为他知道得很清楚，帮助那些在道德上陷入迷惘的有教养的人，要比帮助那些没有受过教育的人困难得多。因此，他让他们有一段独处的时间，可到后来他自己不能再坚持下去了，于是匆忙地去寻找爱德华，他已经知道了他的去向。

他沿着通向一处景色宜人的山谷之路走去，谷底是一片碧绿可爱、丛林簇簇的草地，一条总是欢快的小溪，时而蜿蜒穿过，时而漫漾开来缓缓流淌。在平缓的丘陵上是肥沃的田地和一片整齐的果树。林庄散落在各处，整个风光呈现出一片和平景象，某些部分虽然不见得优美如画，但看起来却非常适于在此生活。

米德勒终于看到了一个整修得很好的农场，里面有一所整洁、简朴的住宅，四周环绕着一些园圃。他猜想，爱德华现时就住在这里，他没有猜错。

谈到这位孤独的朋友，我们现在只能说，他已完全平静地把自己交付给他的激情支配，他想出了种种计划，培植起种种希望。他不能否认，他渴望在这儿看到奥狄莉，他渴求把她带到这儿，把她诱到这儿，他也无法抗拒地去想其他允许的和不允许的事情。他的想象力在所有的可能性中徜徉。如果他在这儿不能占有她，不能合法地占有她，那他要把庄园的所有权奉献给她。她应当安静地、独立地生活，她应当幸福，若是一种自我折磨的想象力继续把他引导下去的话，她也许会同另一个人幸福地生活。

他的时光就这样在希望和痛苦，眼泪和欢乐，设想、计划和绝望之间的一种永不停息的动荡中流逝了。看到米德勒来，他并不感到诧异。他早就在等待他的到来，因此他对他抱着半是欢迎、半是无所谓的态度。他认为他受夏洛蒂的指使而来，他自己早就准备好了各式各样的请求原谅、设法拖延之词，以及明确果断的建议。但他也希望再听到奥狄莉的消息，于是，他把米德勒当作上界来的使者，为他的到来而高兴。

当爱德华听到米德勒不是从那里来，而是出于自己的意愿，他便感到不悦，情绪变坏了。他把自己的心封闭起来，谈话一开始便索然无味。可米德勒知道得很清楚，一个充满情爱的心胸有着一种迫切的需求，要把它表白出来，要把他心中翻腾着的一切向朋友倾吐出来。为此在寒暄几句之后，他便欣然从扮演一个调解人的角色中摆脱出来，成为一个可信赖的朋友。

当他以友好的方式责备爱德华过这样一种孤独的生活时，爱德华说："噢，我不知道该怎样更愉快地去打发我的时间！我现在一直在思念她，一直在她心旁。我还有一种无比珍贵的长处，那就是我能够幻想：奥狄莉现在在什么地方，她在哪儿走路，在哪儿站立，在哪儿休息。我看到她在我的面前像往常一样忙碌、工作，自然总是做那些讨我喜欢的事情。但还不止如此；远离她，我怎么能感到幸福！我的幻想更为活跃，想到奥狄莉该怎样向我靠近。我用她的名字给自己写一些甜蜜的、亲昵的信，我复信，把它们保存在一块儿。我答应过，我不去接近她，我要遵守我的诺言。但是有什么束缚住她不来接近我呢？难道夏洛蒂残忍地要求她许诺和发誓，不给我写信，不让我知道一些消息？当然，这是可能的，但我认为这是闻所未闻和无法忍受的。若是她爱我，正如我相信我所知道的那样，她为什么不下决心，为什么不敢出逃，来投入我的怀抱？她该这样做，我不时在想，她能这样做。每当前厅里有什么响动时，我就向门那边望去。我想，我希望，那是她到来了。啊！这种可能成为不可能的了。可我在想象，这种不可能应该成为可能。夜里，当我醒来时，投向卧室的一缕灯光摇曳不定，那该是她的倩影、她的灵魂，一种对她的预感飘逸而来，抓住了我。虽然只有瞬间，可我有了某种保证，她在思念我，她是我的。

“这是我残留下来的唯一的喜悦。那时，我在她的身边，从没有梦到过她；可现在，身处异地，我们在梦中相会，令人惊异的是：自从我在这附近认识了另外一些可亲的人之后，她的倩影才出现在我的梦中，仿佛她要对我说：‘你看看这周围的人好了！你会觉得没有比我更美更可爱的了。’我的每一个梦里都有着她的身影，只要我与她在一起，一切都搅乱了，分不清了。先是我们在签署一项婚约，她的手和我的手，她的名字和我的名字，两者混在一起，两者缠绕在一起。这些充满欢乐的幻景、遐想也不是没有痛苦的。有时她做了些事，伤害了她在我心中的纯真的形象，这时我才感觉到，我是多么爱她，我的恐惧莫可名状。有时她一反常态，取笑我，折磨我，但她的面貌随即变了样子，她那秀丽的、圆圆的、妩媚的面庞拉长了：它成了另一个人的脸。我感到痛苦、不满足，受到了损害。

“您不要笑，亲爱的米德勒，或者随您笑好了！哦，我不会因这种眷恋，这种您认为是愚蠢的、疯狂的爱慕而感到羞愧。不，我还从没有爱过，现在才感受到爱是什么。在我认识她、爱上她，我的整个身心爱上她之前，我生活中的一切只不过是个序幕，只是在混日子，只是在打发时间。人们不会当面责备我，但却会在背后指手画脚，说我工作马虎，凡事都草率敷衍。可能是这样，但是我还一直没有找到施展才能的场合。我现在倒要看看，有哪个人的爱的才能超过我。

“虽然这是一种悲戚的、痛苦的和充满泪水的才能，但是我觉得这在我是十分自然的，是固有的，难以把它再度放弃。”

借助这番激烈的肺腑之言，爱德华感到轻松了。但是，他那种奇妙的处境中每一个单独的场景都立刻清楚地呈现在他的面前，这使他被痛苦的矛盾心理所主宰，泪水夺眶而出；这泪水，当他的心通过这番表露而变得软弱时，就更流个不停。

爱德华痛苦地倾吐了他的激情，这使米德勒看到自己无法达到他这次旅行的目的。即使如此，他那急迫的天性，他那无情的理智毫不为之所动，于是坦白率直地表示，他对此事不以为然。爱德华应当振作起来，应当考虑到男人的尊严，不应当忘记，在不幸之中保持镇定，冷静而体面地承受痛苦，这会给一个人带来最高的荣誉，会得到极高的评价、尊敬，并且会被当作典范。

爱德华被痛苦的感情所左右，他是如此激动，这一席话令他觉得空洞而乏味。“幸福的人、快乐的人讲得倒好听。”爱德华继续说道，“但是，若是他看出，他使受苦的人无法忍受时，那他会感到羞愧的。应该有一种无止境的忍耐哪，可僵化了的快乐的人就不承认有一种无止境的痛苦。有这样的情况，是的，有这种情形！每一种慰藉都是卑鄙的，每一种绝望都是义务。一个高贵的希腊人[1]，他善于描写英雄，可他从不拒绝让他的那些英雄在痛苦的压迫下恸哭流涕。他甚至用格言的形式说出：‘爱流泪的男人都是善良的。’让所有心灵干枯、眼睛干枯的人离开我好了！我诅咒那些幸福的人，不幸的人只能供他们开心取乐。不幸的人在肉体和精神痛苦的极端残忍的处境里还要保持高贵的举止，以博得幸福的人的赞赏，还有，到他死时再鼓掌叫好，就像一个斗牛士体面地在他们面前倒下去时那样。亲爱的米德勒，我感谢您的来访，如果现在您能去花园，去附近浏览一番，那表明是您对我的一种巨大的爱。我们回头再见面。我努力使自己更镇静些，更能像您那样。”

米德勒宁愿转换话题，也不愿谈话到此中断，那不是他轻易能再拾起来的。就是爱德华本人也觉得把话继续谈下去是合适的，他总归可能达到他的目的。

“当然，”爱德华说，“您想您的，我想我的，您说您的，我说我的，这于事无补。可通过这番谈话，我本人现在才清楚，才下定决心，我该做出怎样的决定，我为什么做出这样的决定。我看到了我现在的生活和我未来的生活。我必须在痛苦和欢乐之间做出抉择。我的好人，您设法使我离婚吧，这离婚是多么必要，它已经成为一种事实了。您想办法把夏洛蒂的许诺带来，为什么我相信她会同意，这无须我多说了。您到她那儿去，可爱的人，您使我们大家得到安慰，您使我们大家得到幸福！”

米德勒为之语塞。爱德华继续说道：“我的命运和奥狄莉的命运是不能分开的，我们不会毁灭的。您看这只杯子！我们的名字都

① 此处指荷马而言。

刻在上面。一个兴高采烈的人曾把它抛向高空。不会有人再用它饮酒了，它会落在石头上摔得粉碎。但是它被人接住了。我用高价钱把它重新买了回来，我用它喝酒，每天都喝。这是为了每天向我证明，凡是命运决定了的一切，都是毁灭不了的。”

“噢，我真感到难过，”米德勒喊道，“为了我的朋友，我什么都不得不忍受啊！现在我又碰上了迷信，它在人类中危害最大，它令我憎恶。我们玩弄预言和梦境，以此使日常的生活变得煞是重要。但是，倘若生活本身变得确实不同凡响，倘若我们周围的一切都动荡和咆哮起来，风暴会由于那些幽灵而变得更为可怖。”

“生活中这些未知的东西，您就让它们去吧，”爱德华喊道，“置身于希望和恐惧之间，一颗可怜的心总是需要一颗星来指引的，即使他不能向它奔去，他也能望得到的。”

“我愿意自己这样去做，”米德勒说，“只要能起些作用的话。但我却老是发现，没有一个人去注意那些警告的征兆，只是对那些迎合自己的、表示许诺的征兆全神贯注，只是到了这个时候，对他们来说，信仰才变得栩栩如生起来。”

米德勒发现自己要被引入昏暗的领域，在这里停留的时间越长，他就感到越不舒服。为此他有些心甘情愿地答应了爱德华要他去夏洛蒂那里的炽烈请求。在这个时刻他还能向爱德华说些什么呢？赢得时间，去摸清那两个女人的情况，按照他自己的思路去做，除此无其他可言。

他到了夏洛蒂那里，发现她像往常一样镇静和快乐。她很愿意把所发生的一切都告诉他，从爱德华那里他听到的只是后果。他小心翼翼地表述自己的看法，然而谈话的趋势却无法避免不去谈到离婚这个字眼，哪怕是顺便提及也罢。夏洛蒂把这些令人不快的事情向他一一说明，最后说道：“我必须相信，我必然希望，一切会恢复原状的，爱德华会重新回到我身边。怎么可能是别样呢？您看到我已经有了身孕。”听到这话，米德勒是多么惊讶，多么诧异啊。这话投合他的思想，因此他也高兴起来。

“您怀孕了，我没有听错吧？”米德勒插问了一句。“完全正确，”夏洛蒂说。“我千百次为这个消息祝福！”他喊了起来，拍打着双手，“我认为这个道理对一个男人的情感是最有力的。我看到多少婚姻都因此而加快，得到巩固，或重新和好！这样一个美好的消息胜似千言万语，这真是我们所能希望的最大的喜事。”但是，他接着说，“至于我，那我有许多理由为此感到懊丧呢。在这种情况下，我看得很清楚，我的虚荣心得不到赞扬了。我的活动得不到您的酬谢了。我本人就像那个医生，他是我的朋友，为了上帝的旨意，他为穷人治病时手到病除，可为那些酬谢优厚的有钱人治病时，却很少有什么效果。幸运的是，这儿的事情可以自己解决，我的努力、我的劝说都归于无效了。”

夏洛蒂要求他把这个消息带给爱德华，并带去她写的一封信，看看该做些什么，有什么需要筹划的。米德勒不愿意。“一切都做了，”他喊道，“您写信吧！任何一个送信的人都和我一样。我必须到更需要我的地方去走走。只是为了表示祝贺我才会再来的，我来给孩子洗礼。”

夏洛蒂像往常那样，这次也对他表示不满。他那急性子完成了某些善举，可他的匆忙却也应为许多事情的失败负责。没有人比他更易为一时的心血来潮所左右了。

夏洛蒂派的送信人到了爱德华那儿，他半感诧异地接待了这个信差。这封信可能什么也定不下来。他良久不敢拆开，当他看完了这封信时，惊愕地站在那里，结尾的那一段使他像石头般僵化发呆：

“想想那天夜里的时刻，你像一个情人去偷偷地拜访你的妻子，不容抗拒地把她拥到你的身边，把她当作一个情人、一个未婚妻搂进你的怀抱。让我们为这个稀有的偶然举动而祝福上天的安排吧，在这个我们的幸福生活遭到解体和面临消亡威胁的时刻，它为我们的关系缔造了一条新的纽带。”

从这个时刻起，在爱德华灵魂中所发生的一切是难以描述的。在这样一种窘境里，最终是那些古老的习惯、古老的倾向重又冒出头来，为的是毁灭时间，为的是充实生命的空间。狩猎和战争便是为高贵的人准备的这样一条出路。爱德华渴求外在的危险，以取得与内在的危险的平衡。他渴望毁灭，因为对于他来说，存在已变得不堪忍受。是啊，他想到，他不再存在了，并因此使他的情人、他的朋友幸福，他觉得这是一种慰藉。没有人能阻碍他的意志，他对他的决定秘而不宣。他按照种种规定，写下了他的遗嘱，他把田产留给奥狄莉，这使他有一种甜蜜之感。给夏洛蒂、给未生下来的孩子、给上尉、给他的仆人的遗产，他都在遗嘱上做了安排。此时，爆发了战争，正是他实行自己计划的有利时机。在他的青年时代，军队里的粗野和缺乏教养给他带来了不少苦恼，为此他才退役。而现在随同一位统帅去征战，却使他有了一种愉快的感觉。谈到这位统帅时，他只能这样说：在他的指挥之下，死亡是可能的，而胜利却是肯定的。

奥狄莉知道夏洛蒂怀孕这个秘密之后，像爱德华一样惊愕，并且更厉害。她反躬自省，她没有什么好说的，她不能有什么希望，也不可以有什么愿望。她的日记能使我们对她的内心有所了解，我们将披露其中某些段落。

第二部

第一章

在日常生活中，我们经常遇到那些我们在史诗中习惯称为诗人的艺术技巧的东西，这就是，当主要人物远离了，不见了，无事可做了，那立刻就会有第二个人、第三个人，或迄今一直不被人注意的人来填补这个位置。他施展他的才干，值得我们同样地去重视，去关心，甚至去称赞和褒扬。

在上尉和爱德华远离之后，那位建筑师就这样显得一天比一天重要了。某些工程的安排和实施完全靠他一个人，在这方面他表现得十分细致、内行和勤奋，同时以某种方式使这两个女人，并且很善于使她们在平静、漫长的时间里得到娱乐。他仪表堂堂，令人信赖和喜爱，是一个真正的青年人，长得健壮、修长，谦恭而不显得畏葸，可亲而不显得缠人。他兴致勃勃地操持一切，因为他精于计算，不久他对整个家政都了如指掌，处处都能发挥良好的作用。通常都由他来接待外来客人，他知道对一位不速之客是否该表示拒绝，或是使两位妇女有所准备，而不至于引起不快。

在这些客人中间，有一天，一位年轻的法学家给他带来了不少麻烦。这个人是毗邻的一个贵族派来的，为的是谈一件事情，此事虽没有特殊的意义，却使夏洛蒂内心受到了触动。我们必须提到这件事，因为它给予不同的事情以推动；否则的话，这些事情或许要长时间无人过问呢。

我们想起夏洛蒂在教堂墓地所做的那些变动。所有的石碑都从原来的地方挪开，依次放到墙壁和教堂广场的墙基旁，腾出的地方被弄平了。除了一条宽大的通向教堂的道路外——这条路也经过教堂通向另一边的小门——其余的空地都种上了各式各样的苜蓿草，现在长得一片碧绿，繁花似锦。按照固定的次序，新的墓坑应当从教堂墓地的终端排起，可棺材入土之后，墓坑仍要填平并同样种上苜蓿草。没有人否认，这种安排使人们在星期天或节假日去教堂的路上，能够看到一种愉快和庄重的景色。甚至那个开头对此不以为然的墨守成规的老教士，当他在古老的菩提树下像菲莱蒙那样和他的鲍茜丝[①]坐在后门口休息时，映现在他眼前的不是一片起伏不平的墓地，而是一幅绚丽的彩毯，他也感到欣然。再说，这还给他的家计带来了好处，因为夏洛蒂把这块地的收益给了他。

尽管如此，教区里的一些人却对此举表示不满，因为标志他们先人安息之地的碑石被挪动，这样一来仿佛怀念之情也随之烟消云

① 菲莱蒙和鲍茜丝是希腊神话中一对善良的农民夫妇，他们也出现在歌德《浮士德》第二部中。

散了似的。保管良好的碑石虽然标明了埋葬的是谁，却没有标明埋葬在什么地方，然而正像许多人所强调的，标明埋葬在什么地方才是重要的。

毗邻的这家人就持有这种看法。这家人在多年前为自己和他们的亲属给了教堂一笔不大的捐赠，从而在这片公共墓地上获得了一块地方。这个年轻的律师就是这家人派来的，为的是取消这笔捐赠，声明以后不再继续交付这笔款项，因为迄今一直履行的条件被单方面废除了，虽经种种抗议和反对均属无效。夏洛蒂是这一变动的主使人，她要亲自和这个年轻人谈话。他虽然十分活跃，但在陈述他和他的事主的理由时却并不十分专断，他所谈的确实有些地方值得考虑。

“您看到，”在简短的开场白里他说明他此次唐突拜访的理由之后，说道，“您看到，最卑贱的和最高贵的人都看重埋葬他们亲人的地方的标识。就是一个最穷苦的农民，他埋葬了他的一个孩子，也会在坟上树立一个简陋的木质十字架，装饰上一个花环，使怀念之情至少保持像痛苦那样长久，即使这样一个标识像悲哀本身一样，会因时间而归于消亡，那对他也是一种安慰呢。家境富裕的人用铁质的十字架，以某种方法把它固定和加以保护，使它常年地保存下来。可就是这样，它们最终也要倒下和变得不易觉察，于是有钱的人就树立一块石碑，可以一代一代地保存下来，并且后世的人能加以修葺和整理。但是，与我们相关的并不是这些石碑，而是石碑下安息的人，是黄泉下的死者。问题不在于怀念，也不在于怀念的人本身，不在于回忆，而在于现实。我宁愿深情地拥抱坟茔中一位亲爱的死者，而不是墓碑上的名字，因为墓碑根本就没有什么价值可言。但是，它像一块界石一样，配偶、亲属、朋友，甚至在他们死后也围在这儿聚齐，而生者有权利，把陌生人和讨厌的人从他们所热爱的安息者旁边赶走和移掉。

“因此，我认为我的事主有充分权利取消这笔捐赠，这样做是完全公平合理的，因为这个家庭的成员受到了伤害，而伤害他们的方式是无法补偿的。他们祭祀他们的亲人，将来有朝一日直接安息在他们身旁的令人感到安慰的希望，都不可能了，从而失去了这种甜蜜的感情。”

“这件事没有必要通过法律行动而引起不安，”夏洛蒂回答说，“我对我所做的安排没有丝毫的后悔，我愿为教堂因此遭到的损失给予赔偿。只是我必须向您坦率地表明，您的论据没有说服我。在我看来，一种最终的普遍的平等，这种纯洁的感情，至少是在死后，比起我们在人格上、依附上和生活关系上所形成的这种固执的、僵化的亘续不绝更为令人感到安慰——您对此意下如何？”她向建筑师提出了她的问题。

建筑师回答说：“我在这样一类事情上，既不争论也不做出决定。您让我先把我的艺术见解、我的思想方式简单地表达出来吧。自从我们不再有幸把一个亲人的骨灰装在罐内拥在胸前以来，由于我们既非富有也非高兴把遗体完整无缺地放在一个巨大的雕花的石棺里保存，由于我们不能在教堂里为我们自己和我们的亲人找到安息之所，只能在外面寻一席之地，那我们就有一切理由，对您，亲爱的夫人，所采取的方式和方法表示赞同。如果一个教区的成员都顺次一个挨一个地埋葬在一起，那他们就是长眠在他们的亲人之中。有朝一日地球把我们都容纳进去的话，那我觉得，人们会把这些偶然出现的、逐渐颓败的土丘毫不迟疑地推平，这样使所有人上面的覆盖物都变得轻松，不能有比这更自然、更干净的了。”

“而一点怀念的标识也没有，一点引起人们回忆的东西也不存在，所有这一切都这样消逝得无影无踪了？”奥狄莉问道。

“绝对不会！”建筑师继续说道，“不是摆脱怀念，而只是摆脱这个地方。人们为自己的存在能够延续下去，是可以寄期望于建筑师和雕刻家的，他们对此极为热心。因此，我的愿望是把这些构思精巧、制造优良的墓碑放在一个能永久保存下来的地方，而不是零散地、随意地乱放。甚至那些虔诚的人和高贵的人都放弃了死后安息于教堂里的特权，这样，人们至少可以在那里或在墓地周围的华丽厅堂里树立墓碑和墓志铭。有设计出来的成千上万种形式，有装饰它们用的成千上万种花纹图案。”

“如果艺术家们真是这样才华横溢的话，”夏洛蒂问，“那您告诉我，为什么他们就不能摆脱一种小型的方尖碑、一种截头圆柱和一种骨灰罐的形式？代替您所夸耀的成千上万种发明，我看到的总是成千上万次的重复。”

“在我们这里是这样的，”建筑师回答她说，“但不是所有地方都如此。再说，谈到发明和适当地加以利用，这本身就不是件小事。特别是在这种情况下，使一个庄重的对象变得令人愉悦，使一件伤怀之事弄得不至于令人悲戚，那是有某些困难的。有关各式各样纪念碑的式样，我已收集了许多，有机会我要拿出来给你们看看。但人的最美的纪念碑却永远是他本人的肖像。它比任何其他方式都更能使人了解他是一个怎样的人。这是乐谱上最美的歌词，不管它是多还是少。只是这个肖像必须是在他最美好的年代绘成的，可人们通常容易错过这个机会。没有人想到去保存他活着时的肖像，即使这样做了，也用的是一种不完美的方式。一个死者刚一合眼就用石膏从他的脸上拓下一个模型，根据这样一幅面部模型雕刻一个石像，人们称这是半身像。但是根据这样一幅面部模型，把石像雕刻得栩栩如生，艺术家却很少能做到这点！”

夏洛蒂说：“也许您没有意识到，也没有想到，您把这场谈话完全引到对我有利的方面来了。一个人的肖像是不依赖其他的，不管它立于什么地方，它都是表明自己，我们不能要求它成为墓地的标志。要我向您承认这样一种奇怪的感觉吗？我甚至对这些肖像有着一种厌恶之感，因为我总是觉得它们在默默地责难，它们在暗示着某些遥远的、久已逝去的东西，并使我想起，去切实地尊重现实该是一件多么困难的事。只消想一想，人们看见并认识那么多的人，那就得承认，对于他们来说，我们是多么不足挂齿，对于我们来说，他们是多么微不足道，我们的心绪该是怎样的呀！我们遇见过有才能的人，却没有同他交谈；我们遇见过学者，却没有向他求教；我们遇见过广见博闻的旅行家，却没有使我们受益；我们遇见过可亲可爱的人，却没有向他表示某种快慰之情。

“遗憾的是，这一切不仅仅发生在我们的身边和我们的眼前。社会和家庭对待其最可爱的成员如此，城市对待其最可尊敬的市民，人民对待其最杰出的君侯，民族对待其最卓越的人物也是如此。

“我听到有人问，为什么谈到死者好处时是那么直截了当，而谈论生者时却总是那么小心谨慎？回答是这样的：因为我们对死者不再怀有惧意了，而对于活着的人，他们在某个地方总会和我们不期而遇。对他人的怀念之心竟是如此不纯，一个生者把他同死者的关系通过残留物生动活泼地保持下来，对此反倒认为是一种神圣的庄严之举，那多半只是一种自私自利的恶作剧而已。”

第二章

由于这件事和与此相关的这场谈话，翌日，人们前往墓地，建筑师为墓地的装饰和美化提出了一些很好的建议。他也关心起教堂来了，这座建筑从一开始就引起了他的注意。

这座教堂已存在好多世纪了，是按照德国的式样和艺术匀称地建立起来的，装饰得十分精致。人们能看得出，它的建筑师也就是邻近一座修道院的建筑师，此人在这座小型建筑上也显示了他的能力和爱好，它给参观者以庄重和愉快之感，尽管它内部的供新教徒礼拜用的新设施稍许减弱了它的宁静和肃穆。

建筑师没花费什么力气就从夏洛蒂那里拿到了一笔可观的钱，以便按照古代的式样对教堂的外观和内部加以修葺，使之与前面的墓地和谐一致。他本人心灵手巧，再把那几个参加修建房屋的工人留下，直到这项虔诚的工程结束为止。

在对这个建筑和周围环境以及附属建筑物进行检查时，建筑师在侧翼看到了一个很少被注意到的小教堂，匀称得体，装饰精巧，很花费了一番工夫。这使建筑师感到惊奇和高兴。小教堂内还保留下来一些旧日祭祀用的雕刻和绘画的残存物，某些圣像和用具标明了不同的宗教节日，而每一种节日都是以它特有的方式进行纪念的。

建筑师立即把小教堂列入他的计划之内，特别是把这个狭小的地方当作旧时及其风尚的一个纪念碑加以修复。他想到用自己的爱好去装饰空荡荡的内部，同时可以施展一下他的绘画才能，这使他感到高兴。只是此事他得先对府第里的人保守秘密。

首先他遵守诺言，向两位女人展示古时墓碑、骨灰罐以及其他与此相关物件的种种不同的复制品和图案设计。当他们在谈话中涉及北方民族的简朴的坟墓时，他便把他从坟墓中搜集来的某些兵器和器具拿出来。这些东西他都存放在非常整洁和便于携带的抽屉柜里和格层柜里，搁在上面蒙有一层布的刻有花纹的木板上。这样一来，由于他的保护，这些阴沉的古物便带有某种时尚物品的味道，人们观赏它们就像看到一个兜售时尚商品的小贩的小匣子似的，怀有一种喜悦之情。他既然开始展示，寂寞也要求有某种消遣，于是每天晚上他都带上他的一部分宝物露面。这些东西多半都是德意志中古时代的薄银币、厚铸币、印章和诸如此类的东西。所有这些物件都使人们对远古时代心驰神往，后来他拿出最早的印刷品、木刻制品以及最古老的铜器来为他的谈话助兴。他在教堂里每天都是依照这种风格绘制，其余的装饰同样采用的是古代的式样。这样一来，人们不禁要问问自己，是否还真的生活在现代，人们流连在一种完全异样的风俗、习惯、生活方式和信仰里，是否就不是一场梦呢？

按照这种方式做了一番准备之后，建筑师最后拿出来一个较大的纸夹，这产生了极好的效果。纸夹里虽然多半是一些人物的素描，但他们都是从原画上临摹下来的，完全保留着古代的性质，这令观赏者非常高兴！所有这些形象表现出了最纯洁的生命，即使人们不认为是高贵的，也必然被看作是善良的。欣然的庄重，对君临我们之上的一个令人敬重者的心甘情愿的臣服，在爱和希望中的默默献身，这一切在所有的面孔上，在所有的表情中都表达了出来。秃顶的老人，鬈发的儿童，活泼的少年，庄严的男人，神采奕奕的圣者，空中飘荡的天使，他们在一种纯真的满足之中，在一种虔诚的期待之中，显得幸福快乐。画中最平凡的也有着一种天堂生活的特色，画中的一项祭祀动作与每一个人的本性完全相符。

大多数人观望这样一个场所好像观望一个消逝了的黄金世纪，一个失去了的天堂。在这种情况下，也许只有奥狄莉才有置身于画上那些与她相似的人的行列之中的感觉。

这位建筑师自告奋勇，要在小教堂尖拱间的空地上以这些古画为样本画上画，借此在一个他度过一段美好时光的地方留下纪念，有谁会反对他这样做呢？他在说这番话时带有几丝伤感的情绪，因为从事态的发展上看很清楚，他不可能长久地留在这样一个如此美好的团体里，是啊，也许不久就要中止了。

在这些日子里，虽然没有那么多的事情发生，但却有足够多的机缘进行严肃的交谈。因此我们利用这个机会，透露一些奥狄莉记在她的日记里的事情吧。为此我们借助一个比喻作为过渡，我们在读到她的那些可爱的日记时必然想到的一个比喻——没有比这更为合适了。

我们听说过英国海军中有一种特殊的设备。皇家舰队的所有索具，从最坚实到最柔弱的，制造时都有一根红线从头贯串到尾，不把整个绳索都拆开，这条红线是取不出来的。这样，哪怕是很短很短的一段，人们也能认得出它属于皇室。

与此相同，在奥狄莉的日记中贯串着一条爱慕和忠诚的红线，它联结着一切，标志出整体。日记中的见解、观察，选择的格言及其他言辞，完全是写日记者特有的，并且对她是有意义的。我们所挑选出和披露出的每一段文字本身都可以为此做证。

奥狄莉日记摘录

如果一个人有时想到身后之事——将来能安息在他

所爱的人身边，那便是他所能有的最令人愉快的想象了。“同类相聚”，这是一句多么真挚的话啊。

有好些纪念碑和墓碑能使我们更靠近远走高飞和辞世而去的人，但它们都缺少肖像所具有的意义。同所爱的肖像交谈，即使画得不像，那也是愉快的，如同和一个朋友争论有时感到愉快一样。人们会以一种快意的方式感到，他们是两个人，并且是不能分开的。

有时人们同一个在场的人交谈，把他当成同一幅肖像交谈时一样。他不需要说话，不需要注视我们，不需要对我们表示关心。我们看到他，我们感觉到我们同他的关系。甚至他无须做什么，无须感觉什么，我们同他的关系就能增长。他只消像一幅肖像那样对待我们就行了。

一个人对一幅他认识的人的肖像是绝不会感到满意的。因此我总是为那些肖像画家感到惋惜。一个人很少向人们要求不可能之事，然而却偏偏向画家们提出这样的要求。要求画家把每一个要画的人与人们的关系，他的爱憎都画到画里去；要求画家不仅仅只是表现对一个人的理解，而且表现每一个人对这个人是怎样理解的。这样一来，当这些艺术家逐渐变得执拗、冷漠和顽固时，我就觉得没有什么可奇怪的了。其实随便画家们去画好了，只要不会因此而缺少那些亲爱的、可敬重的人的画像就行。

建筑师收藏的兵器和古老的器具——这都是殉葬之物，埋在高高的山阜和崖石下面——向我们证实了，人们为了死后使他的身体保存下来所做的努力是多么无益啊，这样看是对的。然而我们却多么自相矛盾！建筑师承认，他本人发掘过先人的坟茔，可依然继续为后人制造墓碑。

可为什么要这样认真呢？难道我们的所作所为是为了永恒？我们不是晨起穿衣，夜间又重新脱掉？我们外出旅行不是还要回来？为什么我们不该希望安息在我们的人的身旁，即使是只有一个世纪的时间？

当人们看到这许许多多塌陷下去、遭到穿越教堂人的脚步践踏的墓碑，看到坍塌在墓碑上的教堂时，一个人的生命死后在他的肖像里、在墓志铭里就像第二个生命那样出现了，并且他在此中比他原来在世时的生命还要久长。但即便是这个肖像，这第二个生命，迟早也要消亡的。对这些纪念碑如同对人一样，时间的权力不容剥夺。

第三章

一个人如果去做他仅一知半解的事情，就会有一种非常愉快的感觉，当他去从事一项他从没有学过的艺术时，没有人会去斥责一个业余爱好者。若是一个艺术家越出他的本行而在相近的领域里获得一番乐趣时，那也不会有人责备他。

我们就是以这样公正的眼光来观察建筑师为了在小教堂画画而做的种种准备。颜料备妥，规模上有了安排，厚纸板上画出了画稿。他放弃了所有独出心裁的想法，完全以他的那些原图为准；只是把坐着的和空中飘浮着的人物在布局上做适当的调整，以使空间装饰能更有美感，这是他所关注的。

脚手架搭了起来，工作有了进展，已经完成的一些画引人注意，这使建筑师不能对夏洛蒂和奥狄莉的来访表示反对。在澄蓝天空的背景上，栩栩如生的天使的面孔，生动逼真的服饰，使她俩娱目畅怀，令她们恬静虔诚的品性激起了一种镇定自持的情感，起到了一种非常温和的作用。

两个女人登上脚手架，走到他的跟前。奥狄莉觉得，这里进行的一切是如此轻快和舒适，仿佛从早年学过的功课的收获中，她一下子成长起来了似的，于是便不知不觉地拿起画笔和颜料，按照指点，去描画一件多褶子的衣服。她描得整洁、熟练。

每当奥狄莉有事可做，心情舒展时，夏洛蒂是高兴的。于是她让他俩留在这里，自己走开，她要清理一下她自己的思想，要把自己那些不能告人的观察和忧虑私下里思考一番。

当普通人由于日常生活中的窘迫表现出一种极为畏葸的举止时，我们对此不能不露出一种同情的微笑：相反，我们往往怀着敬畏去观察这样一种心性，伟大命运的一粒种子播撒于其中，它必须等待种子萌发，不管从中得到的是善还是恶，是幸福还是灾难，都既不能不许可也不能够加速其到来。

爱德华通过夏洛蒂派到他隐居地送信的人对她做了答复，这答复虽然是友好的、关切的，但其镇定和严肃程度远胜过亲密和友爱。随后不久，爱德华就消失不见了，他的妻子得不到任何有关他的消息，最后她偶然在报纸上发现了他的名字，列在那些在某次重大战役中表现突出的人名当中，得到了褒奖。她现在明白他走上了一条什么样的道路，她得知，他不畏危险，死里逃生，当即就懂得他还会甘冒更大的危险，她完全可以猜想得出，在任何一种意义上，很难去阻止他去做这样的事情。她独自一人，忧虑重重，思前想后，不管她怎样反复掂量，都无法安下心来。

奥狄莉对这一切毫无所知，眼下她对那项画画的工作怀着巨大的兴趣，并且很容易得到夏洛蒂的允许，按时到那儿继续工作。工程进展得很迅速。蓝色的天空不久就画上了庄重的天国居民。借助这样一种持续不断的练笔，等画最后一批肖像时，奥狄莉和建筑师已经得心应手，画的那些人物看来好多了。即使那些只由建筑师一人画的脸部，也逐渐有了一种完全特有的表情，它们全都和奥狄莉相似。与这个美丽少女的接近，必然会在这个青年人的灵魂中留下鲜丽生动的印象。在此之前，他心目中还是一片空白，没有一个令他倾心的天然的或艺术的容貌。这样，他就逐渐把自己眼睛所见一丝不差地用手表现出来，到后来甚至两者完全能和谐一致。在最后一批人物的面孔之中，有一幅与奥狄莉惟妙惟肖，宛如她本人从云端里俯视下界。

弯顶上的画已经结束了，四周墙上的画依其原有的简单的样子，只是涂上一层浅褐色的颜料。在细细的柱子上和精美的雕饰上，则涂上一层深褐色的颜料。在这类事情上总是要有中介的东西，于是他们决定在联结天和地的地方画上花卉和累累的果实。奥狄莉在这一领域里可是驾轻就熟，花园给她提供了最美的样板。花环画得绚丽多彩，完成的时间比人们预计的要快得多。

但是这里一切都显得杂乱无章。搭脚手架用的木头堆放得乱七八糟，木板扔得到处皆是，坎坷不平的地面溅上了各式各样的颜料，弄得不像个样子。建筑师请求两位妇女给他八天的时间，在此之前不要进入小教堂。终于在一个美好的傍晚，他来请两位妇女前去参观，可他不希望陪同她们和给她们进行介绍。

他走了之后，夏洛蒂说：“无论他多么想使我们惊喜，我现在却没有乐趣下楼。你单独一个人去吧，回来告诉我好了。他肯定

完成了些令人高兴的东西。我先听你的描述，然后再去实地领略一番吧。”

奥狄莉熟知夏洛蒂在某些事情上十分注意，避免感情激动，特别是不愿受到惊扰，于是当即一人独自前往。她四下寻找建筑师，可他却到处都不露面，看来是躲了起来。奥狄莉进入教堂，门敞开着。教堂的修缮工作早就结束，打扫得干干净净，并且举行过落成仪式了。她朝着小教堂的大门走去，沉重的、包有铁皮的大门轻易地在她面前打开了。她进入一个她熟悉的空间，一派意想不到的景象令她惊喜不止。

一缕森然、斑斓的光束透过高处唯一的窗户射入室内，这是因为窗户由各种颜色的玻璃雅致地拼凑而成。整个室内因此有着一种异样的色调和一种独特的气氛。穹顶和墙上的绚烂由于地面装饰的衬托显得尤为壮观，地面是以别致的形状，按一种漂亮的图案，用石膏把地抹平，把石砖连在一起铺设而成的。这些石砖和各种颜色的玻璃，建筑师早就暗地备妥，所以在很短时间内就完成了。还考虑到了休息的地方。在教堂用的那些陈旧物品中找到了一些雕刻得很美的椅子，原是供合唱队用的，于是把它们得当地安放在靠墙的地方。

奥狄莉面对这熟悉的局部和陌生的整体感到欣喜。她站在那里，踱来踱去，在看，在凝视。到后来她坐在一把椅子上，在她仰视和环顾的当儿，她觉得，仿佛她既是她自己，又不是她自己，仿佛她既感觉到自己，又感觉不到自己，仿佛这一切都在她的眼前消失了，她本人也消失了。当太阳离开了一直活跃地闪烁着光辉的窗户时，奥狄莉才醒了过来，匆忙赶回府第。

她不掩饰这场惊喜是在什么样的特殊时刻发生的，这是爱德华诞辰的前夕。她当然希望与众不同地庆祝这个日子，为了这个节日，有什么地方不该大加装饰一新啊！可现在呢，秋日里各式各样的花儿没有采摘，向日葵还一直把它们的面孔仰向晴空，翠菊还一直文静谦恭地望着远处，即使把这些采摘下来结成花环，充其量也只能用来装饰一个地方，这个地方如果说不仅只是停留在一个艺术家的怪念头里，如果说它会有些什么用处的话，那么做一处公共墓地是最合适不过了。

她必定忆起那喧闹忙碌的日子，爱德华就是用这种忙碌来庆祝她的生日的。她必然想到那新建的房屋，在它的顶棚下面，他俩欢声笑语，彼此敞露心扉。是啊，那焰火的声音又在她的耳际响起，又在她的眼前出现。她越是觉得寂寞，她的想象力就越是丰富，但她也觉得因此而更孤独。她不能再靠在他的胳膊上，也没有希望在他的身上再找到一种依靠。

奥狄莉日记摘录

我得记录下一位青年艺术家说的话："像在一位工匠身上一样，在一个造型艺术家身上最清楚不过地表明，人往往对那些完全属于自己所有的东西，却占有得最少。他的作品离他而去，犹如鸟儿离开孵出它的巢儿一样。"

建筑艺术家与众不同，有着最奇妙不过的命运。为了建造房屋，他经常运用他的全部才智、他的所有爱好，但他本人却得离它们而去！王宫的富丽堂皇有赖于他，可他却不能共享；在教堂里他为自己和至圣至神划出一道界限；他不可再踏上他为令人肃然的隆重典礼而建造的台阶，这如同金匠只能从远处膜拜他用珐琅和宝石镶嵌起来的圣体一样。建筑艺术家把宫殿的钥匙交给富翁，好让他们打开舒适、安逸的大门，而他本人却享受不到。这样长此下去，艺术不是慢慢同艺术家隔绝开来了吗？他的作品岂不是像一个分了家产的孩子对父亲不再有什么用处一样吗？当艺术被规定只从事与公众有关，与既属于大家也属于艺术家的事情有关的工作时，那艺术该对自己有多大的促进啊！

古代民族的一个想法是严肃的，显得可怕。他们认为他们的先人在巨大的石窟中围着宝座，坐在那里默默地交谈。新来的人如果是一位贵人，那所有的人都得站起来，向他躬身表示欢迎。昨天，当我坐在小教堂，看到我坐的雕有花纹的椅子的对面还摆有许多椅子时，我觉得那种想法是可亲的，是美好的。“为什么你不能坐在这儿呢？”我暗自思忖，“一声不响地、内省地坐下来，长时间、长时间地坐着，直到朋友们前来，那时你朝他们站起来，友好地躬身致意，指给他们座位。”彩色玻璃使白昼变得朦胧，必须点上一盏长明灯，这样黑夜才不显得阴森。

不管人们怎样为自己辩解，人们在思想时总是在观看。我相信，人们做梦也只是使观看不至于中断。很可能是内心中的光亮会从我们心中照射出来，这使我们不再需要其他的光亮了。

岁月消逝了。风吹过留下的根茬，没有什么它再吹得动了。那些挺拔树木上的红色果实仿佛还能使我们忆起有生气的东西，这就像打谷者的劳作唤起了我们的思想，在这些割下来的谷穗中有许许多多的养分和生命一样。

第四章

发生了这样一些事件，于是产生了一种纠缠不休的人生无常、世事易逝的思想。此后奥狄莉得到消息，知道了爱德华投身于变化不定的战争，这该是多么奇怪啊。她不能不对事情进行观察判断，设想种种可能，遗憾的是她无法摆脱那些不吉利的念头。幸运的是人只能承受一定程度的不幸，超出这个限度，它就消亡了，或者无动于衷地被放到一边。有这种情况，恐惧和希望化为一体，彼此相互抵消，消逝在一种阴暗的麻木不仁的状态之中。否则的话，我们知道了那些身在远方的至亲至爱的人时刻都在危险之中，怎能依然如故，习以为常地继续我们的生活呢。

这真是天意美之，就在奥狄莉陷入孤独寂寞、百无聊赖的当儿，一队人马闯入了这平静之中，这使奥狄莉有足够的事情可做，无暇去沉思默想，并同时使她感到了自己的力量。

夏洛蒂的女儿绿茜安刚从寄宿学校进入社会，刚踏进她姑妈的家门，就被一大群人包围了。她那讨人喜爱的样子确实博得了人们的好感，一个非常富有的青年人很快就产生了占有她的强烈愿望。他拥有巨大的财富，这使他有权利把任何优秀之物都据为己有，他似乎除了一位十全十美的妻子之外，一概不缺了。他要让世界妒羡他有这样一个女人，就如同妒羡其他东西一样。

家中发生的这件事，使夏洛蒂一直十分忙碌，她的思虑、她的书信往来都花在这件事上，只是还没有影响她去打听有关爱德华的一些新消息。这样一来，奥狄莉在最近一段时间多是一人独处。她知道绿茜安要来这里，因此就在家里做些必要的准备。但绿茜安来得如此之快，却没有人料到。在此之前一直在写信，商量，做些细致的安排，然而这场风暴一下子就闯入了府第，压到奥狄莉头上。

女仆和佣人，以及装载皮箱和包裹的车辆抵达了，家里多了两倍或三倍的人。现在客人出现了：姑妈带着绿茜安和一些女友，未婚夫也同样有一些人陪同。前厅里堆满了皮箱、装大衣的口袋和其他皮制的行囊。把许多许多的小箱子和小盒子分拣出来花费了不少力气。行李和带来的用品仍一直没完没了。这期间大雨骤然而至，带来了一些麻烦。面对这乱糟糟的一切，奥狄莉毫不慌乱，做得井井有条，是啊，她那灵敏的才干大放异彩。给每个人都安排了住地，令每个人都感到舒适愉快，使每个人都得到了很好的照顾，他们都各得其所，不受妨碍。

经过一次长途跋涉之后，所有的人都想好好休息休息。未婚夫想接近他的岳母，向她表示他的敬意和他的良好意愿。可是绿茜安却不肯安静下来，她曾幸运地被允许骑马兜风，现在有了机会，未婚夫带来些骏马。她飞身上马，不顾急风暴雨，不管雷鸣闪电，仿佛人活着就是为了把自己淋得透湿，然后再把自己弄干似的。若是她灵机一动，想下马步行，她也不管身上穿的是什么样的服装，脚上穿的是什么样的鞋。她要浏览一下她多次听到过的设施和建筑，在不能骑马的地方就步行。不久，一切她都看过了，并且也都加以评论了。她生性匆忙急切，不容人反驳；这样她周围的人便大有苦头可吃，受罪最多的是那些侍女，她们总是洗熨、拆缝个没完没了。

府第周围的环境她刚看过，就又想起去拜访四邻，认为这是自己的义务。她不管是骑马还是乘车，速度都快得惊人，这样连地处相当远的毗邻人家都拜访到了。而回访也使府第人来人往、络绎不绝，为了不致扑空，就事先把日子定好。

夏洛蒂和姑妈以及未婚夫的管家忙于商谈姻亲间有关的事情，而奥狄莉同她的手下人则忙于料理一切。尽管事情繁杂，她却处置得井然有序，使猎师、园丁、渔夫和小贩都各司其职。与此同时，绿茜安却一直像一个燃烧着的彗星核，在她的后面跟随着一群人，拖着个长尾巴。与来访客人的通常交谈，很快就令她感到索然无味。她刚刚使一些年龄较大的人在牌桌上得到安闲，随即就又把一些好动的人召来——有谁能受到她那迷人的催促而不应允呢——不是跳舞，而是玩有趣的典当游戏，玩惩罚游戏，玩猜谜游戏。这一切，例如玩典当游戏时的赎当，全都以她本人为中心。另一方面，所有的人，特别是男人，不管他是一个什么样的人，都不会空无所得。她甚至成功地把几位年高德劭的人完全拉到了自己这边，因为她把他们恰巧在这段时间里的生日和命名日打听出来，进行特别的庆祝。她使用了一种独有的灵活手腕，使所有的人都得到了青睐，甚至每个人都认为自己最受优待。人的这种弱点，在这些人中间甚至年龄最大的人的身上，都最清楚不过地表现出来了。

这看来像是她的计划，把那些有地位、有名望、有荣誉或者重要的人物吸引到自己身边，毁坏他们的智慧和长处，使他们想方设法向这个任性的古怪女人争宠。那些年轻的人呢，也收获不少，每个人都得到了自己的那一部分，在属于自己的时间里，她知道如何去使他们快乐，把他们牢牢地掌握住。不久，她注意到了那位建筑师。他满头长长的黝黑鬈发，目光炯炯，无所顾忌，笔直而泰然自若地站在那里，保持着一定的距离，对所有的询问，回答得简短明了，并显出没有兴趣与他们为伍的神情。这终于使绿茜安，一半是出于勉强，一半是出于狡黠，决定把他弄成一个中心人物，使他也成为她的追随者之一。

她带来那么多的行囊不是没有用的，甚至在她抵达之后还到了一些。她不断地变换自己的服装。高兴的话，白天三件、四件地换，从清晨到深夜，通常社交场合流行的服装换个不停。在此期间，她还要乔装打扮一番，装扮成农妇、渔妇、仙女或卖花女。她也不鄙弃去打扮成一个老妇，为的是戴老太婆的头巾能更娇嫩地显出她那青春的面容。凡此种种，她也确实把现实和幻境弄得混淆起来，使人们认为自己成了这个女精灵的亲属和姻亲。

一天，在一次热闹的舞会休息期间，根据她本人私下的吩咐，人们像是即兴似的，要求她进行一次表演，她装出一副为难和出乎意料的表情，与她惯常的做法不同，让人们长时间地不断请求。她显出不知演什么好，于是让人们为她选择，像给一个即兴表演者那样给她出题目。终于那个演奏钢琴的人——事先已同她约好——坐在钢琴前，开始弹奏一首挽歌，请求她扮演阿提米西亚①，这是她早就十分熟悉的角色。她告退片刻，随后便出场了。她化装成一个国王的孀妇，伴着哀婉悲怆的哀乐，迈着矜持的脚步，手捧着一个骨灰罐。在她身后，有人抬上来一块大黑板，一支削好的粉笔放在金黄色的笔筒里。

她对她的一个崇拜者和追随者附耳说了几句，随之请求或者说是强求建筑师出场，甚至是硬把他拖了上来，让他以建筑师的身份画一个陵墓。同时要求他绝不是作为一个道具，而是作为一个认

---

① 古希腊加里亚国王摩索拉斯之妻，她为他建造了巨大的陵墓，后人视为世界七大奇观之一。

真的共同演出者。尽管建筑师显得十分窘迫——因为他那一身全黑的、紧凑的现代平民装束与那些罗纱、绉绸、流苏、珐琅饰物、瓔珞和王冠形成了一种奇特的对比——但他立刻镇定下来，这使得他看起来就更加奇特。他郑重其事地站在巨大的、由两个童仆扶住的黑板前面，认真而精确地画了一个寝陵，它看起来用于伦巴第[①]国王比用于加里亚国王更适合，但是它的比例匀称，各个部分画得庄重，饰物显得雅致，人们都饶有兴趣地看着它如何画成，一等到画毕，大家都惊奇地叫起好来。

在这整个时间里，建筑师几乎从没有把头转向女王，而是聚精会神地画画。最后，他在她面前躬身并示意他已完成了她的吩咐。这时她把骨灰罐朝他捧了过去，要求他把它画在寝陵的顶端。他照办了，尽管不大高兴，因为这骨灰罐与他所画的性质不符。至于绿茜安呢，现在终于摆脱了焦急不耐。她原本的意图并不是要他画一幅精致的画，只需简单几笔勾勒出一幅看起来像一座陵墓的东西就够了，而把其余的时间用在她的身上，这样才符合她最终的目的和她的愿望。可他的做法却完全相反，使她陷入极端狼狈的境地。虽然她相当频繁地变换她的表情：她的哀痛、她的吩咐和暗示，她对慢慢画出来的陵墓表示出的赞赏，有几次她几乎把他扯了过来，好和她共同表演，可他却表现得十分生硬，她为了下台阶只好一再地捧起骨灰罐，把它抱在胸前，仰望天空。到最后，由于这种类似动作越做越甚，她看来更像埃菲苏斯[②]的遗孀，而非加里亚王后了。这

① 昔时意大利北部的一个王国。

② 埃菲苏斯：见拉·封丹的《童话和故事集》，她在丈夫死后，先是表示自愿饿死，可不久就另有新欢了。

场表演拖了很长时间，那位向来有耐性的钢琴师，现在可不知该弹什么曲子才好了。感谢上帝，当他看到骨灰罐画到陵墓顶端时，于是不由自主地，仿佛是女王要表达她的谢忱似的，弹起了一个快乐的主题。这样一来，这场表演就失去了它的意义，但却使观众喜笑颜开，立即分为两部分。一些人向绿茜安表示他们对她出色的表演的赞叹，另一些人向建筑师表示他们对他精美的艺术绘画的钦佩。

未婚夫特地同建筑师进行交谈。他说："我感到惋惜，这幅画不能长时间地保留下来。但至少请您允许我把它带回我的房间，并同您在这方面长谈一番。""如果这使您感到愉快的话，"建筑师说，"那我可以把这类建筑和陵墓的精致绘画拿给您看。这幅画只是偶然想到的一种摹仿而已，画得比较匆忙。"

奥狄莉站得离此不远，于是走到两人跟前，她对建筑师说："您不要错过向男爵先生展示您的收藏的机会，他是一位艺术和文物的爱好者，我希望你们能多多接近。"

绿茜安走了过来，问道："在谈什么呢？"

"在谈这位先生收藏的艺术品，"男爵回答说，"他要找时间给我们看看呢。"

"他马上拿来好了！"绿茜安喊了起来，"您马上拿来吧，不是吗？"她妩媚地加了这一句，同时用双手亲切地抓住他。

"现在不是时候。"建筑师回答说。

"什么呀！"绿茜安专断地说，"您不服从女王的旨意？"随之她撒娇地提出请求。

"您不必固执了！"奥狄莉声音不高地说。

建筑师鞠了一躬，随即离开，既没有表示许诺，也没有表示拒绝。

他刚一走开，绿茜安便和一条赛狗在大厅里追逐起来。“啊！”她叫起来，突然扑到母亲身上，“我是多么不幸啊！我没有把我的猴子带来。他们劝我不要带来，这只是他们图自己方便，可却把我的乐趣葬送了。我要人把它送来，派个人去替我把它带来。只要能看到它的画像我就感到高兴。我一定要人给它画个像，不让它离开我的身边。”

“也许我能安慰你，”夏洛蒂说，“我让人从图书馆给你取一本大画册来，那上面尽是猴子的奇奇怪怪的画像。”绿茜安高兴地叫了起来。对开本的画册拿来了，这些近似人类而借助画家的手笔更加酷似人类的可憎生物，给绿茜安带来极大的乐趣。她在每一只猴子身上都找到了与某个熟人的相似之处，这使她开心极了。“这个看起来不像姑父吗？”她粗鲁地喊道，“这个像首饰商M，这个像神父S，这个像那个人，这个——真是像极了。从根本上讲，这些猴子才是真正的因克罗扬勃勒呢[①]，把它们排除在上流的社交活动之外，简直不可理解。”

她是在上流的社交场合讲这种话，可是没有人因此而怪罪她。由于对她的娇宠，人们已经习惯于容忍她所做的一切，后来甚至连她的不文雅行为也都容忍了。

奥狄莉在此期间同绿茜安的未婚夫在交谈。她希望建筑师返回，这样他的那些庄重美观的收藏便能把大家从这场猴子的话题中解脱出来。她就是在这种期待之中同男爵谈话，并提醒他对一些事情加以注意。可是建筑师一直没有露面，而当他终于返回时，却消

① 原文为法文，字义为不可相信，此处系指那些在一七九五年至一七九九年专门讲究衣着打扮的人。

失在人群之中了。他什么也没带来，什么也没做，仿佛有什么问题似的。一瞬间奥狄莉感到——该怎么说呢？——嫌恶、气愤、惊愕。她为他说好话，她乐于看到那未婚夫能按他自己的意愿，过一个快乐的时辰。他对绿茜安有着无尽的爱，可对她的举止似乎感到难堪。

到吃茶点的时候了，猴子的话题结束了。随后大家聚在一起玩各种游戏，甚至也跳舞，到最后，乐趣减退下来。坐一阵，再站起来玩下去，没有什么兴致了。像通常一样，这种活动延续到深夜。绿茜安已经习惯于早晨晏起，夜晚不眠了。

这段时间在奥狄莉的日记里很少记有什么大事，相反却记的是些与生活相关和源于生活的格言和警句。其中大部分可能不是出于她本人的内省，大概是她从别人那里拿到个什么本子，把其中她喜爱的记了下来。有些涉及她内心情感，是出自她本人的，这从那条贯串它们的红线上可以看得出来。

奥狄莉日记摘录

我们都极为高兴地瞻望未来，这是因为我们想通过默默的希望，从动荡在未来之中的偶然那里，引导出对我们有利的东西。

在一个大型的社交团体中，我们觉得难以不去进行思考。把许多人聚集在一起的偶然，也会把我们的朋友带来。

不管人们如何喜欢隐居独处，可在转瞬之间就成了一个债务人或一个债权人。

当我们遇见一个欠我们情分的人时，我们就会想到，他应该感谢我们才是。可是当我们欠某个人的情分，遇见他时，却没有想到应该去感谢他，这种情况太多了！

倾吐心里话，这出自天性；听取别人说心里话，正如所说的，这出自教养。

在社交场合，如果一个人意识到他经常误解别人，那他是不会多讲话的。

在复述他人的言辞时，如果他不理解其意，那会弄得面目全非。

谁在他人面前独自一人夸夸其谈，而不去取得听者好感，那定会激起反感。

说出来的每一句话，都会引起反面的意思。

驳斥和吹捧，两者都使一场谈话变得恶劣不堪。

最令人愉快的聚会是这样的：在这样的聚会中，成员之间彼此都怀有一种欣悦的仰慕之情。

一个人觉得什么可笑，借助这点，最能描绘出他的性格。

可笑的东西出于一种道德上的对比，这种对比是以一种对感官无伤大雅的方式把两者联结在一起的。

感性的人在不该笑的场合经常发笑。不管有什么使他激动，他都把他内心的喜悦表现出来。

感性的人觉得几乎所有的事情都是可笑的，理性的人觉得几乎没有什么是可笑的。

一个上了年纪仍竭力去博得少女青睐的人受到责难。可他说："这是使自己重返青春的唯一手段，每个人都要这样做的。"

人们为自己的缺点受责备，受惩罚，并因这些缺点而忍耐所遭受的某些痛苦，但一旦他们要克服这些缺点时，便感到焦躁不安了。

有一定的缺点，这对一个人的存在是必要的。如果老朋友的某些禀性都被克服掉了，我们会感到不舒服的。

当一个人做了某些与他的方法和方式相悖的事情时，人们要说："他不久就要死去的。"

有哪些缺点我们可以保留下来，甚至在我们身上得到培育？是那些讨他人喜欢而不是伤害他人的缺点。

激情是缺点还是德行，只是在变化的程度上不同而已。

我们的激情是真正的凤凰。老的自焚而死，而新的随即又从灰烬中生长出来。

巨大的激情是不治之症。能够医治它们的，却格外使它们变得危险。

激情借助表白而增强或减弱。对我们所爱的表示亲热或缄默，也许都不如走中间道路更受欢迎。

第五章

绿茜安在社交旋涡中鞭挞着生命的欢乐，把它一再驱向前去。追随她的人日益增多，这部分是因为她的行为刺激和吸引了某些人，部分是因为她善于借助殷勤和恩惠使他人紧随自己。她极为慷慨，姑妈和未婚夫对她的喜爱，使她一下子拥有那么多漂亮和贵重的东西。这样一来，她觉得仿佛不是她自己所有，仿佛她不认识这些堆积于她周围的东西的价值。她连瞬间的犹豫都没有，就解下一条贵重的围巾，把它给一个女人围上，因为她觉得同周围其他女人的穿戴相比，这个女人太寒酸了。她做这种事情时用的是一种调皮的机灵的方式，使别人无法拒绝这样一份礼物。在她的随从之中，有一个人经常拿着钱袋，负有委托，凡是她所到之处，都向一些年幼病残的人嘘寒问暖，给些施舍，以解燃眉之急。因此她在这一带博得了极好的名声，但这也给她带来了一些不便，因为许多穷苦人都慕名而来了。

有一个不幸的青年人，面目英俊，极有教养，在一场战役中失去了右手。这虽然是光荣的，却成了残废，因此他回避社交往来。绿茜安以一种令人注目的、持久的、善良的态度对待他，这给她带来的名声比其他尤多。这个青年人为自己的残疾感到苦恼，新结识的每一个人总是要打听他致残的事，这使他极为厌烦，他宁愿隐居起来潜心读书、研究，不同社交活动有什么联系。

绿茜安知道了这个青年人的情况。她要他到这里来，先是参加小型的社交活动，然后参加大一些的，随之参加大型的。她对待他比对待其他人更体贴，善于通过一种过分的殷勤，使他感觉到他做出的牺牲是有价值的，她要设法使他的损失得到补偿。在宴会上，她一定要他坐在自己身边，为他用刀切好食物，使他只消用叉子就行了。若是年高德重的人坐在她的身旁，他远离她而坐，她对他的关注便从餐桌的这一边直延伸到餐桌的那一边，奔忙不已的仆人就得代她去做由于她不在身旁而无法做的一切。后来她鼓励他用左手写字，他得把他的努力告诉她，使她不管是在近旁还是在远处，总是同他保持联系。这个青年人不知他会变得如何，但从这时起他确实是开始了一种新的生活。

也许人们会想到，绿茜安的这种做法会使未婚夫感到不悦，然而恰恰相反。他认为她的这种努力是一种巨大的功绩，对此处之泰然。他清楚她那几乎是有些极端的个性，这种性格使她对那些哪怕是稍许感到尴尬的举动都会加以拒绝。她对待任何人都随意而为，每个人都可能被她碰撞，被她拉扯，或者被她调笑，但没有人可以对她采取同样的态度，没有人可以随意触摸她，也没有人用一种最勉强意义上的自由去对待她，而她却用这种自由去对待他人。这样，她使其他人对待自己保持在极端严格的道德界限之内，而她本人对待别人却似乎是在每一瞬间都越过了这条界限。

不管是对赞扬还是对责备，对爱慕还是对嫌恶，她都同样地听之任之。人们简直可以相信，这成了她的最高生活准则。当她用某些方法把人们拉到自己一边时，她又经常用她那对任何人都不留情面的恶毒的舌头对待他们，从而把事情毁掉。这样，她对她在邻近庄园的拜访，她对她和她的追随者在他人府第和宅第中所受到的友好款待，在归途中没有一次不以最无所顾忌的方式使人们注意到，她只是对人类关系中那些可笑的方面抱有兴趣。譬如像这类事情：兄弟三人，他们相互礼让，不肯首先结婚，结果年纪很快就老了；一个矮小的年轻女人和一个高大的年迈男人成为配偶：或者相反，一个矮小的性情活泼的男人同一个呆钝的女巨人结为夫妇；在一家里，孩子多得无法插脚：可在另一家里，在大型的社交活动中却显得空荡荡的，因为这家人没有一个孩子；那些上了年纪的夫妇应当快些入土，这样在家里才会有人发出笑声，因为他们再不会去为法定继承人伤脑筋了；年轻的夫妇应当去旅行，因为家务对他们太不相称了。像对待人一样，她也这样对待事物，对待建筑，对待家具和摆设，这些都成了她的谈资笑料。墙饰特别引起她的嘲弄。从最古老的织花壁毯到最新式的壁纸，从最受敬重的家庭画像到最粗糙的铜雕，没有一样不受到伤害，没有一样不因她的调侃而似乎被扫荡一光，人们甚至感到奇怪，在方圆五里之内居然还有东西存在。

在这种否定一切的努力中，也许不存在什么恶意，大概通常是一种利己的戏谑促使她这样做，但是在她和奥狄莉的关系上却造成了一种真正的敌意。可爱的奥狄莉的文静，不间断地操劳和努力，受到了每个人的重视和赞扬，可绿茜安对此极为蔑视。当谈到奥狄莉对花园和暖房是如何尽心时，她加以嘲笑，装出奇怪的样子，无视眼下正处于严冬季节，说什么现在既看不到花也看不到果实。不仅如此，她还让人从现在开始就把许多绿叶嫩枝和一些甚至是刚刚发芽的花木，都攀折下来，用于房间和桌上的每日装饰。让奥狄莉和园丁极为不悦地看到，他们寄予明年的希望，也许是寄予更长时间的希望，遭到了破灭。

绿茜安同样不乐于奥狄莉安静下来，去舒适地处理家务。她要奥狄莉一同出游，乘雪橇，她要奥狄莉一道去参加邻近庄园举行的舞会，她要奥狄莉不惧风雪严寒，不惧夜间的风霜。温柔的奥狄莉吃了不少苦头，但绿茜安也什么都没有得到。因为尽管奥狄莉衣着非常简朴，可她却是，或至少说在男人眼里是最美的。她有着一种娴静的魅力，使所有的男人都集聚在她的身边，在大庭广众之中，不管她是坐在首位还是居于末席，都是如此。甚至绿茜安的未婚夫本人也经常同她交谈，当他去从事某一项工作时也要听取她的意见要求她的帮助。

绿茜安的未婚夫对建筑师有了进一步的认识，在欣赏他的收藏时同他谈了许多历史方面的事情，在其他情况下也是如此，特别是在参观小教堂时，对他的才能评价很高。男爵年轻、富有；他收藏艺术品，他要从事建筑；他的兴趣是活跃的，但他的知识贫乏；在建筑师身上，他相信他找到了所需要的人，与这个人一道，他同时能达到不止一个目的。他把他的这个意图同他的未婚妻谈了；她称赞他，并对他的建议极为赞同。与其说她想按照自己的愿望去利用建筑师的才能，她也许更多的是想把这个青年人从奥狄莉身旁拉开，因为她相信，她看出了建筑师对奥狄莉怀有好感。虽说他在她组织的那些即兴娱乐演出中表现得十分能干，在这些或那些活动中提供了某些帮助，可她相信的永远是她本人，认为自己懂得最好。然而她想出的那些主意通常都平淡无奇，为了把它付诸实现，一个伶俐的仆人的机智就足够了，他能跟一位艺术家做得同样好。当她想到为某个人的生日或庆祝活动举行隆重的典礼时，那除了一个用来祭祀用的神坛，一个用来戴在石膏头像或活人头上的花环外，再想不到别的，她的想象力也就到此为止。

绿茜安的未婚夫向奥狄莉询问了建筑师的家庭情况，她详细地告诉了他。她知道，夏洛蒂早些时候已经为他谋到了一个职位：若不是绿茜安的到来，这个青年人在完成小教堂的工作之后早就离开了这里，因为所有的建筑工作在冬天都必然要停下来。因此，若是这个心灵手巧的艺术家找到一个新的庇护者，重新得到任用、鼓励，那自然是一件好事。

奥狄莉和建筑师的个人关系完全是纯洁的、落落大方的。他的在场令人感到愉快，充满活力，使奥狄莉有如在一位兄长近旁那样快乐、喜悦。她对他的情感停留在文静的、没有激情成分的表层上。因为在她的心里业已没有空间，它完全被对爱德华的爱所占据。只有无所不在的神才能同时和他共同占有它。

这期间，越进入严冬，气候越是恶劣，道路越是难行，因而在这样的社交中消磨日子就显得越是吸引人。在短暂的退潮之后，住宅里的客人有如涨潮的水，与日俱增，偏远处军营中的军官也慕名而来，其中有教养者给社交活动带来巨大的好处，而那些粗鲁者则带来不快。在客人中也有非军人，有一天，那位伯爵和男爵夫人出乎意外地来到了这里。

他俩的到来似乎要组成一个真正的宫廷似的。那些有地位有风度的人都围在伯爵身边，而妇女们则对男爵夫人优礼有加。看到他俩在一起，并且是那样亲昵，人们不久就不再感到有什么可惊奇的了，因为人们得知伯爵的妻子已经过世，只要时机允许，他俩就要结为夫妻。奥狄莉想起他们的第一次来访，想起那些涉及婚姻的离奇的谈话，想起那些涉及结合和分离、希望、期待、割舍和断念的谈话。这两个人那时还毫无希望可言，而现在站在她的面前，他们所希冀的幸福却如此之近。一念及此，她不由得从胸中发出一声长叹。

绿茜安听到伯爵是位音乐爱好者，于是就筹办了一次音乐会。她要自己弹吉他来为自己伴奏。事情就这样进行了。她的乐器弹得不错，唱得悦耳中听。可歌词是什么，人们却很少能听懂。一位德国美人唱歌用吉他伴奏，仿佛向来就是这个样子。但每个人都肯定地说，她唱得非常有表情。热烈的掌声使她十分得意，可在这样的场合却发生了一件奇怪的不幸之事。有一个诗人参加了这次活动，绿茜安特别希望同他建立联系，渴求他为她写几首诗，因此她在这个晚上唱的多半是他写的作品。他像其他人一样，对她甚为客气，但她对他的期待可比这要多。她几次来到他的身边，却没有听到他有什么进一步的议论。她终于失去了耐心，于是打发她的一个崇拜者去探听一下，他听到用这样优美的歌声来演唱他那优美的诗歌是否感到喜悦。“是我的诗？”这位诗人惊奇地说，“请您原谅，先生，”他补充说道，“我只听懂了一些字母，除此以外什么也没有听到。没有一次能完全听懂。当然，对这样一种友好的用意，没有表示感谢，这是我的失礼。”那个人听了，一声不响，沉默无语。而诗人呢，他试图用几句悦耳的恭维话把事情了结。可绿茜安的意图让人明显地看得出来，是想得到他为她写的诗。若不是太不礼貌了，他真会把字母抄写给她，让她随便看作是一首亲切的赞歌去配上任何一种现成的曲调好了。可他对这件事不想做出令人难堪的反应。不久之后她得知，就在当晚他却为奥狄莉喜爱的一首曲调配上了一首优美至极的诗，这首诗远非一般的应酬之作。

所有她这类的人，总是把他们的长处和短处混淆在一起。她现在想在朗诵中试试她的运气。她的记忆力很强，可她的朗诵却枯燥乏味，显得急迫匆忙，缺少激情。她朗诵谣曲、小说以及通常能用来朗诵的东西。她在朗诵时有一个不良的习惯，弄姿作态，用这种令人不快的方式把本来是叙事和抒情的东西同戏剧性混成一团，而不是密切地连在一起。

伯爵是一个目光犀利的人，他很快就对这一群人、对他们的爱好、对他们的热情和消遣有了认识。他用一种新的方式给绿茜安安排了完全适合她的性格的表演，谁知这是幸运还是不幸呢。他说：“我觉得这里有那么多身材匀称的人，他们肯定不会缺少模仿画中的行动与姿态的才能。他们还没有试过，把真正的名画用于表演吧？若是他们费些气力做出安排，这样的模仿会带来妙不可言的乐趣呢。”

绿茜安立即就明白了，这可是她最擅长的领域。她那漂亮的身材，丰满的体态，五官端正而令人印象深刻的面孔，淡褐色的发辫，细长的颈部，这一切都像是从画上拓下来似的。若是她知道，当她文静地站在那里要比她在走动的时候——在这种情况下，她会不自觉地流露出某些令人反感的不优雅的举动——看起来更美，那她会以更大的热心来做这种自然的绘画表演呢。

他们找出了一些著名的铜版画，先选出的是万·戴克[①]的《柏利撒》。一个身材魁梧的上了年纪的人扮成坐在那里的双目失明的将军，建筑师模仿站在他面前的战士，他的表情关切而悲戚，看起来确实有些像。绿茜安半是出于谦逊，挑选了背景处的一个青年女人来扮演，这个女人的姿态是从袋子里拿出大量施舍放到失明将军摊开来的手上，而另一个老妇像是在劝告她，拦阻她，说她给得太多了。另有一个给他许多施舍的女人，也没有忘记找人扮演。

人们对待这些画或另外一些画是非常认真的。建筑师进行安排时，伯爵给他做了一些指点。他立即布置了一个舞台，并为照明问题花费了一番心思。人们都已深深地卷入到筹备工作之中，这时才发现，这样一项活动需要一笔可观的费用，有许多必需之物，隆冬季节在乡间是弄不到的。为使工作得以顺利进行，绿茜安让人几乎把她的全部衣服都拆剪开来，供做各种服装之用，其实那些服装都是艺术家们兴之所至信笔画出来的。

演出之夜到来了，表演在大量观众面前和大家的掌声中开始。庄严的音乐使人们的期待心情紧张起来。首先表演的是那个柏利撒。扮演者是那样合适，颜色分布的是那样恰当，照明是那样富于

① 万·戴克（1559—1641），尼德兰画家。

艺术性，这一切使人们真的相信是置身于另一个世界里，只是现实中的人物代替了虚幻中的人物，这激起了一种惶恐之感。

帷幕落了下来，由于观众要求而不得不一次又一次地拉起。幕间的音乐使观众十分惬意，一幅更为精彩的画使他们更为惊喜。这是普桑的著名作品：《亚哈随鲁和以斯帖》[①]。这次绿茜安考虑得很周全。她扮演晕倒的王后，这可使她的全部魅力得以施展，并且聪明地找了窈窕妩媚的少女做伺候她的宫女，当然这些人无论如何是不能和她比美的。奥狄莉像被排除出参加其他一些画的扮演一样，也被排除出这幅画的演出。他们从人们中间挑选了一位最强壮、最英俊的男人饰演国王，他坐在黄金宝座上，酷似宙斯，这使这幅画的模仿表演确实达到了无可比拟的尽善尽美的程度。

选演的第三幅画是泰堡[②]的《父辈的警劝》，有谁不熟悉我们的魏勒[③]所制作的这幅画的铜雕！一位高贵的、骑士风度的父亲坐在那里，两脚交叉重叠在一起，像是在规劝站在他面前的女儿。这个少女身材绰约，穿着上有褶皱的白缎衣服。虽说看到的只是背部，但是她的整个形象表明，她在使自己镇静下来。从父亲的表情和姿态看得出来，他的训诫并不激烈，并不令她羞愧难当。而母亲呢，她像是在掩饰少许的局促不安，望着一只酒杯，正准备把它一饮而尽。

这可是绿茜安最光彩的机会了。她的发辫、她的头部的形状、

① 见《圣经·旧约》中的《以斯帖记》，亚哈随鲁是波斯国王，以斯帖是犹太美女，被亚哈随鲁立为王后。普桑·尼（1594—1665），法国画家。

② 泰堡（1617—1681），荷兰画家。

③ 魏勒（1715—1803），德国铜版画画家。

她的颈部、她的背部是那样俊美，超出了一切想象。她的腰部纤细、轻盈，穿当代的仿古女服很少能显露出来，现在穿上古装充分展示了它的长处。建筑师为了使白缎衣服上的褶皱富有艺术性动了不少脑筋，使得这次生动的模仿毫无疑义地远远超过了原作，大家欣喜若狂。人们一再地提出要求，这样一个妩媚的形象，他们从背部看够了，要从正面再欣赏一番。这样一种极为自然的愿望越来越强烈，致使一个滑稽的、没有耐性的怪家伙大声喊出了“Tournez sil vous plait”[①]，人们写信时，每写满一页后，在下面经常要注明的就是这句话。这激起了一片赞同声。但是表演者却非常清楚自己的长处所在，对这幅艺术作品的意义理解得透彻，认为不应当听从大家的要求。那位显得羞惭的女儿平静地站在那里，不使观众看到她面部的表情；父亲坐在那里，做出训诫的姿态；母亲的鼻子和眼睛朝着透明的酒杯，像是要喝掉酒似的，可杯中的酒并没有减少。对随后的小型模仿表演——挑选的是表现尼德兰的酒馆和市集场面的绘画——我们没有什么更多要说的了！

伯爵和男爵夫人动身了，他们答应，在他们结婚后的最初几个幸福的星期内再返回此地。夏洛蒂现在希望，经过这两个月的繁忙劳累之后，也同样把其他的客人摆脱掉。绿茜安初做未婚妻时感情上的如痴如醉和青春的狂热会平静下来的，夏洛蒂对自己女儿的幸福并不担心，因为未婚夫把自己看作是世上最幸福的人。他家财万贯、性情温和，像是在以一种奇妙的方式为自己占有世界均为之倾倒的一个少女而自鸣得意。他有着一个完全独特的念头，把一切都与她联系起来，并且这一切只有通过她才与自己有关。

---

① 法语：请翻转过来。

若是一个新来的人没有立即注意到她，而是试图同他建立一种密切的关系——由于他的善良的特性，特别是一些上了年纪的人经常这样做——对她不予以特别的关怀，那他就会产生一种不愉快的感觉。建筑师的事情不久就得到了解决。新年时他跟随绿茜安的未婚夫同行，与他一道在城里过狂欢节。绿茜安在城里要再次演出那幅优美的名画，还有其他许许多多的事情，她要从中得到巨大的乐趣。尤其是为了使她高兴，所需的每一次费用，她的姑妈和未婚夫都毫不在意。

人们该分手了，但不能采取一种平淡无奇的方式。一次，有人大声开玩笑说，夏洛蒂的冬天储藏很快就要吃光了。这时，那个扮演柏利撒的贵客——家境富有，为绿茜安的魅力所吸引，长久以来对她十分倾慕——信口喊道："那让我们按波兰的方式来办！你们到我那里，把我的也吃光吧！然后就这样轮下去。"这样说了，也就这样做了。绿茜安把事情定了下来。翌日，行装打点完毕，于是这群人就扑向另一座府第。那儿的房间足够用，但不够舒适，设备不全，这样就带来某些不便，然而这才使得绿茜安感到真正的快乐呢。他们生活得越来越放纵、荒唐。在深雪中狩猎，或者挖空心思举办一些只是带来麻烦的活动。妇女和男人一样，很少被排除在外。他们打猎、骑马、乘雪橇，喧闹着从一个庄园到另一个庄园，后来一直到达靠近都城的地方。有关宫廷和城市中种种娱乐消遣的传闻和消息，给予他们的想象力以一个异样的天地，把绿茜安和她的全部随从不停地拖进另一个异样的生活圈子里。这期间她的姑妈已经先行一步离去了。

奥狄莉日记摘录

在世界上，对待一个人，他表现出是什么样子，那就以什么样子去对待他，但是他也必须有所表现才好。人们宁愿忍受那些令人不快的人，却不愿忍受那些无聊的人。

人们能够把任何东西强加给社会，但是不能把一种有后果的东西强加给它。

我们不熟悉那些朝我们走来的人，为了知道他们的情况，我们必须走到他们那儿去。

我们对来访的客人必然要评头论足，一旦他们离去，我们对他们的评论并不是非常亲切的，我觉得这几乎是十分自然的事，因为我们有权利按照我们的标准去衡量他们。甚至知事明理、公正不偏的人，在这种场合也禁不住说上一句苛刻的评论呢。

反过来，如果我们在别人那里逗留过，看到他们的环境、习惯以及他们无法避免的处境，看到他们是如何活动或者如何适应，那就必然会向我们显示出在多种意义上值得敬重的东西，认为这些是可笑的，那就是不智之举和居心不良了。

借助我们所称的品行和美德，就可以得到只有通过暴力或者通过暴力也不能得到的东西。

美德是同妇女的交际的要素。

人们的品格和特性怎样才能和生活方式同存呢?

特性必须通过生活方式才能真正地显示出来。每个人都想出名，只是这不应当令人不快。

一位有教养的军人，在生活和社交场合中有着极大的长处。

粗鲁的大兵是不会改变他们的本性的，可因为他们中大多数人，在强壮和孔武有力的背后隐蔽有一种善意，这样，在必要的情况下也可以和他们交往。

没有比非军人阶层中的一个呆钝的人更为可厌的了。人们是能够向他提出文雅的要求，因为他从没有被迫去做出粗鲁的举动。

当我们同那些对节度有着一种细腻情感的人生活在一起时，一旦遇到了某些失于检点的行为，就使我们为他们感到担心。我与夏洛蒂在一起生活就总有这种感觉，每当有人摇晃她坐的椅子时，我就担心，因为这是她所不能忍受的。

没有人会鼻子上架着一副眼镜进入一间内室，若是他知道我们妇女看到他会立即失去同他谈话的乐趣的话。

用信赖代替敬畏，这是令人可笑的。一个人不脱帽而鞠躬，鞠躬后再脱下帽子，若是他知道这是滑稽可笑的，他就不会这样做。

礼仪若是没有深刻的道德上的原因，那它就不会在外观上表现出来。正确的教育方法是使这种表现和这种原因同时得以灌输。

品德是一面镜子，每个人都在里面显现出来。

有一种心灵上的礼仪，它与爱有着亲缘关系。从这里面才会产生出外观上举止得体的最令人愉快的礼仪。

自愿的依附是最美好的感觉，没有爱是做不到这点的。

只要我们不自以为已经得到了所希望之物，那我们离我们所希望之物就不会很远了。

一个不自由的人却自以为是自由的，那么，没有人比他更是奴隶了。

一个人若声称自己是自由的，那他觉得在这一瞬间是受约束的。若是他敢于声称自己是受约束的，那他觉得自己是自由的。

面对另一个人的伟大优点，除了爱之外别无补救的方法。

一个出色的人受到傻瓜们的赏识，这是可怕的。

人们常说，对于仆人来说不存在英雄。这是因为只有英雄才识英雄，而仆人大概只知道重视与他同样的人。

天才也不会不死，对于一个庸才来说，最大的安慰莫过于此。

伟大的人总是通过一种弱点与他们所处的世纪连在一起。

我们习惯于把人看得过于危险，实际上并不那么严重。

傻瓜和精明人同样是无害的。只有半傻不傻和半精不精的人才是最危险的人。

除了借助艺术，人们很难有把握避开世界；除了借助艺术，人们很难有把握把自己同世界联结起来。

甚至在极度幸福和极度艰难的时刻，我们也需要艺术家。

艺术所从事的是困难与善。

看到困难的事轻易地得到了处理，会给我们留下一种不可能的印象。

困难越增长，我们离目的就越近。

播种并不像收获那样艰辛。

第六章

绿茜安的来访给夏洛蒂带来了巨大的麻烦，但她借此也得到了补偿，她完全理解了她的女儿，对世界的认识使她得益匪浅。遇到绿茜安这样性格奇特的人，她这已不是第一次，但却从没有奇特到如此程度。基于经验，她知道，这样的人通过生活，通过某些事情，通过双亲的熏陶会成熟起来，会变得可亲可爱，他们的个性会有所收敛，他们的狂热行动会获得一种明确的方向。作为母亲，她自然对那种令他人感到不快的表现加以容忍，外人只是希望追随绿茜安去吃喝玩乐，或者至少是不会干涉她，但她却是对女儿有所希望的。

夏洛蒂在女儿动身之后遇到了一件特殊的、意想不到的麻烦事。绿茜安做了一件事，她的这番举动本不应受到责备，本应该受到赞扬，但却因此而招致流言蜚语。绿茜安似乎有这样的原则：不仅和快乐的人一起共享快乐，而且也与悲哀的人一起分担悲哀。为了使这种相互矛盾的精神得到施展，她有时使快乐的人苦恼，使悲哀的人欢欣。在她到过的人家，她总询问有没有不能在社交场合露面的体衰多病的人。她去他们的房间探望，自己充当医生，强迫他们服用她的旅行药箱中的药效好的药剂，这个药箱她经常放在车上随身携带。这样一种治疗方法，完全想象得出，成功或者失败全凭偶然。

在这种方式的慈善举动中，她显得十分残忍无情，不容别人置喙，因为她坚信她的做法是出色的。但是有一次尝试，从道义方面来看，她失败了。这给夏洛蒂带来了许多麻烦，因为它引起了不良的后果，惹得人们议论纷纷。直到绿茜安动身之后，她才听到，奥狄莉恰巧也在场，她必须向夏洛蒂做详细的说明。

有一家名门望族的一个女儿可说是命乖运蹇，她对她的妹妹之死有咎，为此她无法平静，无法恢复常态。她在自己的房间里，过着勤劳而安静的生活。若是她的家人单个到她这儿来，她能忍受他们的目光，可一旦有几个人在一起，她就立即猜疑起来，以为他们是在议论她，在议论她的处境。面对任何一个单独的人，她表现得十分理智，并能滔滔不绝地谈个不停。

绿茜安听说了这件事，随即私下里打定主意，只要她一到这家人那里，她就要创造一个奇迹，把这位少女重新引进社交界。她做得比通常更为细心、谨慎，设法自己一个人和这个女精神病人见面，并通过音乐赢得她的信赖。只是到最后，绿茜安却疏忽了，正因为她要激起人们的注意，于是在一个晚上突然把这个美丽、苍白的少女带到了丰富多彩和富丽堂皇的社交场合。她错误地认为这位少女已有了充分的准备，若是那些宾客出于好奇和关切的举止不是那么拙劣的话，事情也许会一帆风顺。这些人围在病人四周，随之又避开了她，他们窃窃私语，交头接耳，使得她精神错乱，激动起来。她那脆弱的感情承受不了，于是她吓人地喊叫起来，跑了出去。这喊叫声就仿佛有一个怪物扑向她而引起惊骇一样。所有的人都为之一惊，向四下跑开。奥狄莉和几个人一道，把这个完全昏厥过去的姑娘护送到她自己的房间。

这期间，绿茜安按照自己的方式行事，对大家提出了强烈的责难。可她丝毫没有去想，所有的过错全在她一个人身上，并且她也不因这次或那次失败而中止这类做法和行动。

从那时起，病人的病情日益加重，甚至恶化到这种程度：她的父母无法把这个可怜的孩子留在家里，只好把她送进一家公共医院。夏洛蒂没有别的办法，只有对那一家人采取一种特别体贴的态度，好多少减轻由于她女儿的原因所造成的痛苦。这件事给奥狄莉留下很深的印象。她为这个可怜的姑娘惋惜，她知道，就是对夏洛蒂她也不隐瞒，病人当初若是得到彻底的医治肯定会得到康复。

由于此事的影响，人们经常谈论以往不愉快的事情便多于愉快的了。这样，奥狄莉对建筑师的那次小小的误会也成了话题。就是指那天晚上，尽管她那样恳切地请求，他却不把他的收藏拿出来。奥狄莉对建筑师的断然拒绝总是耿耿于怀，她不知道这究竟是为什么。她的这种情感是十分正常的，因为像奥狄莉这样一个少女提出的要求，像建筑师这样一个青年是不应当拒绝的。建筑师需要对她的轻微责备做出相当有说明力的辩解，请求她予以谅解。

“如果您知道，”他说，“甚至一个有教养的人对待极为珍贵的艺术品是怎样粗心时，您就会原谅我不把我的收藏带到大庭广众面前了。没有人知道拿一枚奖章时要拿它的边缘，他们抚摩上面最精美的印记、最精细的底面，把最贵重的残片放在大拇指和食指之间翻来覆去，仿佛要用这种方法来考察它的艺术形状似的。他们不去想，应当用两只手拿起一张大的纸头，却是用一只手去抓起一幅无比珍贵的铜版画，一幅无法替代的图案，就像一个傲慢的政治家抓起一张报纸那样随便，仿佛把纸捏得皱巴巴就能预先对世界大事做出他的判断似的。没有人想到，只要有二十个人逐个地这样对待一幅艺术品，那到第二十一人时，便会没有什么可看的了。”

“我是不是有时也曾使您感到为难呢？”奥狄莉问道，“我是不是偶尔也不自觉地损坏了您的珍品呢？”

“从来不会的，”建筑师回答说，“从来不会的！您不可能这样做，您天生把一切都做得十分得体。”

“不管怎么样，”奥狄莉说，“将来在介绍礼仪的小书中，讲过社交场合吃、喝时应有的礼节之后应加上一章，详细介绍人们在收藏艺术品的地方和博物馆应有的举止，那不是一件坏事。”

“当然，”建筑师回答说，“那样，艺术品的看管人和爱好者便更高兴把他们的稀世之珍拿出来供人欣赏了。”

奥狄莉早就原谅了他，但是建筑师对她的责备却总是深感不安，一再申明，他非常愿意把他的收藏拿出来，非常愿意为朋友做些事情。这使奥狄莉觉得，她伤害了他那脆弱的感情，为此深感内疚，觉得对不起他。因此，她对在这次谈话之后他提出的一项请求便不能简单地加以拒绝了。尽管她很快便在心中做了考虑，可当时却看不出怎样才能满足他的希望。

事情是这样的：由于绿茜安的妒忌，奥狄莉被排除出名画表演，这点他明显地感受到了。夏洛蒂由于身体不适，只是断断续续地观看了这种社交娱乐中的一部分精彩节目，他同样也感到惋惜地注意到了。这次他要举办一次比以往更为华丽的表演，使奥狄莉得到敬重，使夏洛蒂得到消遣，以此表达他的谢忱，否则他是不会离开这里的。也许还有另一个他本人未意识到的秘密动机：他很难离开这座府第，离开这个家庭。是啊，他不可能离开奥狄莉的眸子，在最近这段时间，他几乎完全靠奥狄莉娴静亲切的眼波来维持自己的生命。

庆祝圣诞的节日就要到了，他突然豁然开朗，那些名画表演脱胎于依照马槽圣婴图制造出的圆体人物，脱胎于人们在这个神圣时刻献给圣母和圣婴的那些虔诚演出中的人物。表现了他们在寒微的处境中，如何先是受到牧人，随后受到国王们的尊敬。

他有条件把这样一幅画完全变为现实，他找到一个漂亮、活泼的男孩，也找到了一些牧童和牧女，但是没有奥狄莉事情便无法进行下去。这位年轻的建筑师，要在他的思想里把奥狄莉抬高到扮演圣母的位置。若是她拒绝了，事情便告吹。奥狄莉对他的建议有些为难，让他去向夏洛蒂提出他的请求。夏洛蒂很高兴地表示同意，奥狄莉对贸然扮演圣母形象感到的畏怯不安，也由于她以一种亲切的方式加以劝说而得到了克服。建筑师日夜不停，以便圣诞之夜一切稳妥无误。

他确实是忙得日夜不停啊。他本来食量不大，而现在奥狄莉在场，对他来说，就能代替饮食。为她工作，他便觉得他不需要睡眠；为她忙碌，他便觉得他不需要吃饭。因此，到隆重的圣诞夜晚便一切都准备就绪。他也设法把一些音色优美的低音乐器集中到一起，用来做演出时的前奏和制造所希望的气氛。当幕布升起时，夏洛蒂确实为之一惊。为她表演的这幅画面，在世界上不知重复过多少次了，人们对它几乎没有什么新的印象可期待的。但是把画变成现实却有着它的特殊长处。整个场景与其说是暮色苍茫，不如说更像是一片夜色。然而周围的一切却十分清晰、历历在目。所有的光都从圣婴那儿发出，这确是一个绝妙的构思。艺术家利用了一种巧妙的照明装置，把它隐藏在台上被光束照亮的演员的阴影里，使之不为观众所察觉。快乐的女孩和男孩站在四周，他们清新活泼的面孔被台下的灯光照得十分清楚。还有天使，他们本身发出的光，由于圣光而显得暗淡，他们飘忽不定的形体在神转化为人的形体前面，显得凝聚和需求光亮。

幸运的是孩子在姿态最优美的时候沉沉入睡，这样人们在把目光停留在母亲身上时就不至于使欣赏者受到干扰。她优美无比地揭开一条纱巾，露出遮掩起来的圣婴。在这一瞬间，画面像是固定了，凝住了。从圣婴身体上发出的光华令人目眩，圣婴的精灵令人神往。周围的人恰在这时必须做出这样的动作，他们移开目光，随即怀着欣喜好奇又把目光投过去，较之于崇拜和敬畏来说，表现出的更多是惊异和喜悦。这一切都没有被忽略，几个老一些的人传达出了这样的表情。

奥狄莉的体形、姿态、表情、眼神超出了任何一个画家所能描绘出来的。感情丰富的鉴赏家，若是看了这个景象，会感到担心，怕它有丝毫移动：他会忧虑地感到，是否能再有这样令他叹服的东西。不幸的是没有一个能理解它的作用的人在场。只有建筑师一个人——他扮演一个颀长瘦削的牧人，从一群跪倒在地的人那里朝这儿张望——尽管他站的不是最佳地点，还是感到了最大的享受。有谁能描绘出新创造出来的天国王后的表情？在得到一种巨大的不配享受的光荣，一种不可思议的无上幸福时那种最纯洁的谦卑，最可亲的恭顺，这一切都在她的表情中表现出来了。她所表达的是她自己设计出来的，这也是她自己的感受。

夏洛蒂十分喜欢这幅画，尤其是孩子们给她留下的印象很深。她的泪水夺眶而出，她耽于极为活跃的想象之中，不久她就能在怀中抱有像这个孩子一样的婴儿了。

幕布落了下来，这一则是为了使表演者稍事休息，二则是为了改变一下表演的姿势。艺术家已经想好了，把第一个夜间和清寒的画面转化为一个日间和华丽的画面，为此在四周备下了大量的灯，间歇时便点燃起来。

奥狄莉在半像是演戏的情况里一直保持着最大的镇定，除了夏洛蒂和少数家里人之外，没有人看到这种虔诚的艺术表演。因此，当她在间歇时听到来了一个陌生人，夏洛蒂正在客厅里亲切地招待他时，便感到有些惶恐。是谁呢？没人能告诉她。为了不使表演受到干扰，她只好不去想这件事。蜡烛和灯都点了起来，她的周围灯光通明。幕布升了起来，观众都显出惊喜的表情。整个画面一片光明，代替完全消逝了的阴影的是一片绚丽，色彩斑斓。由于巧妙的选择，这些颜色显得柔和适度，十分悦目。透过长长的睫毛奥狄莉注意到了，有个男人坐在夏洛蒂的身边。她没有认出他来，但是她相信她听出是寄宿学校那个教员的声音。一种奇异的感情攫住了她。自从她听不到这位诚实的老师的声音以来，她经历了多少事情啊！像迅急的闪电一样，她的欢乐和她的痛苦依次在她的灵魂前飞驰而过，激起了这样的询问："你能向他供认一切，表白一切吗？你是多么的卑微，却以这种神圣的形象出现在他的面前。他过去看到的只是你的本来面目，现在看到的却是乔装打扮，这会引起他一种怎样奇怪的感觉呢？"在她的心里，感情和思考以无比的快捷相互搏击起来。她的心拘谨不安，她的眼睛里充满泪水，可她得强制自己继续去表演一幅不动的画。当孩子开始动起来，艺术家看到该发出落幕的信号时，她感到多么快乐啊！

如果说这种不能向一位尊敬的朋友吐露的痛苦感情，在表演的最后瞬间已和其他的感情汇聚在一起，那么现在她已陷入更为狼狈的境地。她应当穿着这身陌生的服装和佩戴这样的饰物去见他吗？她应该去换衣服？她不做选择，她按后一种办法做了，并试着在此期间使自己振作起来，平静下来。当她终于穿着平日的服装去欢迎客人时，她才恢复了自我，一如往常。

第七章

建筑师深愿爱护他的两位女主人诸事如意，他终归是要离开她们的。因此当他看到受人尊敬的教师与她们为伴时，便觉得欣然。然而当他念及她们对他的深情厚意时，尽管他生性谦和，但看到自己竟是这么快，甚至这么完全地被别人所取代，便感到些许痛苦。他过去总是一再地迟疑不决，现在他却急于离去。因为在他离去之后，她们对教师的看重，这种他不得不忍受的事，至少是不必再目睹眼见了。

在辞行时，两位妇女赠给他一件背心，这使他那半是悲哀的情感得到极大的快乐。他曾看到她们两人长时间织这件背心，当时他怀着一种暗暗的妒忌，不知将来哪一个幸运儿得到她们的赏赐。这样一件礼物是一位怀有爱意和敬重之心的男人所能得到的最最满意的礼物。当他想到那纤细玉指不倦的劳作，便不能不感到得意。从事这样一件如此持久的劳作，她们的心是不会不流露出情意的。

女人们现在款待一个新的男人了，她们对他怀有好感，他在她们这里会得到好的照顾。女性一经有了自己内在的、不可改变的兴趣，那么世上便没有什么会使她们背叛它，然而在表面的交往关系上，她们倒是愿意使那些围在她们身边的男人称心。不管是接受还是拒绝，坚持还是屈服，她们都掌握着统治权，在遵守礼仪的圈子里，没有一个男人敢于避开它。

如果说建筑师似乎是按自己的乐趣和爱好，用他的才智给这两个女友带来了欢乐的话，为了达到这一目的，他所做和所说的，都是在这种意义上和根据这样的意图行事，那么教师在很短的时间内采用的却是另一种生活方式。他极善辞令，对人与人之间的关系，特别是涉及青少年教育的话题，更是侃侃而谈。这样一来，便出现了一种与迄今以来做法明显不同的对比，说得更清楚些，教师对前一阶段所做的一切并不完全赞同。

他对他抵达此地那天所看到的名画表演不发表任何意见。可当人们怀着得意的心情领他去参观教堂、小教堂以及与此相关的地方时，他便不能把他的看法和观点憋在心里了。“在我看来，”他说，“我是根本不喜欢把神圣的东西同感官的东西靠近或者混淆起来的。弄出一块特别的地方，装饰一番，作为祭神之用，为的是培植和表达一种虔诚的情感，我不以为然。任何一种环境，哪怕是最普通的，都不应当使我们心中的神圣感情受到干扰。这种感情到处陪伴着我们，使任何一个地方都能成为祭祀的殿堂。我喜欢在人们用餐、聚会、演出和跳舞的地方举行家庭祈祷仪式。人的至高无上的最出色之处是无形无像，因此人们应当小心，除了在高尚的行动中显示自身之外，不要使自己成为别样的形象。”

夏洛蒂对他的思想总的来说早已有所了解，现在她要在很短的时间内做更多的探究，于是她把那些孩子们都叫到大厅，让教师在他擅长的领域里一试身手。在建筑师动身之前，孩子们已然经过一番训导。他们身穿明快而整洁的制服，动作整齐，性格天真活泼，看起来都十分可爱。教师按照他的方式，对他们加以考察，通过某些提问和转换话题，不久就对孩子们的性情和能力了如指掌。在不到一个小时之内，不知不觉地，他便对他们进行了确实是重要的教育和促进。

“您怎么做到这点的？”夏洛蒂打发走孩子们之后问道，“我非常注意地听了，这都是一些最熟悉不过的事情，可我不知道，怎样才能在这么短的时间内，通过这么多一来一往的问答，就能收到这样的效果。”

“也许人们应该把他们的技艺的长处当作是一种秘密，”教师回答说，“但是我不能对你们隐瞒这非常简单的准则。按照这个准则去做，人们就能做到这一点，获得更多的成绩。您抓住一个对象、一种材料、一个概念，不管人们称它是什么，把它抓得紧紧的，把它的各个部分都弄得清清楚楚，那您就容易借助谈话的方式，了解一群孩子心里想的是什么，什么是他们感兴趣的，应当向他们提供些什么。对您的问题的回答，不管是怎样的风马牛不相及，不管是怎样的离题万里，只要您的反问把精神和意义重新引入正题，只要您不移动您的立足点，到最后，孩子们必然会想到，了解到，并且肯定教育他们的人要的是什么，若是他被受他教育的人牵着走，若是他不能把他们牢牢地把握在他所需要的地点上，那就是他的最大错误。下次您不妨试一试，这会使您极为愉快的。”

“这倒是很妙，”夏洛蒂说，“良好的教育恰巧成了良好的生活方式的反面。在社会上，没有任何事情使人流连驻足，然而在受教育时，克服心猿意马却成了教育的戒条。”

“对于教师和生活来说，纵有变换而心神专一，这是最美好的座右铭，假如能轻易地保持住这种值得称赞的平衡的话！”教师说。当他还要继续说下去时，夏洛蒂叫他再次观察正列队活泼地穿过庭院的孩子。他看到孩子们穿着制服活动，感到满意。他说：“男子汉应当从少年起就穿制服，因为他们必须习惯于共同行动，使自己消失在与他们同样的人之中，一道服从，一起劳作。任何一种样式的军服都能促进一种军人的思想，养成一种简捷的、一丝不苟的举止。所有的男孩生来就是士兵，人们只消看一看他们的战斗和打仗的游戏、他们的冲杀和攀登就清楚了。”

“您不会为此而责备我吧，”奥狄莉说，“我让我的那些女孩子不穿一模一样的服装。若是我把她们带到您的面前的话，我希望五彩缤纷的衣着会使您感到快乐。”

“我完全赞同这种做法，”教师说，“女人的衣服完全应当绚丽多彩、多式多样，每个人应按自己的方式和方法，这样每个人才能知道什么对她更合适、更得体。还有一个更重要的理由，因为她们注定一生要独自活动和独自处事。”

“我觉得这真是奇谈怪论，”夏洛蒂说，“我们几乎从来不是为了我们自己。”

“哦，是这样的！”教师回答说，“女人对另外一些女人，肯定是这样的。人们观察作为一个恋人、一个未婚妻、一个妻子、一个主妇、一个母亲的女人，她们总是独处的，总是孤身一人，并且愿意这样。是的，在这种情况下，她甚至沾沾自喜。任何一个女人，从天性上说，都排斥其他女人，因为每一个女人被要求去做的，就是女性应尽自己的义务。男人就不是这样了，男人需要男人，如果没有的话，他会自己创造出第二个男人。女人能够永久地生活下去，而不去想创造和她同样的女人。”

“人们把真实的东西说成奇怪的，”夏洛蒂说，“这样到后来，奇怪的也就成了真实的。我从您的这番高论中得出最好的结论，女人同女人团结起来，也要采取共同行动，使男人的巨大长处不至于超过我们。是的，若是男人们彼此之间不是那么和谐一致的话，您对我们的轻微的幸灾乐祸心情想来不会怪罪吧，这种心情将来我们必然会感受得越来越深刻呢。”

这位有头脑的人非常细心地考察奥狄莉对待她的那些女学生的方式，他对此极为赞赏。“您让您的这些学生先学会眼下有用的东西，这非常正确。整洁能促使孩子们高兴地看重自己，如果她们受到鼓励，能快乐和自觉地从事她们所做的事，那一切都会成功。”

除此之外，不注重表面和外观，看重内在和不可缺少的必需之物，也使他极为满意。“若是人们肯于倾听的话，”他说道，“用很少几句话就可以说明整个教育的事情！”

“您不愿对我说说吗？”奥狄莉亲切地问。

“当然愿意，”他回答说，“可您不能泄露出是我说的。教育男孩成为奴仆，教育女孩去做母亲，这样便无处不宜了。”

“教育成母亲，”奥狄莉说，“这对女人还说得过去，即使不能成为母亲，她们也得准备去当看护；让我们的那些年轻男人去当奴仆，这却过于屈才了，看得出来，他们每一个人都认为自己能发号施令无所不能呢。”

“正因为如此我们才对他们缄口不语，”教师说，“人们进入生活，自己奉承自己，但是生活却不会讨好我们。这一点，归根结底人们是不得不承认的。可是有多少人心甘情愿去承认呢？对这些与我们没有关系的观察，我们不必谈了！

“我称赞您是幸运的，您在您的学生身上采用了一种正确的做法。如果您那些最小的女孩抱着布娃娃进进出出，用碎布给它们缝制衣服，如果那些年纪大些的女孩能照料年幼的，并且自己动手帮忙做家务活，那么她们踏入生活的步子就不会太大了，一个这样的少女就会在她的丈夫那里找到她在离开双亲时所失去的东西。

“但是在有教养的阶层里，这个任务非常复杂，我们必须顾及更高一层的、更敏感的、更细腻的关系，特别是社会方面的关系。因此我们应当对我们的学生施以外向的教育，这是必要的，是不可缺少的，只要不失之过度，那就会有益。人们想教育孩子们适应一个更广阔的天地，这样做很容易变得没有节制，眼睛里看不到内在天性本来的要求。教育者所能完成的，或者他们完不成的任务也就在于此。

“在寄宿学校里，我们教给女学生的某些东西使我们担忧，因为经验告诉我，将来这些东西对她们很少有什么用处。当一个女人处于家庭主妇，处于母亲的地位，有什么不会马上被抛掉，有什么不会马上被忘却呢！

“因为我既然献身于这项事业，便不能放弃我的虔诚的愿望，将来在社会上找到一位忠实的女助手，去教育我的学生，使她们获得独立地跨进自己从事活动的领域时所需要的知识。这样，我就能对自己说：在这个意义上，她们所受的教育算是完成了。当然，一种教育结束了，随之是另一种教育的开始，这种教育在我们生命的每一年里都存在，虽然不是受我们本人而是受环境所激发的。”

奥狄莉觉得他的这一席话十分真切！在过去的这一年里，她受到了一种何等意想不到的激情的教育啊！每当她向周围、向不远的将来望去时，在她眼前浮动的一切有哪一样对她不是一种考验！

这个年轻人提到了女助手，一位内助，预先并不是没有考虑的。虽说他生性谦卑，但他却不能不用一种隐约的方式暗示出他的意图。他从某些情况和事情上得到了鼓励，想借助这次访问更接近他的目的。

寄宿学校的女校长已经上了年纪，她早就在她的男女同事之中物色一个能与她合作的人，最后她选择了这位教师，她对他充分信赖，付以重托。他应当同她一道领导这所学校，发挥他的才智，在她死后成为继承人和唯一的主管人。现在主要的问题是他必须找到一个志同道合的妻室。贤淑文静的奥狄莉就成了他心目中的对象。只是他有时疑虑重重，旋而又因某些与此相关的情况有了几分信心。绿茜安离开了寄宿学校，奥狄莉能不受阻碍地返回学校了。他对她同爱德华的关系虽然也有耳闻，但他对类似事情并不重视，甚至这件事会有助于奥狄莉的返校呢。可如果没有得到一种特别的鼓励的话，那他是不会做出决断，不会迈出这一步，不会进行这样一次突然的访问的。伯爵和男爵夫人参观过这所寄宿学校，这些重要人物在某个团体的出现，从来是不会不留下后果的。

伯爵和男爵夫人经常被问及各式各样寄宿学校的价值，因为每个人都关心自己子女的教育。人们说了许多关于这所学校的好话，于是他们两人决定对这所寄宿学校进行一番特殊的考察。他俩已经结婚，在这种新的情况下决定共同进行这项工作。可男爵夫人还别有所图。上一次她在夏洛蒂那里逗留时，曾同她就爱德华和奥狄莉的事情做了长谈。男爵夫人一再坚持：必须把奥狄莉打发走。她试着去鼓起夏洛蒂的勇气，不要老是怕爱德华的威胁。她们谈到了各种各样的出路，在谈及寄宿学校时，也谈到了这位教师对奥狄莉的爱慕。这更大程度地促使男爵夫人决定去进行这次计划中的访问。

她到了这所寄宿学校，认识了这位教师，进行了参观，谈到了奥狄莉。伯爵本人在最近一次访问中对奥狄莉有了较多的了解，高兴谈论到她。奥狄莉也接近他，甚至受到他的教诲，通过和他进行的内容丰富的谈话，她了解了那些直到现在她还感到陌生的事情。她在同爱德华的相处之中忘记了世界，而同伯爵的交往却使她觉得这世界才是美好的。任何一种吸引都是相互的。伯爵对奥狄莉怀有一种爱慕之心，他喜欢把她看作是自己的女儿。这样，对男爵夫人来说，奥狄莉又一次成了她的绊脚石，比第一次还要严重。天知道，她在这种激烈的情绪中，有什么反对奥狄莉的事情做不出来呢！现在她要通过一种婚姻使奥狄莉无害于她，这对做了妻子的女人足够了。

因此她聪明地用一种谨慎然而有效的方式鼓励教师，去府第进行一次短暂的游览，不失时机地使他的计划和愿望得以实现。有关这些的计划和愿望，他并不对男爵夫人保守秘密。

女校长完全赞同他的这次旅行，他怀着美好的愿望上路了。他知道，奥狄莉对他并非没有好感。如果说在他们之间存在着地位上的某些差别的话，这一点通过符合时代的思想方式能十分轻易地消除。男爵夫人也使他想到，奥狄莉一直是一个穷苦的姑娘；而同一个富有的家族建立亲戚关系，这对任何人都没有什么裨益。因为一个家财万贯的人不会无谓地把一笔可观的数目给予一些关系较为疏远的人，比起他们来，更亲近的人才有充分的权利去占有这笔财富。一个人享有巨大的特权，支配他的财富，这很少对他所心爱的人有利，这确实是奇怪的：然而正如事实所表明的，出于对传统的重视，这只是对那些在他死后会占有他的财富的人有利，即使这不是他本人的意愿。

在这次旅行中，教师感到自己和奥狄莉完全平等了。友好的款待更增加了他的希望。虽然他觉得奥狄莉对待自己不如往日那样坦率，但她已是一个成年人，一个有教养的人，而且可以说，从总的方面看来，奥狄莉比他过去所认识的更健谈了。人们信任地让他对他所擅长的某些东西进行考察，可当他要接近他的目的时，某种内心的羞怯却总是使他止步不前。

有一次夏洛蒂倒是给了他一个机会。在奥狄莉在场时，她对他说："啾，您对我们圈子里的一切都做了观察，您觉得奥狄莉怎样？您可以当她的面谈谈。"

教师用十分敏锐的眼力和平静的言辞，表达了他对奥狄莉的看法：她的举止更为活泼自由，她的言谈更为流畅豁达，她对世俗事物的观察目光更为犀利，她的行动更胜过她的言辞。他觉得这些变化是她的长处，可他相信，若是她返回寄宿学校待一段时间，那会对她更为有益，能连贯地、彻底地和长久地掌握那些在社会上只是零散学到的、常常使她茫然而不是满足、甚至有时是延误了的知识。他不想对此谈得过多，奥狄莉本人知道得最为清楚不过，当时她是在什么样的系统学习期间中断了她的学业。

奥狄莉不能否认这点，但是她却不能承认她听这番话时的感受，因为她自己也几乎无法解释清楚。对她来说，每当她想到自己所爱的人时，在这个世界上就没有什么是不再相关的了。她无法理解，没有他，一切怎么可能是相关联的。

夏洛蒂用聪明的友好态度对他的提议做了答复。她说，她和奥狄莉意见一致，早就希望奥狄莉能返回寄宿学校，不过，在这段时间里，有这样一个可爱的女友和助手在场，对她是不可缺少的。以后，只要奥狄莉有再回那里去的愿望，把已经开始学的学完，把中断了的继续完成，她本人是不会受到阻拦的。

教师高兴地接受了这个提议。奥狄莉不能对此表示反对，可这立即在她的思想上引起了惊恐。夏洛蒂想赢得时间，她希望，爱德华在她生下孩子之后会重新感到自己是一位幸运的父亲。随后，她可以肯定，一切会恢复如初，那时也就能用这种或那种方式来关心奥狄莉了。

在这样一次重要的、必然会引起参加者深思的谈话之后，往往会出现一段时间的平静，这看起来近似于一种大家都感到尴尬的场面。大家在客厅里来回踱步，教师翻阅书籍，最后翻到了绿茜安走后还放在这里的那本大画册。当他看到里面都是猴子时，立刻把它合上了。这件事引起了一场谈话，在奥狄莉的日记里我们可以找到与此相关的一些痕迹。

奥狄莉日记摘录

人们怎么想到去把那些可憎的猴子如此细心地画出来！若是人们仅把它们看作是动物，那人们已经降低了自己的身份；若是人们沉溺于在这些猴子的面孔上寻找所熟悉的人，那可真是居心不良了。

一个人喜欢摆弄漫画和讽刺画，这完全是一种恶习。我感谢我们这位善良的老师，使我不受自然史的折磨。我对昆虫和甲虫从来就没有好感。

这次他向我承认，他也与我一样。“关于自然，”他说，“除了那些直接活跃在我们周围的，我们不应当认识它们。我们身边那些枝叶繁茂、开花结果的树木，我们路上遇到的每一种灌木，我们漫步踏过的每一根草茎，都和我们有着一种真正的关系。它们是我们真正的一奶同胞。那些鸟儿在我们的枝梢上跳来跳去，在我们的树叶间吟唱，是属于我们的，它们从小就同我们交谈，我们懂得它们的语言。人们问自己，是不是每一种从其所处环境中出来的新奇生物都会给我们留下某种可怖的印象？这种印象只是由于习以为常变得迟钝了而已，要能忍受身边的猴子、鹦鹉和黑人，这可是一种光怪陆离、喧闹嘈杂的生活。”

有时候，一种对此类稀奇古怪事的好奇欲望左右了我，我就羡慕上那样的旅行家了，他看到这样奇奇怪怪的东西同另一些奇奇怪怪的东西每天都活跃地聚在一起，可这样一来他也变成了另外一个人。在椰子树下游荡，没有人是不受惩罚的，在大象和老虎出没的地方，人们的思想肯定会发生变化。

只有这样的自然科学家才是值得敬重的：他善于把那些最新奇、最罕见之物同它们的地方特色和毗邻的一切，每次都极为熟谙地向我们描绘出来。我多么想听洪堡[①]的讲述，哪怕只是一次也好！

一间博物标本室会使我们感到有如一座埃及坟墓，里面陈列着各式各样涂上香料的动植物标本。在充满神秘的幽明之中忙忙碌碌，这对一个祭司倒是合适不过的。但是在普通的课程上却不应当列入这类东西，否则，我们身边的那些值得敬重的东西，就会因此而轻易地被排挤得无处

① 亚历山大·洪堡（1769—1859），与歌德同时代的自然科学家。

容身。

一个教师，若能唤起对一件唯一的善举、对一首唯一的好诗的感情，那他所做出的成绩，远比一个把自然形成的整个序列都按其名称和形状灌输给我们的老师要好得多，因为这整个结果不外是：人的形象是最优秀的，也是唯一酷似神的形象。这我们不学也能知道。

对个别人来说，他可以自由地从事与他有关、使他快乐、对他有益的一切；但是人类最根本的研究是人。

第八章

只有很少的人懂得去研究刚刚逝去的东西。我们不是被现实用强力所桎梏，就是消逝在往昔之中，试图尽可能重新唤回和恢复那完全失去了的一切。甚至在阀阅人家，他们应当感谢他们的先人，可经常是更多地怀念祖父辈而非父辈。

有一天，风和日丽，残冬行将消失，春天恍若来临。我们的这位教师穿越巨大、古老的府第庭院，对高耸的菩提树所形成的林荫大道，对爱德华的父亲所规划的井然有序的种种设施赞叹不已，于是就有了这样一番感慨。这些草木完全按照当日栽植它们的人的意愿，长得叶茂枝荣。它们现在正是该受人称赞、给人享受的时候，却没有人谈起它们。几乎不再有人来到此地，爱好和花费都远远地转到其他方面去了。

返回之后，他向夏洛蒂发表了那番议论，她对此并非没有好感。“生活在牵着我们不断向前，”她回答说，“我们以为我们是在自己行动，自己选择我们的事业、我们的乐趣；但我们若是仔细地观察，那其实都是时代的意向、时代的计划，我们是被迫去实施它们的。”

“确实如此，”教师说，“有谁能反抗环境的潮流呢？时代在不断前进，而处于时代中的思想、见解、偏见和爱好也在前进。如果一个儿辈的青少年时代恰好处于时代的转换当中，可以肯定地说，他同他的父亲不会有什么共同之点。如果说父亲生活在这样一个时代，人们乐于去占有，并使这笔财富得到保障，受到限制，得到约束，并且在与世界隔绝的情况下去巩固他的享受，那么儿子就会试图使自己延伸、扩张、开放，并且使封闭的敞开。”

“整个历史就像您所描述的父亲和儿子一样”，夏洛蒂说，“当初每一座小城都有它的城墙和护城河，每一座高贵人家的府第都建造在大泽之中，使那些小得可怜的宫堡只有一座吊桥与外界相通，对这样的情况我们几乎没有什么概念了。现在呢，甚至更大的城市都拆除了它们的城墙，连公侯们的宫殿都填平了它们四周的壕沟。城市只是成了一块块巨大的地方而已。人们在旅行中看到这种情况，会认为普遍的和平得到了保障，黄金的世纪来到了人间。没有人相信在一个与自由的土地毫无相似之处的园子里会有快乐可言，不应当有任何东西使人想起非自然，想起强制，我们要完全自由和不受限制地呼吸空气。我的朋友，您大概认为，人们会从这样一种状态返回到从前的另外一种状态吧？”

“为什么不呢？”教师回答说，“每一种状态都有它的麻烦之处，它在限制，它也在开放。这后一点以富庶为前提，并导致靡费。让我们看看你们的例子吧，这够明显的了。一旦出现匮乏的现象，就会立刻恢复自我限制。被迫去利用田产和土地的人们，会围着他们的庭院筑起墙来，为的是使他们的收益得到保证。这样就逐渐产生了观察事物的一种新的观点。有利就重新占了上风，甚至是家财万贯的人，到最后也要去利用一切。您相信我好了：您的儿子对全部花园设施都不会重视，而是返回牢固的院墙之内，返回到他的祖父栽植的高大的菩提树下，这是可能的。”

夏洛蒂听到会有一个儿子，心中暗暗感到高兴，并且因此原谅了教师对她所爱的美丽庭院所做的令人不悦的预言。她和蔼地回答说：“我们两人现在的年纪还不足以去多次经历这样的矛盾情况。可当人们回顾他的青年时代时，就会忆起他们听到的老一辈人的埋怨声，再把国家和城市一道进行观察，那对您的这种见解是没有什么可反对的了。但是，难道人们应该克服这样一种自然进程吗？难道人们不能使父亲和儿子、双亲和子女和谐一致吗？您预言我会有一个男孩，这令我高兴，可他必定要恰恰同他的父亲发生冲突吗？若是他在同样的意义上继续父亲的事业的话，就一定要毁坏他的双亲所建造的一切，而不是去完成它，提高它吗？”

“对此也有一种理智的补救手段，”教师说道，“但是这种手段很少被人们采用。做父亲的要把他的儿子提升为同样的主人，他让他一道去建造、去种植，允许他像自己一样，有着一种无害的专断。一种活动会纠缠到另一种活动之中，但是没有一种活动会联结在另一种活动上。一条嫩枝很容易也高兴与一根老树干连在一起，但是没有一条长成的枝干愿意再附在上面。”

教师在他不得不告别时，很高兴能有偶然的机会说些令夏洛蒂愉快的话，借此加深她对自己的好感。他离开学校已经很久了。夏洛蒂临近分娩了，在奥狄莉有望做出任何决定之前，虽然他原想不这么早就动身返程，但是情况如此，他也只好迁就了。他怀着希冀和愿望重新返回女校长那里。

夏洛蒂分娩的日子临近了。她更多的时间待在自己的房间里。那些过去聚集在身边的妇女现在成了她密切的伴友。

奥狄莉主持家务，她几乎不去想她在做些什么。她已对一切听之任之。她渴望为夏洛蒂、为孩子、为身在远方的爱德华尽心操劳。但是她看不出这有什么用。除了每天尽她的义务，没有什么能把她从一片迷惘之中拯救出来。

儿子顺利地来到了世上，所有的女人都肯定地说，这孩子长得完全像父亲。可是当奥狄莉向产妇表示祝贺和向孩子表示祝福时，她私下却感到不以为然。还在筹备她女儿的婚事时，夏洛蒂就痛切地感到丈夫不在所带来的不便，而现在儿子诞生了，父亲依然不在身边，他无法给孩子起个供人们以后称呼的名字。

在那些前来贺喜的友人之中，第一个来的是米德勒。他早就派人打听，以便孩子一生下来就马上能得到消息。他来到这里，显得十分愉快。有奥狄莉在场他也几乎不掩饰他的得意神情。他大声地对夏洛蒂说，他是一个排忧解难的人。洗礼不应该长期推迟。那位年迈的牧师，虽然他老得一条腿已经跨进了坟墓，可通过他的祝福，就是把往昔和未来连在一起了。孩子应当名叫奥托，除了父亲和朋友的名字之外，没有别的更适合孩子了。[①]

为了摆脱和克服各种各样的考虑、异议、踌躇、停顿、自视高明、自命不凡、动摇犹豫、形形色色和莫衷一是，确实需要这样一个人的果断和催促。因为通常在这样的事情上，总是疑虑重重，随着一个疑虑的解决又有一个新的疑虑出现，总是想让各方面的关系

① 爱德华的另一个名字是奥托；上尉的名字也是奥托。

都能面面俱到，出现的情况却总是适得其反。

米德勒办理所有的贺信和亲朋好友的书函，这些信件都立即处理、发出，因为他觉得，至关紧要的是把这件他认为对这个家庭意义重大的喜庆事告诉给其他人，即使那些持有恶意或飞短流长的人也同样。当然啰，直至现在所发生的爱情上的纠葛无法避开公众的耳目，但总归是那么回事，已经发生的一切只不过是给人们增加茶余饭后的谈资罢了。

洗礼的仪式应当是隆重的，但范围不宜大，时间宜短。人们到齐了，奥狄莉和米德勒是孩子的洗礼证人。那位老牧师在教会仆役的搀扶下，迈着缓慢的步子走了过来，举行祷告，奥狄莉把孩子放在手臂上。当她俯身看孩子时，他睁开了双眼。她大为惊愕，因为她相信她看到的是她自己的眼睛，如此酷似会使每个人感到吃惊的。米德勒先是把孩子接了过去，同样一怔。他看到孩子竟然和上尉是那样惊人的相似，这他可从来没有看到过呢。

老态龙钟的好心牧师，由于衰弱无法用比通常更多的动作来完成这次洗礼仪式。在此期间，米德勒为眼前的景象所触动，想到他过去主持这类仪式的情形，并且有这样一种习惯：立即设身处地想到，自己该怎样去讲，该如何表达。他看到他四周的人虽为数不多，但均系高尚正直之辈，于是情不自禁地跃跃欲试。接近仪式的结尾时，他兴致勃勃地取代了牧师的位置，发表了一篇生动的讲话，表达他作为教父的义务和希望。当他从夏洛蒂的满意表情中看到了她的赞赏时，就更加兴高采烈地讲个不停。

善良的老牧师此时多么希望能坐下，可这位滔滔不绝的演说家却根本没有察觉到，他更少去想到，他就要招致一场大的灾难呢。他着重描述了在场的每一个人同孩子的关系，同时颇为注意奥狄莉的神态，随之他面向老牧师说道："您，我尊敬的老人，现在能够引用西蒙说的话了：'主啊，让你的仆人在和平中离去吧，因为我的眼睛已经看到这个家庭的救星。[①]'"

他正准备华丽地结束他的演讲，却看到手捧婴儿的老牧师，先好像头俯向孩子，随后就很快仰倒下去。人们立刻扶住了他，把他搀到一张扶手椅上，坐了下来。尽管进行了各种应急的救护，但人们不得不说，他已经死了。

生与死，棺材和摇篮竟是如此直接地看在眼里，印在脑海里。这并非出于什么想象力，而是亲眼目睹这两种截然相反之物。这对于周围环立的人来说可是一项沉重的任务，越是感到惊愕，任务越是沉重。奥狄莉怀着某种妒羡，注视着这位长眠的老人。他的面部依然保持着慈祥、欣然的表情。她的灵魂的生命已经死亡，可为什么这躯壳还得保存下来呢？

如果说，日间发生的经常是令人不快的事，使她对无常、对诀别、对失落不得不进行一番观察的话，那么与此相反，夜里的奇妙幻象对她就是一种慰藉了。这些幻象向她证实了爱人的存在，巩固和活跃了她自身的生命。每当她晚间安息时，她就飘浮在睡眠与苏醒之间的甜蜜情感之中，她觉得，她仿佛在朝着一间非常明亮然而却光线柔和的房间里望去。她看到爱德华，非常清楚，可穿的衣服却不是她平素看到的那样，而是身着戎装。每次看到的姿态都不相同，但完全自由自在，一点也不显得做作，无论是站着、行走、躺着或骑在马上。这个形象，直到最细微处，都一如所愿地活动在她

① 见《圣经·新约》中的《路加福音》，第二节。新译本译为："主啊，你已实现了你的应许，如今可让你的仆人平安归去。我已亲眼看见你的拯救……"

的面前，无须她使用一丁点儿力气，无须她去想，也无须去激发她的想象力。有时她也看到，在他四周有些东西围绕，特别是一些动荡不定的东西，看得不怎么清楚，比起明亮的背景要暗淡得多。她几乎无法分辨出那些隐隐约约的阴影，有时她觉得像人、像马、像树木、像群山。通常她都是在这种幻象之中入睡的，而当她经过一个安谧的夜晚，翌日清晨重新醒来时，她的精神为之一爽，她感到安慰。她心里确信，爱德华还活在世上，她和他的关系依然亲密无间。

第九章

春天来了，迟了些，但比往常来得迅速，显得更为生机盎然。奥狄莉在花园中看到了她预想的成果；一切都如期地萌芽，发绿，开花，那些在暖室和花畦中培植的，现在终于接触到了户外的充满生机的大自然。人们所做的，所照料的，不再仅是一种充满希望的劳作——像迄今所做的那样——而且成为一种愉快的享受。

由于绿茜安的狂暴任性，栽在花盆中的某些花卉变得残缺不全，某些树冠的对称性遭到了破坏。为此，奥狄莉不得不去安慰那位园丁。她鼓励他，说一切不久就会恢复如初。可是园丁对他的工作有一种非常深厚的感情，一种非常纯洁的想法，这种安慰在他那里不会产生多大效果。一个园丁不可以因为其他爱好和癖性而分散自己的精力，同这一样，植物为了得到持久或者暂时的繁荣，它的平静的进程也不可以中断。植物和那些生性固执的人一样，如果人们能按它们的方式对待它们，那就能从它们那里得到一切。一瞥安闲的目光，一种默默的锲而不舍的精神，在每一个季节、每一个时刻做的事，这是对一个园丁的要求，也许对任何人的要求都不会比这更多。

这位善良的人有着这种特性，并且十分突出，因此奥狄莉也非常喜欢同他在一起工作。但是一段时间以来，他已不能再那样愉快地施展他的才能了。尽管对一切，不论是果园和菜园，也不论是旧式的花园，他都十分精通，他在那一种、这一种或另外一种园艺工作上都取得了成功；尽管他本人在栽培柑橘、球茎、石竹花、报春花方面都有一套本事，甚至能同大自然一争短长，可是新式的观赏树木和流行的花卉却使他感到几分陌生。那随着时代而来的、一望无垠的生物学领域，那些在这门学科里嗡嗡作响的陌生的名字，令他感到几分胆怯，这使他心绪恶劣。主人在前年购置了一些植物，当他看到某些价格昂贵的已经枯萎死去时，他认为这是无益的浪费和挥霍。对那些贩卖花草的园丁，他认为他们不够诚实，因此和他们没有什么特殊关系可言。

经过某些努力，他制订出了一个计划，奥狄莉对他这种做法极为称赞，但是这项计划是以爱德华返家为基础的。他不在，使人们在这样和那样的事情上日益感到不便。

随着植物日益根深叶茂，奥狄莉也日益感到自己被紧紧地束缚在此地了。恰好在一年之前，她来到了这里，她是一个陌生人，一个无足轻重的角色。从那时以来，有什么她不曾得到呢？可遗憾的是，从那时以来，有什么她又不曾失去呢？她以前从没有这样富有，也从没有这样贫乏。这两种感觉快速地更迭，不断地变换，甚至十分密切地交织在一起，使她不知如何是好，只得哪个出现就抓住哪个，关切地、热烈地抓住不放。

那些爱德华特别喜欢的，都使她格外操心，这完全可想而知。是啊，为什么她不该希望他不久就返回家园呢？为什么不该希望他当面为她在他不在时所做的种种操劳向她表示谢意呢？

她还用另一种完全不同的方式去为他效力。她出色地承担了护理孩子的工作。已经定下来用牛奶和水去喂养孩子，不把孩子交给奶妈，她就更成了孩子直接的保育员。孩子在这美好的季节应当多呼吸户外的空气。她自己特别喜欢抱他出来，抱着入睡的孩子在花卉中间信步而行，抱着孩子在幼嫩的草丛间徘徊流连。在他童年时，这些花儿会亲切地对他笑脸相迎，这些草丛将与他一道向高生长，去度过它们的青春年华。每当她四下环顾，她就不能不说，这孩子是生而逢辰啊。因为凡是目光所及之处，那里的一切几乎都将归他所有。这孩子在双亲的眼前长大成人，证实了一种更新的、快乐的结合，他是多么受人宠爱啊！

奥狄莉的这种感怀是那样纯洁，甚至觉得这一切都已成为千真万确的事实，她根本没有想到自己。晴朗的天空，明亮的阳光，此时此际她豁然开朗。她的爱情，为了使之圆满，必须完全是无私的。是呀，在某些瞬间她相信她达到了这个高度。她祝愿她的朋友幸福，她相信她有力量舍弃他。只要她知道他幸福，她甚至能永远不见他。但是她打定主意，绝不委身于另一个男人。

为使秋日像春天一样绚丽，早就做好了安排。所有那些称为夏季的植物，所有那些在秋日还依然茂盛并能抗住霜寒傲然生长的花草，特别是紫菀，都撒下了种子，各种各样的都有，届时把它们移植到各处，会在地面上形成一个繁星密布的天空呢。

奥狄莉日记摘录

我们读到的某种好思想，我们听到的某些引人注目的事情，都应记入我们的日记之中。若是我们也下些功夫，从我们朋友的书信中，把那些具有特色的观察、独到的见解、偶尔出现的隽言警语摘录下来，那我们会变得十分富有。把书信保存下来，不是为了去再次读它，最后，出于谨慎，不使秘密外泄，就一下子把它们销毁。这样，对我们和其他人来说，那些最美好、最直接的生命气息就永不会再现了。我打算去补救这种损失。

时光荏苒，四季往复，新一年的童话又翻了开来。感谢上帝！我们重又到了最优美的一章。紫罗兰和银铃花像是标题或者题花。每当我们翻开生活之书看到它们时，总是给我们留下一种舒适愉快的印象。

我们责备那些在马路上游逛和乞讨的穷人，特别是那些未成年的穷人。可我们不是也注意到了，一旦有什么可做，他们便立刻去工作吗？大自然刚一打开它那仁慈的宝藏，孩子们为了有事可做便尾随其后。那时不再是乞讨了，每个人都向你递送一束花。还在你从睡梦中醒来之前，他们就把花采摘下来。这些恳求你接受他们的花束的人，是那样亲切地望着你，像他们的赠品一样。没有人显出寒酸可怜的样子，他们不会想到自己有什么权利去要求报答。

一年的时光为什么有时那么短暂，有时却又那么漫长！为什么它显得短暂，而在记忆里却又那么漫长！去年我就有这样的感觉，易逝的和持久的相互交织在一起，在花园比在其他地方格外明显。但是任何东西，不管它们是怎样匆匆而过，都不会不留下一丝痕迹，不会不留下与它相似之物。

冬日也有它的可爱之处。当树木像精灵般一览无余地矗立在我们面前时，我们便自信更为舒展自由了。它们现在什么也不是了，它们什么也不再掩盖了。春天，当蓓蕾生成和鲜花怒放时，我们便会变得焦急不耐，非到叶子长得茂密，非到景色形成，非到树木像一个形体那样拥向我们，我们是不会安静下来的。

一切完美的都必须是出类拔萃的，都必须与众不同，不可比拟。听夜莺的某些声音，它依然是鸟，可随后它就会超出它的同类，并向任何一种飞禽表明，什么叫作真正的歌唱。

一种没有爱情的生活，一种爱人不在身边的生活，就是一种“Cum é die à tiroir”[①]，是一种恶劣的抽屉剧。人们一个接一个地把它们拉开，然后又一个接一个地推回去。出现了精彩和有价值的，可彼此却可怜地连在一起。任何地方都可以看作是开头，任何地方也可以当作是结束。

第十章

夏洛蒂觉得快乐、幸福。她喜欢这个强壮的男孩，他那非常惹人喜爱的长相使她的目光和心思整小时地无暇他顾。通过这个孩

① 法文，直译为抽屉式的喜剧，系指一种结构松散的喜剧。

子，她同这个世界，同她的产业有了一种新的关系。她早先的那种事业感又活跃起来，举目四望，目光所及之处，她看到了她在去年所做的许多事情，这一切令她欣喜。为一种特有的感情所激励，她同奥狄莉和孩子一道登上那间庐舍。她把孩子像放在家庭祭坛上那样放在一张小桌子上，当她看到还有两个空位时，她忆起旧日的时光，一种新的希望，她的和奥狄莉的，就涌上心头。

年轻的姑娘在顾盼这个或那个青年时或许都感到羞怯，心中暗自思量，是否希望他做自己的丈夫。可是谁要想为自己的女儿或一个女学生物色一个配偶的话，他就得在更大的范围内加以观察。夏洛蒂在这一瞬间便是如此。她觉得上尉和奥狄莉之间的结合并不是没有可能，他们那个时候在这间庐舍里并肩而坐，谈笑风生。可这样一种有益的婚姻的前景随之又消逝了，此中的原因她不是不清楚。

夏洛蒂继续向高处登去，奥狄莉抱着孩子。夏洛蒂在沉思，在陆上也会出现覆舟之厄。若能最快地从中缓过劲来，振作起来，是美好的，值得称赞的。难道生活只是在于得益和受损？有谁不是有着计划而遭受挫折！有谁不是经常迈上一条道路而误入歧途！我们不是经常离开我们已认定的目标，转而想去达到一个更高的目标吗！旅人最大的烦恼是途中坏了一个车轮，可通过这种不愉快的偶然事件，却结识了一些对自己的一生有着影响的朋友，与他们建立了极为愉快的友谊和联系。命运在满足我们的愿望，但却以自己的方式，为的是能给予我们某些超越我们希望之上的东西。

就在这样或类似的沉思之中，夏洛蒂到达了高地上的新建筑。在这里，她的这些思想完全得到了证实。因为这周围比人们所能想到的要优美得多了。四周所有碍眼的琐细之物都被清除，景色的旖旎——大自然和时令所造就——洁净地展现开来，映入眼际。为了填空补缺和使彼此相离部分和谐地联结起来而栽植的幼嫩植物都已一片茵绿。

房子本身差不多可以住人了。尤其是从顶层的房间眺望，景色极为绚丽。向四周望得越久，发现的宜人景色就越多。在这里，在一天中的不同时刻，月亮和太阳带来的种种影响该是何等情景！在这里流连该是多么惬意的快事。建筑和创造的乐趣又在夏洛蒂身上油然而生，因为她看到已完成的还仅仅是初具规模！一个木匠、一个裱糊匠、一个能描金的画匠。这就够了。在很短的时间之内，房子已整修完毕。地下室和厨房很快便安排停当，因为此地远离府第，所有的日常用品必须先行储备齐全。两个女人和孩子住在上层。这个住地仿佛成了一个新的中心点，由此到各处散步，有意想不到的乐趣。在风和日丽的天气，她们在高地上欢快地享受着自由和新鲜的空气。

沿着一条舒适的人行小径前往那片梧桐树林，这是奥狄莉最喜欢走的一条路，她有时一个人，有时带着孩子。这条小径直通向小船停泊的地方，人们经常从这里乘船到湖上泛游。她有时也高兴水上荡舟，但只能独自一人，不能带孩子，因为夏洛蒂感到几分担心。奥狄莉每天从不耽误去府第花园看望那位园丁，非常高兴同他一道护理那些现在享受到自由空气的幼嫩的花草。

在这美好的时刻，一个英国人的来访使夏洛蒂甚为称心。此人在旅行期间认识了爱德华，见过几次面。爱德华向他谈了自己庄园中的许多美好景致，这令他十分好奇，急于参观这些美丽的设施。他带来了伯爵的一封介绍信，同时也带来了他的旅伴，一位安静的讨人喜欢的人。他有时和夏洛蒂、奥狄莉在一起，有时同园丁、猎人一道，但经常是和他的那位旅伴，有时也独自一人四下漫游。从他的议论中可以看出，他是这一类设施的爱好者和鉴赏者，他本人大概也从事过这一类工作。尽管他已上了年纪，但仍兴致勃勃，热心于能使生活增添色彩、赋予生活以意义的各种活动。

两位妇女当他在场时才能充分领略她们周围的一切。他那熟练的目光对每一种景色和设施的感受是如此清新。他在此之前不熟悉这个地方，因此对这儿的一切，几乎分辨不出是人力所为还是浑然天成，这使他尤为喜悦。

人们可以说，这花园借助他的评论而成长、充实。那些新的、生机勃发的花草树木会带来什么样的景致，他事先就了然于胸。凡是能显示出或带来某种美的地方，他无不细加观察。这儿，他指着一股泉水说，若加以净化就会点缀一大片树丛；这儿，他指着一个石洞说，若加以展宽就能成为一个理想的休息场所；只消把几株树伐倒，就能从这里眺望壮观的层崖叠石。他祝愿居住在这里的人幸福。还有某些遗留的工作要做，但他请她们不要匆忙，而是在以后的年代里，消受这建造和布置所带来的乐趣。

除了大家在一起交谈的时间之外，这个英国人也绝不是令人不快的。白天的大部分时间，他忙于把花园里如画的景致摄入他随身带的一个黑匣子里并进行绘制，以便借此使自己和别人能从他的旅行中获得一种美好的享受。多年以来，他在所有的名胜之地都这样做了，并因此而有了一批极为有趣和极为珍贵的收藏。他把他随身带来的一个巨大的皮箱拿给两位妇女看，有时借助画片，有时借助说明使她们得到消遣。在她们寂寞的时刻里，她们很高兴能如此惬意地漫游世界，浏览海岸、港口、群山、湖泊、江河、城市、古堡以及某些在历史上负有盛名的地方。

两个女人各有自己的独特兴趣。夏洛蒂对通常的、恰恰是那些历史名胜怀有喜爱之情，而奥狄莉主要是对爱德华经常讲过的地方格外留意。那些地方令他流连忘返，那些地方使他渴望再度登临，因为每一个人，不论是在近旁或在远方，都会发现某些地方吸引他，与他的性格相投。或者是因为第一个印象所致，或者是因为某些情况、习惯的原因，这些地方他特别喜爱，特别入迷。

因此奥狄莉问这位爵士，他最喜欢什么样的地方，若是他必须选择的话，他会把他的住宅建在哪儿。他当下拿出好几张风景优美的照片，把他在这些地方的经历，他对它们的喜爱和珍视，都兴致盎然地用发音清晰的法语一一述说。

对现在他通常住在哪里，他最想返回到什么地方的问题，他回答得十分直截了当，但却令两位妇女愕然：

“我习惯处处为家，总的来说，没有比其他人为我建造、为我栽植、为我操持家务更为舒适便利的了。我并不向往回到我自己的庄园里去，一部分是出于政治上的原因，而主要是因为我儿子对于我给他安排的一切——我把一切都交给他，希望同他一道享受——弃之不顾，竟前往印度，他想在那里，像某些人那样，去更好地利用他的生命，或者说是去浪费他的生命。

“我们的生命，已经浪费得太多、太多了，确实是这样的。本来我们开头就能在一个正常的情况下得到安适，可我们却总是向广阔的遥远之处去追求，总是把我们自己弄得不顺心。现在谁在享受我的房屋、我的花园、我的庭院？不是我，也不是我的亲人。而是陌生的客人，好奇的人，不安静的旅游者。

“虽说我们广有钱财，但家中亦不可能应有尽有，特别是在乡间，我们就缺少城市中某些经常必备之物。我们最热心渴求的书不在手头，那些我们最急需之物恰恰被忘掉了。我们布置家庭，却是为了再次出门远游。若是我们愿意和执意留在家里，那种种关系和激情，种种偶然和必然，以及其他等等却逼使我们远离家门。”

爵士没有料到，他的这番话是如何深深地刺痛了这两位女友。一个人经常会陷入这样一种危险之中，即使他是在一个他通常熟悉其中种种关系的社交场合发表议论，也难免不如此！好心和不怀恶意的人，他们的这样一种偶然伤害，在夏洛蒂看来，并不是什么新奇之事。这个世界早已十分清楚地呈现在她的眼前，即使有人由于思虑不周和无意之中，迫使她把自己的目光望向这儿或那儿的令人不快之处，她也不会感到特别痛苦。奥狄莉不然，她处于一种半清醒的青年时代，较之于看到的，她更多地耽于想象。她可以，是啊，她必须把她的目光从她不想看也不要看的地方移开。爵士的这番由衷之言使奥狄莉陷入一种可怖的境地，因为它用暴力撕碎了她面前的那层温情脉脉的面纱。她觉得，迄今为止，她为这个家、为庭院、为花园、为园林以及整个周围环境所做的一切，都变得毫无价值，因为拥有这一切的那个人，不想去享受它，因为他也像眼前这个英国人一样，浪迹人间，并且偏偏到最危险的地方去，并且是受他的至亲至爱的人所逼。奥狄莉一向习惯于静听和缄默不语，但是这次她处于一种极为痛苦的境地，这位陌生人的滔滔不绝更加深了痛苦，而不是减轻，他依然带着一种特有的兴致和悠闲继续说个不停。

“我相信，”他说，“我走的是一条正确的路，因为我总是把自己看作一个游人，他舍弃了许多，为的是更多的享受。我习惯于变动，是啊，这种变动已成为我的一种需要，就像人们在剧院里总是期待着一种新的布景那样，这正是因为已经有过许许多多的布景的缘故。我对最好和最坏的旅舍的期待是什么，我自己清楚得很，不管是怎样好还是怎样坏，反正没有一个地方我会感到习惯。最终呢，若是有那么个习惯的话，它完全取决于一种必然的禀性，或者完全取决于极为随意的偶然性。现在至少我没有什么可苦恼的了，东西放错了地方，或者丢失了，这都无所谓；一间天天住的房子坏了，我也不必让人去修理，人们打碎了我的一个心爱的杯子，一段时间里用别的杯子也不会感到不是滋味。我超脱了所有这一切，当我头顶上的房间开始着火时，我手下的人泰然地打点好行装，我们从庭院动身到城里去。总之，有这么多的长处，若是我详细计算的话，那我到年终所花费的，绝不会比在家时多。”

他的这番描述使奥狄莉的眼前出现了爱德华，他在荆棘丛生的路上挣扎着，匮乏、困苦，冒着风险，历尽艰难，躺在战场上，动荡不定，出生入死。他已习惯于无家无友，抛弃了一切，也就没有什么可丧失的了。所幸的是，这种聚会终于散了。奥狄莉找个地方，独自恸哭了一场。这种醒悟比任何一种鲁钝的痛苦更为有力地攫住了她，可她还要设法使这种醒悟更加透彻，如人们通常所做的那样，一旦人受到折磨时，他就要折磨自己。

她觉得爱德华的处境太悲惨，太痛苦了。她决定，不管付出什么样的代价，都要竭尽全力使他和夏洛蒂重归于好，而把她自己的痛苦和她的爱情埋藏在某一个幽静的地方，并借助某种劳作来克制它们。

在这期间，爵士的旅伴是一个安静的、通达事理的人，也是一个细心的观察家。他注意到了这种谈话的不智，于是向他的朋友说明，爱德华的情况与他的谈话有着某些相似之处。爵士对这一家的情况一无所知，可是那个人却不同；他在旅行中感兴趣的是那些由于自然的和人为的关系而引起的特殊事件，是由于法律和为所欲为之间的冲突，由于感性和理性、激情和偏见之间的冲突所引起的异常事件。再说，他对这一家早已有所了解，事情是怎样发生的，现在的情况如何，他都清清楚楚。

爵士为此感到歉然，但并不因此而窘迫得不知所措。人们若是不想碰到这类情况，那在社交场合就得完全缄口不语，不仅仅是那些有分量的议论，就是最最琐碎的言谈也可能以一种不谐的方式与在场者的兴趣发生抵触。“我们今天晚上设法弥补，”爵士说，“不泛泛而谈。您把您的那些令人愉快的、有意义的逸闻趣事讲给我们听听，用您的皮箱里的东西和您的记忆来丰富我们的旅行！”

虽说有美好的意愿，可这次两位客人却没能成功地用一种不伤大雅的谈话使两位女友高兴起来。随后这位旅伴讲了一些奇怪的、有意义的、快乐的、感人的、恐怖的故事，这激起了她们的注意力和至为强烈的同情心。他想用一个虽说奇特却是缠绵的故事作为结束，可他没有料到，这个故事与他的听众正好密切相关啊。

离奇的邻家孩子

一个男孩和一个女孩，比邻而居，均出自名门望族。两人年纪相仿，有朝一日会成为夫妇，人们都是怀着这样美好的意愿，看着他俩一道成长，双方的父母也为日后这样一种结合感到喜悦。可不久人们就觉察到了，这种意愿看来要落空，在两个孩子的天性之间出现了一种奇怪的敌意。也许他们彼此太过于相似了。两人遇事自有主见，提出要求直截了当，做起事来坚决果断。两人各自受到小伙伴的喜爱和尊敬。每当他俩在一起时，总是成为对手，总是互不相让，总是相互作对。每逢两人见面时，他们不是为了一个目的而竞争，却总是斗来斗去。他俩都十分善良可爱，可彼此之间竟然怨恨不已，怀有恶意。

这种奇怪的关系还在儿童游戏时就已经表现出来了，而随着年岁的增长越来越明显。一次，男孩子玩打仗游戏，分成两批人马。可这个倔强好胜的女孩自告奋勇当了一方的头领。她扑向对方，骁勇善战，猛烈无情。若不是她那唯一的对手勇敢坚定，到最后把这个女对手解除武装，抓住俘虏的话，这支人马就会叫骂连声，四下溃逃。可就是这样，她还是拼命挣扎。他为了保护自己的眼睛和不伤害他的女对手，就扯下丝围巾，把她的双手反背起来，紧紧缚住。

她为此绝不原谅他。是的，她暗地想方设法伤害他。早已对这种奇怪的欲望有所注意的双方父母，经过商量，决定把这相互敌对的两个人分开，而那个美好的愿望自然也就归于破灭。

男孩在新的环境里很快就显出卓尔不群，各门功课都名列前茅。根据他的监护人的愿望和他本人的爱好，他跻身军界。所到之处，他都得到人们的喜欢和尊敬。他那刚强的性格，似乎只是为了使他人得到安宁和快乐。他失去了那个大自然给他安排的唯一的对手，内心感到十分幸运，可究竟是什么原因，他并不清楚。

相反，那女孩却突然进入了一个全然不同的环境。她的年纪，她逐渐增长的教养，更多的是某种深沉的情感，使她远离男孩之间的那些她过去一向参加的激烈游戏。总的来说，她觉得若有所失，在她周围没有什么东西值得她去恨，可也没有什么人值得她去爱。

一个青年人，比她过去那比邻而居的对头大几岁，有着地位、财产和权势，在社交场合受到喜爱，为女人们所垂青。他现在向她表露了一片爱慕之情。有这样一个朋友、一个情人、一个仆人向她大献殷勤，这在姑娘还是第一次。他在许多年龄比她长，教养比她高，容貌比她美，魅力比她大的女人当中单单喜欢上了她，这使她感到得意。他对她一往情深，但并不咄咄逼人。在许多不愉快的场合里，他都忠实地站在她的身边。他已经向她的双亲提出了求婚，这是从容的、充满期待的求婚，因为她还十分年轻。这一切使她对他产生了好感，而习惯的力量，表面上为社会所承认的那种关系，也必然促进了事情的发展。就这样她经常被称为他的未婚妻，到后来她本人也默认了。在她和那个人交换戒指时，不管是她还是任何人，都不会想到还需要什么考验，长期以来他一直被看作是她的未婚夫。

整个事情的发展过程是平静的，即使通过订婚，速度也没有加快。双方仍如以往一样，快乐地在一起相处，把这美好的年华当作是未来严峻生活的一个春天，尽情地加以享受。

在此期间，那位远离故土的人，学业上有了极高的造诣，登上了人生使命中的一个相称的阶梯。现在他趁度假之便，回家省亲。他又一次站在他那漂亮的女邻面前，神态十分自然，却又异乎寻常。在最近一段时间里，她在内心只是培育自己友爱的、未婚妻般的感情，她同周围的一切都融洽无间。她相信自己是幸福的，从某种方式看确也如此。但是现在，经过这么长的时间，他又站在了她的面前，可这不是要她去恨，她已经无力去恨了。是啊，孩子时代的仇恨，原只不过是内在价值的一种隐晦的承认罢了，而现在它外化为惊奇而欣然的观察、快意的承认以及相互间半是心甘情愿半是勉为其难的必然接近。这一切双方都有同样的感觉。阔别必然促成长谈。甚至儿童时代那些不智之举也成为这两个青年人的愉快的回忆。他俩仿佛借助一种友好的、殷勤的行动来清除往日那些无谓的仇恨，坦率地承认他们昔时那些粗暴的误解。

从他这一方来看，一切都做得明智、得体。他的地位、他的处境、他的志向、他的抱负使他感到充实。他对这位妩媚的未婚妻的友谊只是怀着愉快的心情，把它当作是一种值得感激的赐予加以领受，绝不存在某种非分之想，或者为她而对未婚夫产生妒忌之心，何况他同他相处得十分友好哩。

而姑娘这一方则全然不同了。她像是大梦初醒。她同童年时邻居的争斗，是她的初次的激情，这种激烈的争斗，借助反抗的形式，只是一种激烈的、像是天生的爱恋的一种表现。在她的记忆里浮现出来的，除了对他的自始至终的爱以外别无其他。她想起那时自己手执武器到处搜捕他的情形，不禁莞尔一笑。她忆起他解除了自己的武器，一种最快意的感情就油然而生。她想象着，他把她反缚起来，那是一种极大的快乐。她所做的一切，去伤害他，惹恼他，只不过是她要引起他对她注意的一种稚气的手段罢了。她诅咒那次分离，她哀叹自己的酣睡，她咒骂那呆钝的、昏昏然的习惯，正是因为这种习惯她才有了这样一个无足轻重的未婚夫。她变了，在双重意义上变了，是变得前进还是后退，这随人们去说好了。

若是有人对她的这种不可告人的感情能够理解和同情的话，那就不会对她进行责备。每当未婚夫和这位邻居站在一起时，人们就看得出，他俩根本无法相提并论。如果说，其中一个只是博得了你的某种程度的好感，那么另一个则激起了你的全部信赖之情。如果说你喜欢与前者交往，那你便希望另一个成为你的挚友。一旦遇到意外情况，需要有人做出牺牲，那人们对前者还会有所怀疑，对后者则可以完全放心。对这类事情的比较，女人们天生有着一种特殊的敏感，她们既有理由也有机会去培植这种敏感。

这种思想在美丽的未婚妻的内心深处暗暗地滋长，越来越甚。反之，对未婚夫有利的话，劝导和提醒她注意分寸、看重义务的言辞则越来越少，也没有人向她说事已至此无法挽回的道理。这样一来，她那颗美丽的心，越来越变得偏颇。一方面，她被世俗和家庭，被未婚夫和自己的许诺牢牢地束缚；另一方面，那位奋发有为的青年人却对他的思想、他的计划和他的理想丝毫不加隐瞒，待她如一个诚实的、然而却说不上是亲昵的兄长。他率直地提到了他即将启程的事情。这时，仿佛她昔时孩子气的脾性连同所有的乖戾和粗暴重又苏醒过来，并且在生命的一个更高的阶梯上，怀着恶意，因而就变得更为严重、更为可怕。她决定一死了之，以此惩罚他的无情无义。她无法占有他，但至少也要同他的想象力、他的追悔结成伴侣，永世永生。让他摆脱不掉她死时的景象，让他不停地谴责自己：为什么竟不去了解她的思想，不去探宝，不去珍惜她的感情！

这种奇怪的疯狂念头无时无地不在。她用各种各样的形式把它掩饰起来。虽然人们觉得她有些异常，却没有人注意到或者足够聪明地发现她心底的真正原因。

在此期间亲朋好友都在准备欢度几个节日。几乎每天都有新奇和意想不到的安排。四周每一个风光秀丽的地方，几乎无不装饰一新，准备迎接众多的快乐游客。我们的这位青年游子在他启程之前也尽主人之谊，邀请这对年轻的未婚夫妇以及一些关系密切的亲朋做一次水上之游。人们登上一艘漂亮的、装饰华丽的大船。这是一艘游艇，上面有一间不大的客厅和几间舱室，在艇上如同在陆地一样舒适。

在音乐声中，船沿着大河驶去。日间由于天气炎热，人们都聚在底层，在那里做智力游戏和打牌取乐。我们这位年轻的主人感到无事可做，于是坐到舵旁，代替年迈的船主掌舵，船主在他旁边不久便沉入梦乡。船这时临近两岛之间河床狭窄的地段，平展的沙岸时而在这一侧时而在另一侧伸过来，形成了一条危险的水道，需要这位掌舵人格外小心。这个谨慎而目光犀利的舵手，本想把船主唤醒，可他终于还是鼓起勇气，向狭窄的水道驶去。就在这一瞬间，他那妩媚动人的女对头，头上戴着花环出现在甲板上。她取下花环，扔向掌舵人。“接着，留作纪念吧！”她喊道。“别打扰我！”他冲着她喊，随手接住了花环。“我不再打扰你了，”她喊道，“你不会再见到我了！”说完她就跑向船头，纵身跳进水里。一些人叫了起来：“救人！救人！她要淹死了。”他恐怖至极，不知所措。嘈杂声把老船主惊醒，他想接过青年人手中的船舵，可这时不是换舵手的时候，船搁浅了。就在这同一瞬间，年轻人甩掉累赘的衣服，跳进水中，向他昔日的漂亮女对头游去。

水对于那些熟悉它并善于对待它的人来说，是一种可亲的元素。它载着他，这个熟练的泅水者驾驭着它。不久，他就追到前面那个被水冲走的美人身边。他抓住了她，把她托出水面，负着她游去。可一股激流把他俩猛然冲走，一直冲到离小岛和搁浅的船很远的地方。这里的河面又变得开阔了，河水也变得平缓了。此时他才振作起来，脱离了危险，恢复了镇定。那当口儿他无暇思考，只是机械地游动，现在他抬头望四周，拼力游向一块平坦的、灌木丛生的地方。那儿伸向河心，显得舒适宜人。他把美丽的姑娘带到旱地上，但是她已没有一丝气息。他绝望了，这时他眼前一亮，看到一条穿过树丛的人行小径。于是他重新背起这珍贵的包袱，走了不久就看到一所孤零零的房屋。他到了那里，遇到了好心人，那是一对年轻的夫妇。他们一看就知道发生了不幸和灾难。他略加思索，提出了他的要求，他们马上就照办了。他们燃起了一堆旺火，在床上铺了毛毯、兽皮以及其他取暖之物。当务之急是救人，为了使这美丽的、半僵的、赤裸的胴体苏醒过来，各种方法他们无不一一尝试。终于成功了。她睁开了双眼，看到了她的朋友，她伸出天使般的双臂，搂住了他的脖子。这样持续了很久很久。泪水涌出她的眼眶，这完成了她的康复。“我现在又得到了你，你还离开我吗？”她说。“永远不，”他喊道，“永远不！”他不知道他还要说些什么，他还要做什么。“你要保重，”他加了一句，“保重自己！要想到自己，为了你，也为了我。”

她想到了自己，现在才注意到自己的处境。她在她的爱人、在她的拯救者面前没有什么好羞耻的。可她高兴让他离开，因为他得照料一下自己，他浑身上下精湿，滴水不止。

那对青年夫妇经过商量，分别把他们的结婚礼服给这对青年人穿上，这套礼服还完好地挂在那儿。他们把这对青年人从头到脚、从里到外打扮起来，在很短时间之内，这对落难者不仅穿戴整齐，而且焕然一新。当他俩再度在一起时，两个人看起来光彩照人，彼此十分惊奇。怀着一种不可遏止的激情，他俩热烈地拥抱起来，为几乎难以辨认的打扮粲然微笑。青春的力量和爱情的欢愉，瞬间就使他们情欢意洽。所差的是缺少音乐，否则他们就翩翩起舞了。

从水里到陆地，从死亡到生存，从家庭圈子进入荒郊之地，由绝望而变为狂喜，由冷漠而变为爱恋、激情，这一切仅发生在瞬时之间，一个普通的头脑几乎无法理解。

他会脑涨欲裂，或者一片茫然。承受这样一种出人意料的惊喜，只有心灵竭尽全力才能胜任。

他们忘情于你我，好久才想起留在船上的人对他们的忧虑和恐惧，想到再次和他们见面时，自己又怎能没有忧虑和恐惧！“我们该逃走？还是该躲起来？”男的说。“我们应该待在一起，”她说着就搂住了他的脖子。

那位当地人从他俩口里知道了船搁浅的消息，没有多问什么就奔向岸边。船顺利地自江面缓缓驶来，人们费了很大气力终于使船从搁浅处驶了出来。船上的人一路行来，希望能重新找到落水者，因此那位当地人一边呼叫一边招手，引起了船上的人的注意。他跑到船容易靠岸的地方。不停地一边喊叫一边招手。船终于向岸上靠过来。当他们走下船来，出现了一个何等精彩的戏剧场面！这对相爱者的双亲首先冲到岸上，那位热恋中的未婚夫几乎昏厥过去。当这对青年穿着别致的衣服在树丛中出现时，他们的双亲简直不敢相信，他们亲爱的孩子已经得救。直到他们走近，仍几乎不敢相认。“我看到的是谁？”两位母亲喊出声来。“我看到了什么呀？”两位父亲叫道。两位得救的人儿跪倒在他们面前。“我们是你们的孩子呀！”他俩喊道，“是一对夫妻呀！”“请原谅！”姑娘说。“请为我们祝福！”青年叫道。“请为我们祝福！”两个人又一齐喊了起来。四周的人惊得瞠目结舌。“为我们祝福！”这第三次请求，又有谁能予以拒绝呢！

第十一章

讲故事的人说到这里停下了，或者不如说是讲完了。他这时已经注意到，夏洛蒂极为激动不安。她站了起来，默默地做了个道歉的动作，随即离开了房间。这故事她早就熟悉了。它就发生在上尉和一个女邻居身上，虽然不完全像这位英国人所讲的那样，但主要事实却没有变样，只是在个别地方做了较多的加工和润色。类似的事情，一经众口流传和由一个才思敏捷而兴趣高雅的人讲述，往往都是如此。

奥狄莉随着夏洛蒂走了出来，这也正是两位客人所希望的。这回轮到爵士有所察觉了，也许又犯了一个错误，讲的是这一家所熟悉的，或许甚至与她们有关呢。“我们千万不要，”他说道，“再惹出不快的事。我们在这儿受到盛情的款待，过得舒适惬意，可我们看来却没有给两位女主人带来什么快乐，我们应当用一种恰当的方式向她们告别。”

“我得承认，”那位旅伴说，“这儿有点儿什么在紧紧地吸引着我，不弄清楚，不了解得更详细，我是不想离开这家人的。爵士，昨天当我们带着手提暗箱穿过花园时，您在忙于选择一个风景如画的地点，没有注意到您身边发生的事情。您离开了大路，向湖边一个人迹罕至的地方走去，因为您觉得那对岸的景色绮丽。那时陪伴我的奥狄莉突然站住了，不肯随同前往，却请求允许她坐船到那儿去。我同她一齐坐上小船，这位楚楚动人的划船少女的熟练本领令我惊叹。我对她说，在瑞士也有迷人的少女当船夫，从那以后我还从没有像今天这样舒适地荡舟湖上：接着我情不自禁地问起，她为什么拒绝走那条小径，因为在她的回避之中确实流露出某种畏怯的窘迫神情。‘如果您不见笑的话，’她友好地回答说，‘我可以向您透露，虽然我自己对此也秘不可解。那条小路，我是从不走的，每次走时，都有一种独特的恐怖之感攫住我，这在其他任何地方我都不曾有过，我也无法解释是什么缘故。因此我宁愿不走那条小路，避免引起这种感觉，尤其是，我一走上这条路，平素常犯的左边头痛便发作起来。’我们上岸了，奥狄莉和您交谈起来。在此期间我去探究奥狄莉从远处向我清楚地指明的那个地点。我在那儿发现了石炭的明显迹象，这使我惊骇至极。这些迹象向我证实，在这儿稍加挖掘，就会在地底发现一个丰富的石炭矿。

“请您原谅，爵士，我看到您在微笑，也清楚地知道，我对这类您不相信的事情的热衷，您只是以一个明哲之士和朋友的态度加以宽容。但是，如果不对这个美丽姑娘和这种钟摆振荡①详加研究，我不能离开此地。”

每当谈到这种事情，爵士便提出反对意见，再次重复他的理由。那位旅伴总是谦逊和有耐性地听取，但最后依然坚持自己的见解、自己的希望。他也多次地解释，虽然这样的试验并非对每一个人都是成功的，但不能因此而放弃。相反，应更加认真更加彻底地进行研究，因为可以肯定地说，无机物之间的某些特性和亲缘关系，有机物和无机物的互相对抗以及有机物和无机物之间的某些特性和亲缘关系会显露出来，我们现在对此还一无所知。

他从随身带来的一个漂亮的小匣子里取出他的仪器：金环、硫

---

① 在十九世纪初，一些人包括科学家和哲学家都相信有的人对金属和水有一种特殊的感应。如果地下有金属和水，这样的人一走过便能感觉出来。用钟摆振荡的方法则能检验人是否有这种特殊的能力。在《歌德谈话录》中，歌德也谈到类似这种他认为是人体特异的现象。

铁矿石和其他金属材料。他把金属用线吊起来，悬在平放的金属上面开始做实验。“爵士，您尽管幸灾乐祸好了，”他说，“我在您的脸上看到了这种表情，恨不得我的这些东西没有一样转动才好。可我的实验只不过是一个借口而已，等两位女士返回来，她们就会感到好奇，问我们在做什么奇怪的事情。”

她们返了回来，夏洛蒂立即明白了这是怎么回事。“我时常听到这类事情，”她说，“但从来没有看到什么效果。您现在既然已准备齐全，那就让我试试，看是否在我身上起作用。”

她把线头提在手里，郑重其事，毫无杂念，始终握住这根线，但觉察不到有什么摇动。随后奥狄莉也来做实验。她提住钟摆，把它吊在平放的金属上面，比夏洛蒂更为平静，更为心安，更为无思无虑。可就在这一瞬间，悬吊着的金属薄片明显地旋转起来，变换下面的金属，转动的也就不一样，时而向一个方向，时而向另一个方向，时而做圆形运动，时而做椭圆形运动，或者沿着直线运动。这正是那位旅伴所期待的，甚至超出了他的期待。

爵士本人感到几分震惊，但是另一个人却由于快乐和好奇而不愿结束，请奥狄莉不断地重试和变换实验的各种花样。奥狄莉好心地满足了他的要求，后来她和颜悦色地请他不要再让她试下去了，因为她的头又痛了起来。他对此感到惊奇，甚至是狂喜，满腔热情地向她做出保证，说他能完全医好她的这种病症，若是她相信他的医疗方法的话。两个女人听了，有一会儿犹豫不决。但是夏洛蒂很快就懂得了他讲的是什么意思，婉转地拒绝了他的提议，因为她不能同意在她的周围做一件总是令她感到不安的事。

两位陌生人离开了这里，可他俩却以一种奇怪的方式，给她俩在不知不觉之中留下了好的印象，希望将来能在什么地方再度相逢。夏洛蒂利用天气晴好对邻居进行回访，这类事情几乎没完没了。附近的人家，近来都十分热情地向她表示关切，一些是出于友好的情意，一些仅是因为风俗习惯。结束了这些回访之后，在家里，孩子的目光使她感到欢愉，这孩子确实招人疼爱，令人操心。他是个奇怪的、简直可以说是神奇的孩子，匀称的身材长得强壮，极为讨人喜欢。尤其令人惊奇的是，孩子长得越来越显示出一种双重的酷似：脸部越来越像上尉，眼睛却越来越和奥狄莉难以区分。

由于这种奇特的相似之处，也许更多的是由于女性的柔情所致，对一个自己所爱的男人的孩子，虽说是另一个女人生的，也会怀着一种温柔的爱。对奥狄莉来说，她就是这成长中孩子的母亲，或者更准确地说，是另一种类型的母亲。每当夏洛蒂离开，奥狄莉就同孩子和侍女在一起。南妮一段时间以来早已回到她的双亲那里，她对这个男孩怀着妒忌，因为她的女主人似乎把全部的情意都用在他身上了。奥狄莉经常抱孩子到户外，习惯到远处散步。她随身带着奶瓶，需要时就给孩子喂奶。在这种时候，她很少不带一本书在身边。这样，她把孩子抱在怀里，一边读书，一边漫步，宛如一个沉思中优雅娴静的少女[①]。

第十二章

战争的主要目的已经达到，爱德华胸前挂着勋章光荣地离开了

① 原文为意大利文，意为沉思默想的女人。“沉思者”是古代画家一个十分喜爱的题材。

军队。他立即返回那座小庄园，在那里他知道了有关他的家人的详细消息。事先他就让人在她们不知道、不注意的情况下对她们详加调查。他对这个安静的隐居之地极为满意，因为根据他的指示，在此期间庄园增添了某些设施，做了某些修缮和改进。虽说住地不够宽敞，但却通过内部装饰而主要是在舒适方便上弥补了设备和环境方面的缺欠。

一向习惯于处事果断的爱德华，这时决定处理那件经过长时间深思熟虑的事情。首先他召来少校[①]。朋友再度见面异常高兴。青年时代的友谊有如亲缘关系一样，有着极大的长处，不管相互之间发生了什么样的芥蒂和误会，也不会从根本上受到损害。一段时间之后，旧的关系又会恢复如初。

爱德华兴高采烈地款待朋友，问起了他的情况，运气如何，是否一切都如愿以偿。随后他半开玩笑地亲昵地问起，是否业已找到了意中人，结成良缘。这位朋友十分严肃地予以否认。

“我对你既不能也不会有所隐瞒，”爱德华继续说道，“我必须立即向你说出我的想法和我的打算。你知道我对奥狄莉的热恋，你也早就了解，就是因为她的缘故，我才去参加了这场战争。我不否认，我希望了结我的一生，没有她，我的生命毫无价值可言。同时我也必须向你承认，我下了这分狠心，认为事情是完全无望的。可同她在一起的幸福是那样美好，那样值得向往，这使我不可能完全把它放弃。某些令人快慰的预感，某些令人高兴的迹象，坚定了我的信心、我的狂想：奥狄莉会成为我的。一个玻璃杯上刻有我们两人名字的头一个字母，在举行奠基典礼时它被抛向空中，却没有

① 即第一部的上尉，已擢升为少校。

摔碎；它被接住了，重又回到了我的手里。当我在这个寂寞的地方度过了那么长久的疑虑重重的时间之后，我对自己喊道：‘我要自己来代替这只玻璃杯去做一个征兆，看看我们的结合究竟可能还是不可能。’于是我去参加战争，寻求死亡，我这样做不是出于疯狂，而是希望活下来。奥狄莉就是对我去战斗的褒奖。在敌军后方，在战壕里，在被包围的要塞中，她就是我希望获得的、希望占有的。我怀着热望，要创造奇迹，生存下来，这意思就是，去获得奥狄莉，而不是失掉她。这种情感引导着我，它帮助我摆脱了所有的危险。现在我觉得我达到了自己的目的，克服了重重的障碍，没有什么阻挡我了。奥狄莉是我的，而在这种思想和这种思想的实现之间还有什么，在我看来已变得无足轻重。”

少校回答说：“你用寥寥数语就勾销了人们反对你的做法的理由，但是这理由现在必须重复一遍：你同你夫人之间的关系的全部价值在呼唤你回头，这你自己去思量好了。你对她，你对你自己负有责任，对此你不应当茫然无知。当我一想到，你们有了一个儿子，那我必然要同时说，你们彼此永远属于对方。为了这个孩子，你们有责任共同生活，你们要共同为了他的教育和他的未来幸福而操劳一生。”

“若是做父母的自以为他们的存在对孩子是如此必不可少，”爱德华回答说，“那不过是他们的一种狂妄无知罢了。凡是生活着的一切，都能找到营养和帮助。如果一个儿子的青年时代因父亲早逝而生活得不是那么舒适和幸运的话，他也许正因此而能更快地获得有益于社会的知识，及时地认识到，他必须适应一切，而这是我们大家迟早都要学会的。这儿谈的根本不是什么我们富有，能养活更多的孩子的问题，把这么多的财富用在一个人身上，这既不是义务，也不是好事。”

当少校用一些话点明夏洛蒂的价值和爱德华同她很久以来就存在着的关系时，爱德华激烈地打断了他的话，说道：“我们做了一件蠢事，这我看得很清楚。若是有谁到了一定年纪还要实现他从前青年时代的心愿和希望，那他就是在永远欺骗自己。因为人的每一个十年都有他特有的幸福、他特有的希望和前途。一个人由于环境或由于妄想而前进或后退，那他就太痛苦了！我们做了一件蠢事，难道一辈子就这样下去了吗？时代的风尚不肯许诺给我们的，难道我们就因此而顾虑重重地放弃？在许许多多事情上，人们打消了他们的决心，停止了他们的行动，然而恰恰在这件事情上不应当如此，这关系到的是整体而不是局部，关系到的不是生活的这一个或那一个条件，而是生活的全部总和！”

少校以一种同样雄辩和有力的方式向爱德华说明他同他的妻子、同他的家庭、同社会、同他的家业的种种不同关系，但是他无法激起爱德华对此的任何关心。

“所有这一切，我的朋友，”爱德华说，“我在灵魂深处都想过了。在战争的喧嚣之中，当大地被持续不断的炮声震得颤抖时，当子弹啸叫着，击倒我身边的伙伴，把我的战马射中，把我的帽子穿了个洞时，我想起了这一切。在布满繁星的天穹下面，在安静的篝火之旁，这一切在我的眼前浮动，随之所有与我有关的一切都出现在我的灵魂之前。我仔细地想过了这一切，感受到了这一切。我找到属于我的，我感到了满足，我不断重复这样的想法，永远这样。

“在这样的时刻，我不能对你隐瞒，我也想起了你，你也是属于我所关心的人。长久以来，我们不是早就休戚相关了吗？如果说我有负于你，那么现在是向你本利偿还的时候了。如果你有负于我，那么你将看到你能对我做出报答。我知道，你爱夏洛蒂，她值得你去爱。我知道，她对你并非无动于衷，那她为什么不应当认识你的价值呢，你从我这里把她带走吧，把奥狄莉领来给我！那我们就成了地球上最最幸福的人了。”

“正因为你用如此高贵的礼物想使我动心，”少校回答说，“我就必须更谨慎、更郑重才是。你的建议，虽然我内心表示敬重，但它不会使事情迎刃而解，也许反而会更为棘手。事情牵涉到了你，也牵涉到了我，关系到命运，也关系到名声，关系到两个男子汉的名誉。他们直到现在没有污点，从未受到责难。可通过这样一种奇怪的交易——如果我们不想用别的字眼来称呼它的话——就会使我们陷入危险，在社会面前出乖露丑。”

“正因为我们没有任何污点，”爱德华说，“这就给予了我们也去受一次责难的权利。谁在他的整个一生中证明自己是个诚实可信的人，那他所做的交易就会诚实可信。若是换一个人去做，就会使人感到可疑。就我而言，经过我最近加于自身的考验，我曾为他人甘冒风险，不畏艰难，我觉得我也有权利为自己做点儿事情了。至于你和夏洛蒂，让未来决定好了。我的主意已定，你不能，也没有人能阻拦。如果有人向我伸出手来，那我也乐意伸出手去。若是人们任凭我们自己而不从旁相助，或者加以反对，那必然会发生极端之举，恐怕也只好听之任之了。”

少校把尽可能长久地抵制爱德华的打算看作是自己的义务。为了反对他的朋友，他采用了一个聪明的手法，表面上看，他似乎是屈从了。他转移话头，谈到如何实现这次离婚和随后结婚的形式以及一些事务性的问题。于是就出现了某些令人不快的、棘手的、不合时宜的事，这使爱德华心绪恶劣至极。

“我算看清了，”他终于叫起来，“我们所希望的，不仅仅得从我们敌人手里，而且也得从朋友手里夺取。我所想要的，我所不可缺少的，我要紧紧地盯在眼里，我要得到它，肯定能很快很利落地得到它。我知道得很清楚，这一类的关系，无所破便无所立，无所灭便无所生。这样的事情光靠冥思苦想不成。在理智面前，一切权利都是平等的。当天平的一面翘起时，总得在另一面加上重量使它平衡才是。我的朋友，为了我，为了你自己，采取行动吧。为了我，为了你自己，把这团东西解开、厘清、联结起来吧！不要被他人所左右。社会已经对我们有所议论了，它还会再度议论的。随后呢，正如通常那些不再令人感到新奇的事情一样，我们就被忘记了，对我们所做的也就无所谓了，对我们也就不再感兴趣了。”

少校没有别的办法，最后只好随爱德华的便，任凭他把事情看作人所共知、十拿九稳的，任凭他谈一些细节的处理，甚至开心地谈论美好的未来。

随后爱德华严肃地说道：“如果我们靠希望和期待，认为一切都会自行到手，那是一种该受惩罚的自欺。照这样下去，我们不可能救助自己，不可能恢复各方面的安宁。我怎么能使自己感到宽慰呢，因为我对所有的人有罪，可我是无辜地犯下这些罪行的！由于我的迫切要求，我说服了夏洛蒂，把你请到家中，随着这种变化，奥狄莉也出现在我的面前。此中发生的事情，我们无法主宰，但是使业已发生的事情变得无害，并引导使之利于我们的幸福，这却是我们能够主宰的。难道你愿意把目光从为我们展示出来的美妙可爱的远景移开吗？难道你愿意我，愿意我们大家都陷入一种可悲的断念之中吗？你只消想一想，事情必然是如此：我们回到旧日的状态，去忍受某些不适、不快和令人厌恶的东西，而一些美好和快乐的东西则无法从中产生，事情不就这样明摆着吗？如果你不来拜访我，不同我一起生活，难道你现在所处的顺利环境就能使你感到快乐？不，在事情业已发生之后，只会感到难过。夏洛蒂和我，连同我的产业一道，只能处在一种悲惨的境地。如果你和那些凡夫俗子一样，相信岁月和远离会使这些感情变得迟钝麻木，深深的痕迹会被抹去，那么在这些岁月中，人们恰恰不应当在痛苦和匮乏中熬煎，而应当在欢乐和幸福中度过。最后，还有最重要的一点要说：如果说不管怎样，根据我们所处的内外环境，我们还是能够等待的话，可奥狄莉，一旦她离开我们的家庭，踏入社会，缺少我们的照料，在这个邪恶的、冷酷的世界里悲惨地东跌西撞，又会变得怎样呢？如果你能给我描绘出在一个没有我、没有我们的环境中，奥狄莉能幸福地生活，那你就算是说出了一个论据，这比其他任何论据都更为有力，即使我不同意，即使它也不能使我屈服，我还是非常愿意重新加以审视和考虑的。”

这个任务并非那么容易完成，至少少校对此想不出适当的答案。他只有一再重复地提醒，整个事情十分重大，十分复杂，从某种意义上看也十分危险。倘若去办的话，那至少必须慎之又慎，考虑再三。

爱德华表示同意，但有一个条件，那就是在他们对事情取得完全一致和采取最初一些步骤之前，他的朋友不能离开他。

第十三章

完全陌生和彼此冷漠的人，经过一段时间的共同生活就会互诉衷情，一种信赖感就会油然而生。我们的这两位朋友，他们再度同居一地，朝夕相处，彼此之间无所隐瞒，自然就更可想而知了。他们重温昔日的情景，少校据实相告，夏洛蒂早就准备在爱德华由旅途返归时，把奥狄莉介绍给爱德华，她同意这个可爱的姑娘那时同他结为夫妇。爱德华对这个情况的透露欣喜若狂，于是毫无顾忌地谈到夏洛蒂和少校彼此间的爱慕，他对此加以绘声绘色的描述，因为他觉得这对他也是感到惬意和有好处的。

少校对此既不能完全承认，也不能完全否认，但是爱德华却越来越坚定、越有把握。他把这一切想得不仅是可能的，而且是已经发生的。各方面只需同意，所希望的就能实现。离婚一事肯定可以办妥，随之各方的结合会相继而至，爱德华要同奥狄莉外出远游了。

在想象力所描绘的舒适快意之中，相爱的人，年轻的夫妇，到一个清新的世界去享受他们清新的爱情，到一个变幻不定的环境中去考验和证实一种长久的结合，恐怕没有比这更富有魅力的了。而少校和夏洛蒂在此期间呢，他们拥有全权，对所有的田产、财富以及地面上的设施加以管理，并且按照法律和公平的原则进行安排，使各方皆大欢喜。但有一点是全盘中的基础，他觉得这是最大的有利之处，就是孩子留在母亲身边，这样少校就会对孩子进行教育，按照他的观点进行引导，施展他的才能。洗礼时给孩子命名为奥托——与他和少校的名字相同，这可不是白起的啊。

爱德华觉得一切就绪，他一天也不能再等了，急于把事情付诸实现。他们在返回庄园的路上先是到了一座小镇，爱德华在这里有一所住宅。他本想留在这里，等待先行一步的少校返回。可他无法克制自己，想立刻回到家园，于是他陪着朋友穿过了这个地方。两人策马而行，在事关重大的交谈之中，不知不觉走了很远。

突然间他们望见了远方高地上的那座新居，他们还是首次看到它的红砖闪闪发光。一股不可抗拒的相思之情涌上爱德华的心头。他恨不得在今天晚上就把一切都办妥，在毗邻的一个小村庄里，他要躲一躲。少校先去夏洛蒂那里，把事情做必要的介绍，使她的谨慎为之一震，借助一种出乎意料的提议迫使她敞开心扉。因为爱德华把他的愿望也看作她的愿望，他不相信其他，只相信，他这样做是迎合了她那强烈的愿望，希望从她那里尽快得到允诺，除此没有别的意愿。

他欣喜地看到幸福的结局就在眼前。他要少校燃放几枚花炮，快速地把消息通知待在远处的他，若是天黑的话，就燃放一些焰火。

少校策马向府第驶去。他没有找到夏洛蒂，得知她眼下住在高地上的新居里，可现在到邻近庄园做客去了，也许今天不能很快返回。他返回到那家客店，事先他就把马存放在那里了。

在此期间，爱德华被一种不可遏止的焦躁所驱使，偷偷地从他的匿身之处溜了出来，穿过寂静的、只有猎人和渔夫才熟悉的小径，奔向他的庄园，傍晚时分他来到了湖旁的丛林地带。湖水平静如镜，他第一次看到它如此澄明、洁净。

奥狄莉这天下午在湖边散步。她抱着孩子，习惯地边读书边走路。她来到了橡树旁的渡口。孩子已经入睡，她坐了下来，把他放在身边，继续读书。这本动人心弦的书令她爱不释手。她忘记了时

间，没有去想上岸之后在陆上还要走一大段路才能回到新居那里。她忘情于书，忘情于自己，看起来那样妩媚动人，甚至连她周围的树木、草丛都活了起来，睁大了眼睛望着她，怀着妒羡和喜悦之情。这时西沉的太阳在她身后涂下了一缕红光，把她的面颊和双肩染成一片金黄。

爱德华一直顺利地潜行了很远，没有被人注意。他到了他的庄园，到了附近的地带，发现空无一人，于是大着胆子继续前行。终于，他穿过了橡树旁的丛林，看到了奥狄莉，她也看到了他。他向她飞奔而去，投身在她的脚下。一段长时间的沉默，他们在寻求握住对方的手。随后他用三言两语向她解释，他为什么，又是怎样回到了此地。他已把少校派到夏洛蒂那儿，他们共同的命运也许在这一瞬间已经决定了。他从不怀疑她的爱情，她也肯定不怀疑他的爱情。他恳求她的应允。她犹豫不定。他向她起誓，他要提出他昔日的权利，想把她拥入自己的怀里。她指了指身边的孩子。

爱德华看到孩子，感到愕然。“伟大的主啊！”他喊了起来，“如果说我有理由怀疑我的妻子、我的朋友的话，那这个孩子便会成为反对他们的可怕的证人，这难道不是少校的模样吗？如此相像我还从没有见过。”

“不是这样！”奥狄莉回答，“所有的人都说孩子像我。”“这是可能的吗？”爱德华问，就在这一瞬间孩子睁开了双眼，目光是如此明亮，如此柔和。孩子那么懂事地望着这个世界，他仿佛认识眼前这两个人似的。爱德华倒在孩子身边，他又一次跪在奥狄莉面前。“这是你！”他喊道，“是你的眼睛。啊！让我只看你的眼睛。让我抛一块布遮盖住那赋予这孩子以生命的不祥的时刻。丈夫和妻子各怀异心，陌生地拥抱在一起，热烈的相思亵渎了合法的结合，难道我该用这不幸的思想来使你那纯洁的灵魂受惊？或者说，我们已到了这种地步，因为我同夏洛蒂的关系必须结束，因为你会成为我的，为什么我不应当这样说呢？为什么我不应当说出这样严酷的字眼：这孩子生于双重的通奸！这孩子把我同我的妻子分开，把我的妻子同我分开，他本应该把我们结合在一起才是。尽管这孩子为我做证，尽管这双明亮的眼睛对着你的眼睛说：'我即使在另一个人的怀抱里，也是属于你的。'可奥狄莉，你能感觉到，真的能感觉到，我只有在你的怀抱里才能赎清我那次犯下的过失、那次犯下的罪恶！"

"听！"他喊道，随即跳了起来，相信是听到了一声枪响，以为是少校发出的信号。可这是邻近山里一个猎人放了一枪。随之一片寂静，爱德华变得焦躁起来。

现在奥狄莉才发觉，太阳业已西沉，残阳最后从高处房屋的玻璃窗上反射出余晖。"你快离开，爱德华！"奥狄莉喊道，"我们这么长时间不见面，这么长时间都忍耐了。要想一想，我们两人对不住夏洛蒂。由她来决定我们的命运吧，我们不要先她而自作主张。如果她允许的话，我会成为你的，她不同意，那我必须断绝这个念头。既然你相信，决定业已临近，那就让我们等待吧。你到村里去，少校估计会在那里。不知会发生什么事情需要解释呢。少校若谈判成功就用一响燃放的花炮声来通知你，这是真的吗？也许他现在还四下找你呢。我知道，他没有遇到夏洛蒂，他可能迎她去了，因为有人知道她去那儿。各种情况都有可能发生！让我走吧！现在她一定回来了，在上面等着我和孩子呢。"

奥狄莉说得匆忙急促。各种可能性她都考虑到了。在爱德华身旁，她是幸福的，可她感到，她现在必须离开他。"我求你，我恳求你，亲爱的人！”她说道，“快回去，去等着少校！”“我听从你的命令。”爱德华说，他满怀深情地凝视着她，然后把她紧紧拥入怀抱。她用两臂抱住他，柔情地把他拥在她的胸前。希望像一颗星星从天而降，从他们头上落下。他们在思想，他们相信彼此属于对方。他们第一次相互热烈而纵情地接吻，随后又不情愿地、痛苦地分开了。

太阳完全沉落。天色变得一片朦胧，湖畔散发着湿气。奥狄莉茫然地站在那里，随即动身上路。她朝着高处房屋望去，相信看到了高台上夏洛蒂的白色衣服。湖边的弯路很长，她熟悉夏洛蒂等待孩子时的那种焦急不耐。她越过那片梧桐树林，只有湖面把她同那条通向房屋的小径分了开来。她的思想和她的眼睛一样，早已飞到了那里。和孩子一道乘船而感到的担心，在这种急迫的心情中消失得无影无踪。她奔向小船，她没有察觉到她的心在狂跳不已，她的双脚摇晃不定，她的各种感官失去了作用。

她跳到船上，抓住桨，推船离岸。她得用力气，不断地用桨推船，她左臂抱着孩子，左手拿着书，右手拿着桨。她摇晃起来，跌倒在船上。桨脱手了，飞到另一侧。她要保持身体平衡，孩子和书从她手臂滑出，跌到另一侧，落进水里。她只抓住了孩子的衣服，但是她的不利的位置妨碍她站立起来。右手空了，但她无法使自己转过身站立起来。到最后她总算把孩子从水中拽出，可孩子的双目紧闭，已经停止了呼吸。

就在这一瞬间她的神志完全恢复了，可她的痛苦却是那么巨大。小船几乎到了湖心，船桨漂到了远处。她向岸边望去，空无一人，即便看到人，对她又有什么用处呢！她孤立无援，在这反复无常、孤僻乖戾的元素上面漂移。

她试着自己救助自己。她时常听到救助溺水者的办法。还在她过生日的那天晚上，她就亲身经历过这样的事情。她把孩子的衣服脱下来，用她的纱衣把孩子擦干。她敞开自己的怀，第一次在光天化日之下袒露出她的前胸，第一次把一个活着的生物拥到她那裸露出来的纯洁乳房之上。啊！他不是活的了。这不幸的孩子四肢僵冷，使她的胸脯发冷，直冷到内心深处。泪水从她的眼中不断地涌出，滴在僵硬的孩子上半身上，使得他仿佛有了温暖和生机。她不停地尝试，用围巾把孩子裹起来，抚摩，按摩，呼气，用亲吻，用泪水，用这些办法来代替她在这个僻静无人之处无法得到的救护。

一切都归于无效！孩子一动不动地躺在她的臂弯里，小船静静地停在湖面。但即使在这时，她那优美的情感也没有使她变得完全绝望。她仰望上苍，跪倒在船上，用双手把僵硬的孩子举过她那纯洁的胸脯，他洁白晶莹，可惜也像大理石一样冰冷。她眼含泪水，抬头仰望，呼唤着上天的援救，如果世上到处都缺少慈悲的话，那么一颗温柔的心是希望在上界那里找到至高的恩惠。

她也不放弃向群星求援，它们已开始烁烁闪光。一阵轻风生起，把小船向梧桐树那边吹去。

第十四章

奥狄莉跑回新居，呼唤外科医生，把孩子交给他。这个遇见任何事情都镇静如常的人，按照通常的方法仔细地检查幼小的尸体。奥狄莉站在他的身旁帮忙，拿取需要的物品，她在设法，可她像是在另一个世界里游动，因为至大的灾难和至高的幸福改变了对一切事物的看法。经过全面仔细的检查之后，这个诚实的人摇了摇头，先是对她充满希望的问询缄默不语，随后轻轻答了一个“不”字。她离开了夏洛蒂的卧室——这一切都在这里进行——她刚一踏进起居室，还没来得及走到沙发跟前，便心力交瘁，一头栽倒在地毯上。

就在这时候，夏洛蒂来到门前。外科医生恳切地请求周围的人留下别动，他去迎她，让她有所准备。可夏洛蒂已进入她的房间。她看到奥狄莉倒在地上，一个女仆哭喊着向她冲了过来，外科医生走了进来，她突然间什么都明白了。她怎能一下子就放弃希望呢！那位经验丰富、机智聪明的医生只是请她不要去看孩子。他起身离去，佯称用新的办法再试一次，以使她感到一线安慰。夏洛蒂坐在沙发上，奥狄莉还倒在地上，但已移近到夏洛蒂的膝前，把她那俊美的头伏在夏洛蒂的膝上。那位医生朋友走进走出，表面上是在关怀孩子，实际上却在为两位妇女担心。就这样一直到了午夜，死一般的寂静越来越深沉。夏洛蒂不再装假了，她知道孩子绝不会再活过来。她要求去看一看孩子。孩子已用暖和的棉布干干净净地裹了起来，放在一个篮子里，人们把他放在沙发旁，夏洛蒂的身边。孩子只露出脸，躺在那里，安详而清秀。

这件不幸的事情很快就在村子里引起了震动，消息随即传到了那家客店。少校踏上他熟悉的道路，来到之后，先在房屋外转了转，拦住一个正奔向楼里取东西的仆人，了解了详细情况，并让他把外科医生叫来。医生来了，为老朋友的出现感到惊奇，少校向医生报告了现下的情况，并去通知夏洛蒂，使她对见面有所准备。医生来到室内，当即和夏洛蒂交谈，最后使她理解到，依照他的意思和想法，朋友的关怀和前来是不可少的。毋庸多说，她知道了，她的朋友就在门外，但已一切尽知，希望让少校进来。

少校进入室内，夏洛蒂面带痛苦的微笑向他表示欢迎。他站在她的面前，她揭开盖在孩子尸体上的绿绸，借助蜡烛的暗淡光亮，他看到了他本人的一幅僵化了的肖像，心中不无一种神秘的惊悸。夏洛蒂指了指椅子，于是他俩相对而坐，默默无言，直至深夜。奥狄莉依然一动不动地伏在夏洛蒂的膝盖上，她的呼吸匀和，她入睡了，或者说好像入睡了。

晨光熹微，烛光已灭，两个朋友仿佛从一场昏沉沉的梦中醒来。夏洛蒂望着少校镇定地说道："我的朋友，告诉我，是什么样的天意使你来到这儿参加这场丧事？"

少校轻声地回答，就像她那样轻声地问话一样，仿佛他们不想惊醒奥狄莉似的。他说："现在不是说话遮遮掩掩、拐弯抹角、慢慢腾腾的时候和场合。您现在的处境是如此令人震惊，使我为之前来的重大事情已失去了它的价值。"

他非常平静和简短地向她陈述了爱德华派他前来的目的和使命，向她陈述了他本人到此的目的、他的自由的意愿和他自身的利益。这两方面的意见他都说得十分委婉，然而也十分率直。夏洛蒂安静地听他讲，似乎既不表示惊讶，亦不觉得反感。

少校讲完了，夏洛蒂回答的声音非常低微，他为了能听得清，把椅子往前挪了挪。她说："像这样的情况我还从没有遇到过，但是处于类似的境地我总是一再对自己说：'明天会是什么样子？'我非常清楚，现在许多人的命运掌握在我的手中。我该怎样去做，对此我毫无怀疑，并且不久我就要说出来，我同意离婚。我本该早就做出这样的决定，由于我的迟疑不决，由于我的反对，孩子死了，是我杀死了他。有些事情是由命运在顽强地主宰着。理智和道义，义务和所有神圣的一切同它对抗都是无济于事的。它认为是对的，那就会发生，我们认为是不对的也不行。我们可以表达出我们的要求，可终归是由它说了算。

“我有什么可说的呢！命运本来把我的希望、我的意愿重新纳入轨道，可我却轻率地与它对抗。难道我本人没有想到奥狄莉和爱德华是一对佳偶吗？难道不是我本人设法使他俩接近吗？我的朋友，您本人不是也知道这项计划吗？我为什么不能把一个男人的任性与他真正的爱情区分开来？我为什么接受他的求婚？为什么不作为一个朋友使他和另一个女人幸福？您只消看看这个不幸的沉睡的人就够了！当她从她那半死的昏睡中醒来时，那一瞬间我会浑身颤抖的。若是她不能企望用自己的爱情去弥补由于她而丧失的一切，那她怎能活下去，怎能使自己得到安慰？她能够用倾慕和激情去爱他，使他重新得到一切。如果说爱情能忍受一切，那么爱情更能弥补一切。在这个时刻我本人是无须顾及的。

“亲爱的少校，您悄悄地离去吧。您告诉爱德华，我同意离婚。我把整个事情交给他、您和米德勒处理，我对我的未来是不担心的，不管从哪种意义上说都没有问题。给我的任何文件，我都签署。但是不要要求我去协助，去考虑，去出主意。”

少校站了起来。她从奥狄莉身上伸过手来。他用嘴唇吻了吻这可爱的手，随即轻轻地说：“那么我可以希望什么呢？”

“让我不向您做出回答吧，”夏洛蒂说，“我们没有犯下该使我们变得不幸的过失，可我们也不应当得到在一起的幸福。”

少校起身离去，内心为夏洛蒂深深地感到悲哀，却不怎么为死去的孩子感到难过。他觉得这样一种牺牲对各方面的幸福是必要的。他在想象奥狄莉两臂抱着她自己孩子的景象，这是对爱德华的损失的最最完整的补偿；他在想象夏洛蒂胸前的一个儿子，有更多的理由认为这孩子比死去的那个更像他本人。

在返回客店的路上，这样一些迷人的希望和画面在他的灵魂深处浮现出来。他找到了爱德华，原来他整夜都留在户外等待少校，因为既没有燃放焰火也没有花炮向他通知事情成功的消息。他业已知道了那件不幸的事，他并不为这可怜的孩子感到难过。虽然他内心不完全承认，可他把这件事看作一种天意，它一下子扫清了在他幸福路上的任何障碍。少校很快把他妻子的决定告诉了他，并劝告他返回那个小镇，在那儿考虑和安排下一步要做的事。他听从了。

少校离开之后，夏洛蒂坐在那儿，陷入沉思之中，但只有几分钟的时间，奥狄莉就抬起头来，睁大了双眼，望着夏洛蒂。她先是从她的怀抱中立起身来，随后从地上站起，立在夏洛蒂的面前。

“这是第二次了，”这个美丽的姑娘面带一种不容抗拒的、优雅而严肃的表情，开始说道，“这同样的事情，是我第二次遇到了。你曾经告诉过我，人们在一生当中经常以相似的方式遇到相似的事情，并且总是在关键的时刻。我发现这种看法是正确的。我必须向你吐露真情。在我母亲死后不久，那时我是一个小孩子，我把我的小椅子搬到你的身边，你当时坐在沙发上，就像现在这个样子。我的头靠在你的膝上，我没有睡，也没有醒，我在打瞌睡，周围发生的一切，我都知道，特别是讲的那些话，我听得清清楚楚。可我不能动，我说不出话来，即使我想那样去做，我也无法表示出来，我心里明白极了。那时你同一位女友谈到了我，你为我的命运难过，在这个世界上我成了一个可怜的孤女。你描述了我寄人篱下会是怎样的处境，若不是一颗特殊的幸运之星在我的头顶上空升起，我真不知该是何等的悲惨。这些话我听得一清二楚，你对我的期望，你对我的要求，也许是太严格了，按照我有限的智力，我把你说的当成了法规，我长期以来按它生活，就是你对我爱怜，为我操心，把我接到你家里的时候，我也依然按它做人，按它行事，此后的一段时期也是如此。

“但是我滑出了正路，我破坏了我的法规，我甚至丧失了对这种法规的感情。在经过这样一场可怕的事情之后，你又一次指明了我的境况，这次比头一次更为悲惨。我躺在你的怀里，半僵不死。像是从一个陌生的世界，我又一次听到你那低微的声音就在我的身边。我了解了我所处的境况，我对我自己感到吃惊。但正如头一次一样，这次我在半死半睡之中也为我自己规定好了一条新的道路。

“我下了决心，我过去是怎样想的，现在为什么做出这样的决定，都必须让你知道。我永远不会成为爱德华的人！上帝已经用一种可怕的方式睁开了我的双眼，我犯下了什么样的罪过啊！我要为此赎罪，没有人能改变我的这个主意！亲爱的，好心的人，采取你的行动吧。让少校回来，给他写信，让他什么也不要做。当他离开的时候，我是多么害怕啊，我连动都无法动。我想跳起来，想喊叫：‘你不该让他怀着这样罪恶的希望离去’！”

夏洛蒂看清了也感觉到了奥狄莉的处境，但是她希望通过时间和劝说使她改变主意。可当她刚说了几句暗示未来、暗示痛苦的减轻、暗示希望的话时，奥狄莉就大声叫了起来：“不！你别想说服我，不要来欺骗我！当我知道你同意离婚之时，就是我在同一个湖里为我的过失和我的罪恶赎罪之日。”

第十五章

在幸福、安定的相处之中，亲戚、朋友、家人，当他们在一起谈论——有着比必然和当然更多的原因——已发生或者将会发生的事情时，当他们彼此之间反复告知他们的打算、他们的行动、他们的作为时，虽说相互并不听取别人的劝告，可做起来，却急人所难的样子。与此相反，在重大的关头，特别是急需别人的支持、别人的鼓励的时候，却发现每个人都避犹不及，每个人都各干各的，每个人都以自己的方式去施加影响，而相互之间却掩饰个人所用的手段，只有结果、目的和赢得的成功才公之于众。

在如此多奇怪和不幸的事情发生之后，这两位妇女就笼罩在某种寂静的、严峻的气氛之中，然而这种严峻却是通过一种亲切诚挚和相互体贴表现出来的。夏洛蒂暗地把孩子葬在小教堂那里。他安息了，是一种预兆不祥的关系的第一个牺牲品。

夏洛蒂尽可能地恢复往常的生活，她首先发现，奥狄莉急需她的帮助。她这样去做，但不使奥狄莉有所察觉。她知道，这个天使般的姑娘是多么地爱着爱德华。她把灾难发生前的种种情景一一进行了回忆，那些情况她都一清二楚，一半是从奥狄莉那里，一半是从少校那里知道的。

在奥狄莉这方面，她使夏洛蒂眼下的生活变得轻松。她是坦率的，甚至变得健谈起来，可她从不谈论当前或者前不久发生的事情。她总是在观察，在留意，她知道许多东西，现在都可以派上用场了。她为夏洛蒂解闷，她使她得到消遣。夏洛蒂这时则暗地里一直怀着希望，想看到她所珍爱的这一对人成为夫妻。

但奥狄莉却另有想法。她向夏洛蒂揭示了她生活途程上的秘密，她正从往日的樊篱，从她的顺从之中解脱出来。通过悔恨，通过决心，她感到自己已摆脱了那次过失、那个不幸的重负。她不再需要克制自己的那种强力。只有在完全断念的条件下，她才在心灵深处宽恕了自己，而这个条件对于未来是必不可少的。

一段时间就这样过去了。夏洛蒂觉得，房屋、花园、湖水、崖石、树林每天只是使她俩心中的悲哀之情翻新变样。显而易见，必须改换一下地方，可究竟怎样去做，却不那么容易做出决定。

两位妇女还要住在一起吗？爱德华先前的意愿似乎是这样要求的，他的声明，他的威胁是非这样做不可。这两个女人虽然都有着善良的意愿、充分的理智，并且竭尽全力，但却是在一种令人难堪的环境中相处，这点有谁看不出来呢？她们的交谈互存戒心，有时她们倒是高兴不要完全听懂对方的话，懂得一半就行了。可更多的时候，一句话就会造成误解，虽说不是由于理智，至少也是由于情感所致。她们唯恐伤害对方，然而恰恰这种恐惧是最易受伤害的，也是最易伤害人的。

谈到变换一下地方，彼此立即分开，至少分开一段时间，这样一来，那个老问题就又被提了出来：奥狄莉到哪儿去？那个有钱人家曾提出要奥狄莉陪伴一个大有希望继承遗产的女儿，但几次尝试都归于失败。男爵夫人最近那次见面时提过，近来又有信催促，要夏洛蒂把奥狄莉送到那里。现在夏洛蒂又一次提起此事，但奥狄莉断然拒绝前往，到那儿她会发现，那是一个人们通常称为是大世面的地方。

“亲爱的姨妈，”她说，“为了表明我并不褊狭和固执，我想说说我在另一个场合所不想说的话。一个少有的不幸的人，即使他是无辜的，那也是被人以一种可怕的方式加以描绘了的。他的在场会激起所有那些看到他和发现他的人的一种恐怖感。每个人都想看看他身上的可怕之处，每个人都对他感到好奇，而同时又感到恐惧。这样，在一个发生灾难的家庭中，在一个发生不幸的城市里，每一个身居其中的人都会惊骇万分。在那里，白昼的日光不再那么明亮，星星也像是失去了它们的光辉。

“对这样一些不幸的人，人们的轻率、愚蠢的强求和笨拙的好心，虽说也许都是可以谅解的，但造成的伤害却是多么大啊！我说这话，请您原谅。那时，绿茜安把那个可怜的病姑娘从家中藏身的那个房间中拖出来，友好地对待她，好心地逼她去跳舞和做游戏，我和那个姑娘一道感到难以置信的痛苦。当那个可怜的姑娘感到恐惧，越来越害怕，最后逃开并昏厥倒地时，我看在场的人都惊愕万分，激动起来，每个人都开始对这个不幸的人产生了一种好奇之心。那当儿我没有想到，这样一种类似的命运在等待着我。可我那时的同情之心是真挚的、热烈的，到现在依然明显地可以感觉到，现在我可以把这种怜悯用在自己身上了，但我要避免自己陷入类似的处境之中。”

“亲爱的孩子，”夏洛蒂说，“可是没有哪个地方你能避开人们的目光啊。我们没有修道院，否则在那里可以为这样的感情找到一个避难所。”

“寂寞孤独并不是避难所，亲爱的姨妈”，奥狄莉回答说，“只有在我们勤奋工作的地方才能找到最珍贵的避难所。所有的赎罪和所有的匮乏绝不能使我们摆脱一种不祥的命运，若是它决心对我们进行追逐的话。若是在懒散的状态下，我成为大家所注视的人，那我感到厌恶，感到畏惧。若是人们看到我在快乐地工作，不懈地尽自己的义务，那我能忍受任何人的目光，因为我在神的面前无须感到羞愧。”

“如果我说得不错的话，”夏洛蒂说，“那你的意愿是返回寄宿学校去了。”

“是的，”奥狄莉说，“我不否认这点，如果说我们是在一条极为独特的道路上被教育出来的，那在一条普通的道路上去教育别人，我把这看成是一种幸运的使命。在历史上我们不是看到，一些人由于道德上的巨大不幸而隐遁于荒原吗？可就是在那里他们也不能像所希望的那样藏匿起来。他们被召回人世，为的是把那些陷入迷误的人引回到正路，有谁能比他们的现身说法做得更好呢！他们负有使命去帮助那些不幸的人。有谁比他们更能做到这一点呢？因为尘世的灾难对他们再也无能为力了！”

“你选择了一种独特的使命，”夏洛蒂说，“我不想阻拦你。也许，如我所希望的，这只是一个短时期。”

“我非常感谢您，”奥狄莉说，“感谢您同意我的这个尝试，同意我去体验。我并不十分自信，但我会成功的。在那个地方，我会回忆起我通过的那些考试，而那些考试同我在此后所体验的相比是多么渺小，多么微不足道啊。观察那些年幼学童的窘迫表情，看到他们孩子般痛苦的微微一笑，并轻轻地把他们从小小的迷惘中领出来，去做这一切，我该是多么欣喜啊。幸福的人不适于去管教幸福的人，人们获得的越多，对自己和对他人要求的也就越多，这是人类的天性。只有重新振作起来的不幸的人，才知道为自己和为他人去培养知足常乐的感情。”

略加沉思之后，夏洛蒂终于说道：“让我对你的打算提出一点反对意见吧，我认为这是极为重要的。不是关于你，是关于一个第三者。那位好心的、通情达理的、虔诚的教师的想法，你是知道的：在你所要走的那条路上，对他来说，你一天比一天变得珍贵，变得不可缺少。按照他的感情来看，没有你，他的生活不会愉快，若是他习惯了你的合作，那将来没有你，他就无法再从事他的事业。你开头是帮助了他，可到后来就折磨他了。”

“命运对我不是温和的，”奥狄莉说，“谁爱上了我，谁也许就没有什么好的盼头。像这位朋友这样好心，这样通情达理，那我希望在他身上也能产生一种对我的纯洁的感情。他会把我看成一个斩断尘缘的人：我也许只有献身神才能抵消她为自己和为他人所造成的巨大不幸。这神就在我们四周，虽然看不到，却能保护我们免受各种巨大的不祥的力量的侵害。”

这个可爱的孩子所说的这一切如此情真意切，夏洛蒂私下对此考虑再三。她进行了种种不同的观察，乃至最细微之处，看看奥狄莉同爱德华的接近是否仍有可能。但是，哪怕是极浮泛地提到此事，仅含有微乎其微的希望，最微不足道的暗示，都仿佛使奥狄莉反感异常，有一次她甚至毫不掩饰地径直说出了这点。

“你决心，”夏洛蒂对她说，“放弃爱德华，做出的决定是如此坚定和不可改变。如果这样的话，那你就得避开与爱德华再度见面的危险。远离心爱的人，我们的眷恋越是热烈，我们就似乎越能克制自己，我们把激情的全部力量，正像它向外扩展那样，不妨归向于心灵深处。但是，每当我们认为是可以缺少的，突然又出现在我们的面前，成为不可缺少的，我们很快就会从这种错误中被拉出来。你认为现在的情况怎样做最合适，就怎样去做。考虑一下，最好是改变你刚才做出的决定，但是要出于你的本心，出于你的自由的意志。你不要偶然地、出乎意料地再度陷入从前的处境，那将在你的内心引起一种分裂，而这是难以承受的。正如说过的，在你走这一步之前，在你离开我开始一种新的生活之前——这生活把你引向什么样的道路没有谁能知道——你要三思，是否你真的能永远放弃爱德华。如果你做出了决断，那我们齐心一致，就是他来找你，他来逼你，你也不要同他见面，不要跟他讲话。”奥狄莉毫不思索，立即向夏洛蒂做出许诺，把她先前说过的话又说了一遍。

但是爱德华说过的那种威胁现在又在夏洛蒂的灵魂之中浮现出来；只有奥狄莉不离开夏洛蒂，那他才能舍弃奥狄莉。虽然从那以后，情况有了很大的变化，发生了那么多的事情，那句他脱口而出的话对随后发生的事件而言，可以看作是失去了作用。但是她即使是在最微不足道的意义上，既不敢也不打算做某些伤害他的事情。在这种情况下，应当让米德勒去探听一下爱德华的心意。

自从孩子死后，米德勒经常拜访夏洛蒂，虽然每次时间都很短促。这次不幸事件给了他很大的影响，使这对夫妇重归于好看来是不可能了。但是他按照自己的思想方法，总是怀着希望，他总是竭尽全力。奥狄莉的决心使他暗暗感到高兴。他相信，随着时间的推移，事情会得到缓解。他还总是想到夫妇破镜重圆，并把那些动荡不安的激情看作是对夫妻之间爱情和忠诚的考验。

夏洛蒂一开始就把奥狄莉的决定写信告诉了少校，并极为诚恳地请他劝阻爱德华不要采取任何行动，要平静下来，不能急躁，要安心等待，看这美丽的孩子的情绪能否恢复如初。对今后的事情和想法，她也把最重要的通知了他。现在她把这项棘手的任务交给米德勒，叫他让爱德华对情况的变化有所准备。但是米德勒却清楚地知道，与其对一件事情表示赞同，不如顺其自然，因此他劝说夏洛蒂，最好现在就把奥狄莉送到寄宿学校。

米德勒走后，她立即对奥狄莉的动身进行了准备。奥狄莉打点行装，夏洛蒂看得很清楚，她既不把那个漂亮的小箱子带上，也不从中取出任何东西。夏洛蒂默默无言，让这闷声不语的孩子自己决定。启程的日子到了。夏洛蒂的车子第一天应把奥狄莉送到一家有名的旅店，第二天再送到寄宿学校。南妮陪同并充当她的侍女。这个热情的女孩在夏洛蒂的儿子死后立即回到奥狄莉的身边，出于天性和倾慕，她像往昔一样依恋奥狄莉，甚至她的话也变得多了起来，仿佛要以此弥补她迄今为止所遭受的损失，并完全献身于她热爱的女主人。和奥狄莉一道同行，去领略异地的风光，这使她欣喜若狂，她直到现在还从来没有离开过自己的出生之地哩。得知了这个消息，她从府第跑回村里，把她的幸福告诉给她的父母、她的亲朋，并同他们一一告别。不幸的是，她也到了一家患有麻疹的病人家里，并立即觉察到受了传染。这次旅行不能推迟，奥狄莉本人催促动身。这条路她走过，认识她要在途中歇宿的那些旅店的主人。有府第的车夫驾车，她没有什么好担心的。

夏洛蒂对此不表示异议，她在思想上也愿从这个环境中摆脱出来，她要做的只是把奥狄莉在府第中住的那几间房屋加以整理，好为爱德华重新使用，把它们布置得完全像上尉来此之前的那个样子。

重建昔日幸福的希望总是一再地在人们的心中点燃起来，夏洛蒂有理由也有必要再次怀有这样的希望。

第十六章

当米德勒到达爱德华那儿时，他发现他孤零零一个人，右臂支在桌上，头伏在右手上，显得十分痛苦。“您的头痛病又在折磨您？”米德勒问。“是在折磨我，”爱德华说，“但这并不使我感到可恨，因为它使我想起了奥狄莉，也许她现在也在受头痛病的折磨。我在想，她把头伏在左臂上受的折磨比我更厉害。为什么我不应当像她那样去忍受呢？这种痛苦对我是有益的，我几乎可以说，是我所希望的。因为只有这样，她忍受痛苦的面容以及她的表情，才能更鲜明、更清晰、更生动地显现在我的灵魂之前；只有在痛苦之中，我们才能充分地感受到那些伟大的性格，为了去忍受痛苦，这些性格是必不可少的。”

米德勒发现他的朋友已心灰意懒到这种程度，可他并不改变他的初衷。他一步一步地向爱德华原原本本地陈述了，奥狄莉返回寄宿学校这个念头是怎样在两位妇女那儿产生的，它又是怎样逐步成熟到确定下来。爱德华几乎没有表示反对。从他所说的寥寥可数的几句话中像是表明，他对一切都听之任之。他当前的痛苦似乎使他对一切都处之漠然。

米德勒刚一离开，剩下他一个人，他就立起身，在房间里走来走去。他不感到痛苦了，脑子里想个不停，不能自已。就在米德勒喋喋不休时，这位钟情人的想象力业已活跃起来。他仿佛看到了，奥狄莉正孤独地，或者说感到孤独地走在那条熟悉的路上，歇息在那家熟悉的客店里。他曾多次住在这家客店的房间里。他在想，他在考虑，或者不如说，他不是在考虑，他是在想，他在希望，他在要求。他必须见到她，必须同她谈话。为什么，做什么，因此会产生什么样的后果，那都无所谓。他不去抑制，他必须这样去做。

他派出自己信任的仆人，这个仆人立即打探到了奥狄莉动身的日子和时刻。这天，拂晓时分，爱德华就乘马驶向奥狄莉途中过夜的旅店。他很早就到了那里，甚感意外的女店主高兴地接待了他。爱德华从前有恩于这一家人。女店主的儿子是个士兵，非常勇敢，有一次，他在战场上表现得非常出色，但只有爱德华一人在场。爱德华热心地把这件事一直报到统帅那里，克服了某些心怀不良的人的阻碍，为他争到了一枚勋章，她不知怎样报答爱德华才好。她现在很快腾出了梳妆室，这同时也是她的更衣室和存放贵重物品的房间。但是他通知她，有一位小姐将抵达此地，她应当住在这里，给他在过道后面收拾一个房间就够了。这件事令女店主感到蹊跷，但是她觉得能有机会向她的恩人表明她的殷勤是十分快乐的。这位恩人对这件事是何等的关注和积极！直到傍晚，这漫长的时间，爱德华是怀着一种什么样的感情熬过去的啊！他观察那个房间的四周，他就要在这个房间里见到她了。他觉得这房间是天堂中的一个所在。此刻，他有什么想象不出呢？是否该使奥狄莉感到意外的惊喜，是否该事先使她有所准备？终于，后一种想法占了上风。他坐了下来，开始写信。她会收到这封信的。

爱德华致奥狄莉

在你读这封信的时候，我最最亲爱的，我就在你的近旁。你无须惊慌，无须害怕。我没有什么可使你畏惧的。我不会对你提出强求。在没有得到你的允许之前，你不会看到我。

在此之前，你要考虑你的处境，考虑我的处境。你没有采取决定性的步骤，对此我十分感谢你，这一步骤关系太重大了。你不要去做！这儿，处于一个十字路口，你要三思：你能成为我的吗，你愿意成为我的吗？噢，这样，你便是向我们大家表示了一种巨大的恩惠，对我更是一种无法估量的恩惠。

让我再见到你，满怀喜悦地再见到你吧。让我亲口提出这美好的问题：你愿意成为我的吗？用你同样美好的问题来回答我吧。奥狄莉，到我的怀抱中来吧！你多次伏在我怀里，那里永远属于你！

他一面写，感情一面在翻腾不已，他极为渴望的正在临近，马上就要变为现实。她会从这个房门进来，她会读到这封信，她会真的出现在我的面前，像从前那样。她的倩影一直令我魂牵梦萦，她可还是一如从前？她的体态、她的思想有什么变化？他握笔手中，要写出他所想的一切。可这当儿马车已驶入庭院。他匆忙地添了一句："我听到了你抵达的声音。一会儿见！"

他把信叠了起来，写好信封，来不及盖章就跳出那间屋子，知道奥狄莉随后就能到达庭院。可就在这一瞬间他想起表和印章还留在桌上，不能让她先看到它们，他又跳了回去，顺利地把这两件东西拿到手。这时他听到从前厅传来女店主的声音，她正朝这个房间走来，把它指点给客人。爱德华向屋门跑去，但是门关上了。钥匙在他进来时被震落到地上。锁里的弹簧已经落了下来，门锁上了。他像中了魔似的呆呆站在那里。他用力推门，但无济于事。噢，他多么希望能像一个幽灵那样从门缝中溜走啊！毫无可能！他把脸藏在门柱旁边。这时奥狄莉走了进来，女店主一看到他就退了出去。他也无法在奥狄莉面前掩盖自己的行为，连一会儿的时间都不可能。于是他把身体转了过来，面朝着她。这对相爱的人就在这样一种罕见的情况下再次相对而立了。她平静而严肃地望着他，既没有上前，也没有退后。当他迈步向她靠近时，她倒退几步，直抵房门。他后退了。“奥狄莉，”他喊了起来，“让我们冲破这可怕的沉默吧！难道这相对而立的我们只是影子吗？你要先听我说！你现在在这儿看到了我，这是偶然。你身边有一封信，这是为你准备的。你读一读，我请求你，读一读！那时你再决定，你该怎么去做。”

她俯视那封信，略一沉思之后把它拿起，打开，阅看。她的表情没有任何变化，读后，她把它轻轻地放在一旁。随后她把举向空中摊开的双手攥到一起，放在胸前，使身子只是稍许地前倾，注视着面前这个恳求着的急性人，用的是那样一种目光，竟使他不得不放弃他的要求，或者说他的希望。这种表情撕裂了他的心。他无法忍受她的目光、她的姿态。看来，若是他坚持留在这儿的话，她就会跪倒在地。他绝望地冲出门去，打发女店主来陪伴这孤独的少女。

他在前厅里踱来踱去，已是深夜了，那个房间里仍无声无息。终于女店主从里面走了出来，并顺手把房门锁上。这个善良的女人极为激动，她惶惑不安，不知该做些什么。最后在临走时，她把钥匙递给爱德华，他拒绝了。她留下蜡烛，离开了这里。

爱德华陷入深深的悲伤之中，他倒在奥狄莉房门的门槛边，泪水打湿了门槛。这对相爱的人离得如此之近，但却是极端悲哀地度过了这漫长的一夜。

天亮了。车夫在备车，女店主打开了房门，进入室内。她看到奥狄莉穿着衣服睡在那里，她退了出来，面带同情的微笑向爱德华示意。两个人走到沉睡的奥狄莉面前。可就是这种景象爱德华也忍受不了。女店主不敢把安睡的姑娘唤醒，她面向她坐了下来。奥狄莉终于睁开了美丽的眼睛，立起身来。她拒绝用早点。爱德华走到她的面前，他恳切地求她，哪怕是说一句话，表明她的意愿。他发誓，他遵从她的意愿。但是她缄口不语。他再次诚挚而急迫地问她，她是否愿意成为他的。她低垂双目，轻轻地摇头，表示拒绝。这表情真是惹人爱怜！他问道，她是否要去寄宿学校。她冷漠地予以否认。但是当他问道，她是否要回到夏洛蒂身边时，她欣慰地颔首表示同意。爱德华奔到窗前，向车夫做了吩咐。她迅急地随他之后从房间跑出，冲下楼梯，进入车内。车夫驱车奔回府第，爱德华骑马尾随，保持着一段距离。

第十七章

夏洛蒂看到奥狄莉乘车驶入府第庭院，随后爱德华也骑马而至，感到诧异至极！她冲到了门口。奥狄莉下了车子，和爱德华一道走了过来。奥狄莉急迫而用力地抓住了这对夫妇的手，把他们拉在一起，随后跑回到自己的房间。爱德华扑身到夏洛蒂的面前，搂住她的脖子，泪水夺眶而出。他现在不能解释，他要求忍耐，请她到奥狄莉那儿去帮助她。夏洛蒂向奥狄莉的房间跑去。她一踏入室内，心中就为之一惊。房间已清扫一空，徒留四壁，显得空荡而阴森。房间里的东西都已搬走，只剩下那个小箱子，没有上锁，因为不知道往哪儿存放，就在房间中央。奥狄莉倒卧在地上，把胳膊和头部伏在箱子上。夏洛蒂过来照料她，问她发生了什么事情，但是没有得到回答。

她叫女仆拿来饮料，叫她留在奥狄莉身边，自己跑去找爱德华。她在大厅里找到了他，可从他那里也不得要领。他伏身跪倒在她的面前，泪水打湿了她的双手，他逃回到自己的房间。夏洛蒂正要尾随前往，碰到了那个男仆。他就自己所知，把事情向她做了解释。其余的她完全可以想象得到了，她立即果断地对当前急需的事情做了安排。奥狄莉的房间很快就重新安排停当。爱德华在他的房间里看到，一切，甚至一张纸头也都与他离开时完全一样。

三个人重又聚到一起，但是奥狄莉依然沉默不语，爱德华除了请求他的妻子忍耐之外，无能为力，他本人似乎没法忍耐下去了。夏洛蒂派人去请米德勒和少校。米德勒没有到，少校来了。爱德华向他倾诉了衷肠，连每一个细小的地方都向他坦白无遗，这样，夏洛蒂晓得发生了什么事，是什么使情况变得这样奇怪，是什么使得他们的情绪如此激动。

她用最亲密的态度同她的丈夫交谈。她除了请求在目前的情形下不要去惊动奥狄莉之外，也别无其他办法。爱德华感受到了他的妻子的价值、她的爱情和她的理智，但是对奥狄莉的爱恋已经完完全全主宰了他。夏洛蒂给予他希望，答应同他离婚。他不相信，他已陷入一种病态，希望和信念都已相继离他而去。他催逼夏洛蒂，要她答应同少校结婚。一种类似精神错乱的烦恼攫住了他。夏洛蒂为了安慰他，为了爱护他，他要求她做什么就做什么。只要奥狄莉愿意同爱德华结合，她就同意与少校结婚。但是有一个重要的条件，那就是两个男人共同外出旅行一段时间。少校为了自家庄园的事正要外出，爱德华答应陪他一道旅行。于是开始进行准备，人们感到些许安慰，至少有事可做了。

在此期间人们发现奥狄莉几乎不进饮食，并且一直坚持沉默。人们一劝她，她就畏惧不安起来，于是只好听之任之。我们大多数人不都有这样一种弱点吗？即使我们是为某个人好，可也不愿意因此而使他苦恼。夏洛蒂各种办法都想过了，最后她想到让那个教师从寄宿学校到这儿来。他对奥狄莉有很大影响。奥狄莉没有去寄宿学校虽然使他感到意外，但却表示得十分友好，他还一直没有得到复信。

为了不使奥狄莉感到吃惊，当着她的面谈起了这个计划。她像是并不赞成。她在沉思，最后仿佛打定了主意，她奔回到自己的房间，就在傍晚之前，她给大家写了下面这封信。

奥狄莉致朋友们

我亲爱的朋友们，事情本身已是这样清楚，为什么还要我特别加以说明呢？我已滑出了我的道路，我不应当再陷下去。一个怀有敌意的恶魔，它有着一种支配我的力量，似乎是在从外部阻止我这样去做，但愿我的心也能重新与我保持一致。

我下的决心是纯正的，这就是要断绝对爱德华的痴念，远离开他，不希望再见到他。可现在事情变得不同了，他违反他的意志站在我的面前。我许诺过，绝不同他讲话。也许我对待这个诺言和对它的解释过于刻板了。我沉默，在朋友面前我缄口不语，这是出于我眼下的感情和良心，现在我已无话可说。经过深思熟虑做出的严厉的誓言，也许令人感到畏惧，觉得不舒服。我为感情所逼，偶然地把它加于自己身上。你们就让我这样坚持下去吧，我的心要我这样去做。不要请另外的人来！不要逼我说话，不要逼我进更多的饮食，现在已经够多了。用宽容和忍耐帮助我度过这段时间。我现在年轻，青春会不知不觉地恢复。请容忍我在你们的身边，用你们的爱使我得到欢乐，用你们的言谈使我得到教诲。但是我内心的一切，就让我随自己的心意去做吧！

两个男人一直在准备的旅行取消了，因为少校要外出办理的那件事务已经推迟。这正符合爱德华的心意！奥狄莉的这封信重又使他激动起来，为她那令人欣慰、充满希望的言辞所鼓舞，自信有理由坚定不移地等待下去。他突然声称，他不准备外出。“这多么愚蠢啊，”他喊道，“那不可缺少的，至为重要的，虽说我们有失去的危险，但也许还能保持住啊！若是有意地过于匆忙地抛弃，这不就是愚蠢吗？这表明了人们的意志和选择能力。由于被愚蠢的傲慢所左右，我经常过早几小时，甚至几天，甩开我的朋友，只是为了表明自己断然不受那最后的、不可避免的期限的约束。但这次我要留下来。我为什么要离开呢？难道她不是已经离开了我吗？我不想去握她的手，不想把她拥入我的怀抱，甚至我不能这样去想，这使我战栗。她离我而去，不是从我的身边，而是从我的头上啊。”

他留了下来，他要这样，他必须这样。当他同她在一起时，他快乐无比。甚至她也依然有这样的感觉。她也无法摆脱对这种幸福的需求。像从前一样，在他们之间有着一种莫可言喻的、几乎是魔法般的吸引力在起作用。他俩同住在一个房顶之下，甚至无须想到，即使各做各的事情，被其他人拉来扯去，他俩也会相互靠近。如果他俩同在一个客厅里，那不要很长时间，他俩便会相对而立，并肩而坐。只有这种亲切的接近能使他俩得到安慰，完完全全的安慰。只要这种接近就够了，无须眼波顾盼，无须言语表情，无须接触抚摩，只要一种纯洁的相处。他们不是两个人，他们是一个人，在无知觉的、完美的幸福之中，对自己、对世界都感到心满意足。是的，若是有人把他俩中的一个留在楼房的一端，那另一个会逐渐地、不知不觉地移到那里去。对他们来说，生活是一个谜，他俩只有在一起时才能把它解开。

奥狄莉变得愉快了，泰然了，人们对她完全放心了。她很少离开大家，她只是要求单独用餐。除了南妮之外，不要别人伺候。

任何一个人平常所遇到的事情，一定会多次重复出现，比人们所相信的次数要多得多，这是因为他的天性在起着直接作用。品格、个性、爱好、倾向、地点、环境和习惯汇成一个整体。每一个人游荡在这个整体之内，像在一种元素之中，像在一种大气之中一样，只有在这里面他才感到舒适，感到快乐。某些人的变化曾引起那么多的抱怨，但使我们感到惊异的是，在多年之后，我们发现，他们没有任何改变，尽管经过无数次内部和外部的刺激，依然如故。

这样，我们这几位朋友的日常生活几乎又进入了旧日的轨道。奥狄莉依旧默默无言，总是用她的殷勤来显示她那乐于助人的品性，每个人也都按照自己的天性去做。这个家庭圈子用这种方式显现出了一幅虚假的旧日生活的景象，而那种迷惘是情有可原的，似乎一切照旧，一如从前。

秋日和夏天一样漫长，它把大家从户外召回到户内。果实累累，装点着大地，这是这个季节所特有的。它让人相信，仿佛这个秋天就是那第一个春天的秋天。春秋之间的那段时光已归于遗忘。鲜花盛开，是人们在那初春日子里种下的；果实现已成熟，而那时还只是发芽开花。

少校时来时去，米德勒经常露面。人们多半晚饭后聚在一起。爱德华一如往常，给大家朗读。若是人们想说的话，那么他的朗读比任何时候都更热烈，充满感情，甚至更愉快。他好像要借助这种快乐和这种感情，使奥狄莉再度活跃起来，打破她的沉默。朗读时他像过去那样坐着，使奥狄莉能够看到，若是她不看的话，若是他不能肯定她在用眼睛追随他所念的，他就变得不安，精神无法集中。

前段时间引起的一切不愉快、不舒服的感情都不存在了。没有一个人对他人有衔恨之心，任何一种形式的怨恨都已消失。夏洛蒂弹钢琴，少校用提琴伴奏，奥狄莉奏弦乐器，爱德华用笛子伴奏，就像从前在一起时那样。爱德华的生日临近了，去年没有能够庆祝，这次也不举办隆重的活动，准备在平静的、亲切的欢乐气氛里祝贺一番。对此大家半是意会半是言传，彼此取得了一致的意见。这个日子越临近，在奥狄莉身上那种节日的喜庆情绪就越多。可她的这种变化，人们直到现在更多的是感觉到，而不是观察到。她在花园里经常查看那些花草，她向园丁暗示，要注意保养好各种各样的夏季花卉。她特别留恋紫菀花，在这个季节，这种花开得特别繁茂。

第十八章

朋友们在暗中细心观察到的最重要的一件事，是奥狄莉第一次打开了爱德华赠给她的那个箱子。她从中选出不同的衣料，加以剪裁，足够做一套完整的服装。南妮帮助她把其余的重新放回箱子里，可怎么也关不上箱子。虽然从其中取出了一部分衣料，但箱子毕竟装得太满了。南妮这个贪心的青年姑娘看得眼红，特别是她看到服装上所需的细小用料准备得那么周全，鞋、袜子、绣有格言的袜带、手套以及其他东西都还剩在那儿。她请求奥狄莉把余下的东西给她一些。奥狄莉拒绝了，但她立即拉开衣柜上的一个抽屉，让这个孩子自己挑选。南妮匆忙而笨拙地抓了一些，随即拿着这些东西跑了出去，好在邻里面前展示，并向她们夸耀她的幸福。

最后奥狄莉总算把所有东西装了进去，随之她打开箱盖上的一个暗格。她把爱德华写给她的便柬和书信，一些从前散步时采摘下来留作纪念的业已枯萎了的花朵，她所爱的人儿的一缕鬈发以及其他东西藏在里面。还有一件东西她也放了进去，那是她父亲的相片。她把这一切都装好锁了起来，然后把小巧的钥匙重新系到金项链上，戴到脖子上，垂在胸前。

这期间朋友们心中的某些希望活跃起来了。夏洛蒂肯定，奥狄莉在爱德华生日那天会重新开口。因为她一直在暗地里忙个不停，流露出一种愉快得意的神情，面带微笑。某个人把某些美好和令人喜悦的东西藏匿起来，不使心爱的人知道，脸上泛出的就是这样一种微笑。然而没有人知道，奥狄莉在某些时候十分衰弱，当她出现在大家面前时，只是由于一种精神力量才得以支持下来。

米德勒这段时间经常来，并且比通常停留的时间更长些。这个顽固的人只知道，到了一定时候，铁也会熔化。奥狄莉的沉默和她的拒绝，他认为这对他的计划有利。到现在为止，夫妻间的离婚一事没有做出任何进一步的安排。他希望用某种别的有利方式来决定这个善良姑娘的命运。他留心听，他避让，他让他们明白自己的心意，并按自己的方式做得极为聪明。

但是，每当他找到机会，就他认为是十分重要的话题发表议论时，他便经常控制不住自己了。他多年独身生活，当他同其他人在一起时，他对他们通常只是采取就事论事的态度。若是他在朋友中间打开了话匣子，那正如我们经常看到的，他的言谈便滔滔不绝，无所顾忌，不管对他人是有所伤害还是有所帮助，是有益还是有损，这就要碰巧了，谁也料不到会是怎样。

在爱德华生日的前夕，夏洛蒂和少校坐在一起，等候骑马外出的爱德华，米德勒在房间里来回踱步。奥狄莉留在自己的房间里，在规整第二天用的衣饰。她指点南妮，女孩完全懂得她的意思，伶俐地遵照这些默默无言的指示去做。

米德勒正好遇到了一个他喜爱的话题。他经常强调，在教育儿童和指导民众方面，没有什么比禁令、颁布的法律和规则更笨拙和更野蛮的了。“人是喜欢活动的，”他说，“若是叫他懂得什么是被禁止的，他就会立即跟着去做，去行动，去执行。就我个人而言，在我的范围之内，我宁愿容忍错误和罪过，直到我能找到与这些错误和罪过相对立的道德，而不是摆脱掉错误，却看不到用正确的来代替它。人确实喜欢行善，做符合目的的事，只要他能够的话，他就做得到。他做这些事情，是因为他必须有事可做，他没有更多的考虑，这不会比他由于百无聊赖和无所事事而做出种种愚蠢可笑的恶作剧时考虑得更多。

“听到儿童教育中不断地重复十诫，这令我反感极了。‘你应当尊敬父母。’这第四诫还算是个符合情理的、命令式的诫条。若是孩子们真的铭记在心，那他们就会天天遵守它。可这第五诫，该怎么说它呢？‘你不应当杀人。’这好像是说某个人对杀人有着乐趣似的！某个人恨一个人，他易于发怒，性情暴躁，由于这个原因或某些原因，其后果便可能是偶尔杀人。但是向孩子说，不要去行凶杀人，这不成了一种野蛮的学校吗？应当这样讲：‘爱护他人生命，避开可能有害于他的事情，冒自己生命的危险去拯救他。若是你伤害他，那你就要想到，你在伤害你自己。’这是诫条，是有教养、有理性的民族之间的诫条，这也是讲授宗教教义时在‘这是什么？’中可怜地提到了那么一点儿的诫条。

“还有第六诫，我觉得太可憎了！竟是些什么呢？这是用危险的神秘的东西去刺激那些天真无邪的孩子的好奇心，去挑逗他们的想象力，去想那些稀奇古怪的画面和幻象。而这正是人们要用强力加以排除掉的！这类东西不应当在教堂和教徒面前喋喋不休，应当由一个秘密法庭进行严厉的惩治，这样做才对呢。”

正在这一瞬间奥狄莉走了进来。“‘你不应当奸淫。’”米德勒继续说道，“这多么粗野，多么下流！若是这样讲，听起来便全然不同了：‘你应当敬畏婚姻，当你看到一对夫妻相爱时，你应当为此喜悦，就像你对风和日丽的天气感到幸福一样。若是在他们的关系中出现了某些阴云的话，你要设法使它变得明朗，你应当设法去缓解和劝慰，使他们清楚彼此的长处，用高尚的、毫无利己的热情，去促进他人的幸福，使他们感到，从每一种义务之中，特别是从使男人和女人不可分离的结合之中，会产生一种什么样的幸福！’”

夏洛蒂如坐针毡，当她确信，米德勒并不知道，他是在什么场合，在讲什么话时，就觉得这种情况尤为可怕了。她尚未能及时打断他的话，就看到奥狄莉改变了姿态，从房间走了出去。

“您不必给我们讲第七诫了，”夏洛蒂带着勉强的笑容说。

“其余所有的，”米德勒说，“都是以这一诫为基础的，我只要拯救出这一诫就行了。”

南妮一声惊叫，冲了进来。她呼喊：“她快死了！小姐快死了！你们快来啊！你们快来啊！”

当奥狄莉摇晃着回到自己房间时，那些明晨要穿戴的衣服、饰物都摊放在一些椅子上，南妮在注视着这些东西。她羡慕地走来走去，欢叫起来：“您看，亲爱的小姐，这是新娘的装饰，您穿上太合适了！”

奥狄莉一听到这句话，便瘫倒在沙发上。南妮看到她的女主人面色惨白，身体僵直。她跑向夏洛蒂那里。人们来了，那位医生朋友也匆忙赶来。他认为这是心力衰竭。他让人端来滋补的肉汁。奥狄莉厌恶地加以拒绝，是啊，当有人把碗送到她的嘴边时，她几乎抽搐起来。医生严肃而急迫地问南妮，这是怎么回事，奥狄莉今天吃过什么。女孩张口结舌，他又重复了一遍问话。女孩供认，奥狄莉什么也没有吃。

医生觉得南妮比平素显得惊慌，于是他把她拖到隔壁房间。夏洛蒂也随后而至。这个姑娘两膝跪地，她坦白说，奥狄莉很长一段时间以来就很少进食了。奥狄莉要她把自己的饭菜吃掉。这件事她不敢说出来，因为她的女主人恳求她，威吓她，她天真地补充说，也因为这些饭菜很好吃。

少校和米德勒走了进来，他俩看到夏洛蒂正在帮医生的忙。面色苍白的、天使般的奥狄莉坐在沙发的一角上，看起来神志清楚，人们劝她躺下，她拒绝了，但是示意人们把那个小箱子拿过来。她把双脚放在箱子上，处于一种半卧的舒适姿态。她仿佛是诀别似的，向周围的人流露出温柔的眷恋之情，流露出爱、感激、谢罪和诚挚的诀别之意。

爱德华从马上下来，一听到这个情况，立即冲进房间。他倒在她身边，握起她的手，无声的泪水把奥狄莉的手打湿。他就这样良久地动也不动。终于他喊道：“难道我就再听不到你的声音了吗？难道你不想活下来同我说一句话吗？好！好！我随你而去，那我们会用另一种语言说话！”

她用力握紧他的手，充满生机、充满情意地凝望着他。她深深地吸了口气，嘴唇优美地默默动了动：“答应我，活下去！”她说得极为吃力，但表情温柔端庄。说完她便倒了下去。“我答应你！”他冲着她说，这声音随她而去，她已辞别了人世。

这是一个充满泪水的夜晚，继而善后事宜落在了夏洛蒂身上，少校和米德勒从旁协助。爱德华的情况令人忧虑。当他刚从绝望中有所恢复，思想有几分清醒时，就坚持不让人把奥狄莉的遗体送到府第外边，要伺候她，照料她，像待一个活人那样。因为她没有死，她不可能死。人们只好依从他，至少他不让做的就不做好了。但他也没有要求去看奥狄莉的遗体。

这时又有一件令人诧异的事使朋友们为之一惊，又有一件令人忧虑的事使他们陷入忙乱之中。南妮受到了医生的激烈申斥、恫吓，人家逼她说实话，她说了实话却又受到一顿责骂，于是她逃跑了。找了好久才终于又找到她，她显得惶惶不安。她的父母把她带回家，可无论怎样好言安抚都不起作用，只好把她关了起来，因为她威胁说还要逃掉。

人们逐渐使爱德华从极度的绝望之中摆脱出来，但这只是给他带来不幸。因为他清楚，他确切地知道，他永远失去了生活的幸福。这时人们才敢于向他说明，该把她安葬在小教堂里，仍然留在活着的人中间是不妥的，她总得有个和平的、安静的场所啊。

然而很难得到他的同意把遗体进行殡葬。只有在这样的条件下方可：把她放在一个敞口的棺材里，上面扣一个玻璃罩，并点上一盏长明灯。最后他只好如此将就，显得无可奈何，对一切听之任之了。

人们给死者优美的遗体穿戴上她为自己准备的衣服饰物，把用紫菀花扎成的花冠戴在她的头上，宛如悲哀的群星在不祥地闪着光辉。为了装饰灵柩、教堂和小教堂，把花园里所有的花都采了来。花园顿时显得荒凉，仿佛严冬已把所有的欢乐都从花园中根绝了似的。清早，她被放在敞口的棺材里从府第中抬了出来，朝霞又一次映红了这天使般的容颜。送葬的人围在抬灵柩的人四周，没有人愿走在前头，也没有人愿尾随在后，人人都围在她的身旁，人人都要最后一次瞻仰她的遗容。儿童、男人、妇女，没有一个不悲恸。那些最直接感受到损失的姑娘们尤为哀伤。

南妮没有在场。人们拦阻了她，或者说没有把殡葬的日期和时刻告诉她，她被看管在父母家中的一间通向庭院的房子里。但当她一听到钟声，便马上知道出了什么事。那个看管她的女人出于好奇，离开她去看送葬的人群。南妮从窗户中逃出，来到一条过道，从那里爬上顶棚，因为她发现所有的门都已锁了起来。

正好这时，送葬的队伍蹒跚地穿过村庄，踏上了那条清扫干净、撒满树叶的道路。南妮朝下清楚地看到了她的女主人，比随在队伍后面的人看得更实在、更清楚、更完整。她高离地面，如同被抬在云端里或波浪上一样，她好像在朝南妮示意，而南妮精神恍惚，摇晃起来，竟梦幻般坠落下来。

随着一声惊叫，人群四下奔散。抬灵柩的人由于拥挤和骚乱不得不把灵柩放下。南妮就倒在灵柩旁，似乎四肢都跌断了。人们把她搀扶起来。不知是出于偶然还是一种天意，人们把她靠在尸体旁边。是啊，她像是用她生命之余来看望她的女主人似的。她那跌断的四肢刚一碰到奥狄莉的衣服，她那无力的手刚一触到奥狄莉交叉放在胸前的双手，这个女孩便跳了起来，先把双手举向上天，两眼仰望苍穹，随即跪倒在棺材前，流露出虔诚欣喜的表情，直视着她的女主人。

最后她像着魔似的一跃而起，怀着神圣般的喜悦喊叫："是的，她宽恕了我！没有人能宽恕我，我自己也不能宽恕我自己。上帝通过她的目光、她的表情、她的嘴，宽恕了我。现在她又那么安详、那么温柔地躺在那里了，可你们都看到了，她是怎样立起身来，双手合十为我祝福，看到了她是那么仁慈地望着我！你们大家都听到了，你们是证人，她对我说：'你得到了宽恕！'在你们中间我不再是一个凶手，她原谅了我，上帝原谅了我，没有人能再责骂我了。"

人们拥在四周，惊愕万分，他们在听，在看，面面相觑，几乎没有人知道该怎么办。"把她抬去安息吧！"姑娘说，"她该做的都已做了，她该受的痛苦都已受了，她不能再待在我们中间。"灵柩又抬了起来，继续前进。南妮尾随在后，队伍到了教堂，到了小教堂。

奥狄莉的棺材停放下来了，在它的前面是孩子的棺材，在她的脚下是那个小箱子，它放在一个坚实的大橡木箱子里。得找一个照看灵柩的女人，因为奥狄莉的尸体这时躺在玻璃罩下还是那么楚楚动人。南妮不肯把这个差使让给别人，她要独自一个人干，不需要别人陪伴，她愿殷勤地照看那初次点燃的长明灯。她的这个要求是如此迫切和固执，人们只好依她，这也是为了避免在她的情感上引起一种更大的伤害，这确实是让人担心的。

但是她独自一人待着的时间并不长，因为夜刚刚降临，当跳动着的灯光施展它的威力，把明亮的光华四下扩散开来时，门被打开了。那位建筑师走进小教堂，装饰得虔诚庄重的四壁在柔和的光线里显得古色古香，充满不祥，他几乎相信，它们正迎面向他扑来。

南妮坐在棺材的一侧，她马上认出了他。她默默无言地指了指去世的女主人，于是他站在棺材的另一侧，一个富有青春朝气和温文尔雅的青年，显得木然、呆滞，陷入深思，双臂下垂，双手合在一起，悲痛地扭结起来，头和目光俯向死者。

他曾一度这样站在柏利撒的面前[①]，而现在他身不由已地又做出了同样的姿势。可这次这个姿势却是多么自然啊！在这儿，某些珍贵无比的东西已从其顶峰跌落下来。如果就柏利撒而言，人们为一个人身上的勇敢、智慧、权势、地位和才能的无可挽回的丧失而感到惋惜的话，如果说，民族和公侯在关键时刻不可缺少的美德并没有受到重视，甚至莫如说受到摈斥、受到责难的话，那么在这里，一个女性那么多的贤淑德行，不久前刚从她的天性深深的底层中召唤出来，旋即又被她那无情的手毁掉了。这些罕有的、优美的、可亲的德行，它们的温和的影响，在任何时候都欢快地拥抱这饥渴的世界，而失去它们使人怀念，令人悲痛。

年轻的建筑师一言不发，南妮也良久地沉默无语。当她看到他泪如雨下，当他在痛苦中显得完全失去自持时，她同他说了那么多的话，谈到了真实和力量，谈到了善和安宁。他为她流利的言谈感到惊奇，他自己也镇定下来，他觉得他那美丽的女友浮现在他的

---

① 见本书的第二部第五章。

面前，是在一个更高的境界里生活、工作。他拭干泪水，缓和了他的悲痛，跪在那里向奥狄莉告别，热烈地握了握南妮的手，向她辞行。就在当天夜里，他骑马离开此地，没有去看望任何人。

医生那天夜里在教堂待了一宿，他没有让姑娘知道。翌日清晨，他去看望她，发现她显得高兴和精神焕发，他感到有些迷惑不解。他原想，她会告诉他夜里她和奥狄莉的交谈，告诉他类似这样的一些幻象。但是不然，她现在十分自然，平静，神志清楚。她非常精确地回忆起从前的时光、从前的事情。在她的谈话中，除了葬礼上发生的那件事之外，完全没有越出常情，都是可信和真实的。对葬礼上那件事，她乐于不断地重复：奥狄莉是怎样立起身来，怎样祈福，怎样原谅了她，她因此才获得了永久的安宁。

奥狄莉的遗容宛然若生，依然那样秀丽，这吸引了许多人前来。远近的居民都要来瞻仰一番，每个人都愿意从南妮嘴里听那不可置信的事情。有些人对此加以嘲讽，大多数人抱怀疑态度，只有少数人信以为真。

任何一种需求，当它得不到真正的满足时，便被逼上信仰之路。大家亲眼目睹南妮四肢跌断，可她一经接触到奥狄莉虔诚的遗体便霍然痊愈。既然如此，那为什么类似这样一种幸福在其他人身上不会发生呢？那些温柔的母亲先是偷偷地把患有某种疑难症的孩子带来，她们相信病会一下子治好。这种虔信与日俱增，到最后，老弱病残没有一个人不想在这个地方寻求慰藉和缓解痛苦。涌来的人越来越多，后来只得把小教堂锁起来，连大教堂除祈祷的时间外也一并关闭。

爱德华不敢再到死者那儿去。他无目的地生活，泪水似乎已经枯竭，痛苦对他再也无能为力。他对谈话的兴致，对饮食的兴趣逐日减少。他只用那只杯子啜饮少许，提提精神，可这杯子的预言却毫不灵验。他依然那样欣喜地观察杯子上扭结在一起的那两个标志他和奥狄莉名字的字母，他那郑重的目光像是在表明，就是现在他依然希冀两个人的结合。对于幸运的人来说，任何一种微末小事都能使他得到幸福，任何一种偶然都是一种良机。可对于不幸的人来说，就是那些最无关紧要的琐事也会汇聚起来给他造成伤害，带来毁灭。事情就是这样。有一天，当爱德华把这只爱如至宝的杯子举到嘴边时，他发现有些异样，于是惊愕地把它放下。杯子是同样的，可不是那一只了。他发现上面的一个小小的标志没有了。他追问仆人，仆人只好承认，不久前那只杯子打碎了，只好找出一只同样的来，也是爱德华青年时代的。爱德华没有发火，这件事表明了他的命运。这种比喻多么使他感动啊！它深深地压迫着他。从现在起，他连饮水也厌恶起来，他似乎决心不进饮食，不言不语。

但是，他越来越感到不安，他又要求吃些食物，他又开始讲话了。“啊！”有一次他对少校说，少校现在很少离开他的身边，“我的整个追求只不过是模仿，一种谬误的努力罢了，我是多么不幸啊！对她来说是极乐，对我却是痛苦。为了这种极乐我被迫承受这种痛苦。我必须随她而去，就在这条路上随她而去。但是我的天性和我的诺言却把我阻拦。去模仿不可模仿的，这是一项可怕的任务。我的好友，我看得很清楚，做任何事情都需要才能，即使是去殉难也如此。”

在这样一种绝望的情况下，我们应该想到爱德华的妻子、朋友、医生所做出的努力。一段时间以来，他们心急如焚。到最后人们发现他已经死了。米德勒是第一个发现这可悲事情的人。他喊来医生并按照他通常的做法，对死者所处的环境加以仔细的观察。夏洛蒂急忙跑了过来。她心里怀疑这是自杀。她埋怨自己，埋怨他人，太马虎大意了，真不可原谅。但是，医生用自然方面的理由，米德勒用道德方面的理由，向她很快证实，事情并非如此。爱德华对他的死是完全没有料到的。他把奥狄莉的遗物一直细心地收藏起来。死前，他在一个安静的时刻，把这些东西从一个小匣里、从信夹里取出摊了开来：一缕鬈发、一些花朵——这是在幸福的时刻采摘下来的——一些她写给他的短柬，从第一张直到最后一张。那第一张当他的妻子交给他时就突然产生了一种不祥的预感。这表明他绝非有意要舍弃这一切而自寻短见。睹物伤情，这使他前不久那颗一直动荡不宁的心处于一种不受侵扰的宁静之中。这样他就在对女圣徒的思念之中安息了，这种死可以称之是快乐的。夏洛蒂把他安葬在奥狄莉身旁，并规定不许任何人再安葬在这座小教堂的弯顶下面。在这样一个条件下，她向教会和学校，向神职人员和教师捐赠了一笔数目可观的钱。

这两个相爱的人就这样并卧长眠。和平在他们墓穴的上空飘荡，欢愉的、与他们相似的天使画像从穹顶俯视着他们。倘若有朝一日他俩再度苏醒过来，那该是一个怎样欢乐的时刻啊。

2015年4月20日校毕